ICE

Warrior Lover

von

Inka Loreen Minden

Ice – Warrior Lover 3

Die Warrior-Lover-Serie umfasst die Teile:

Jax, Crome, Ice, Storm, Nitro, Andrew, Steel, Fury, Tay, Shadow, Flame, Verox, Chaz, Onyx, Slayer, Xadist, Tyr, Titain, Zayn, Dex, Vega, Kjar, Falkon

©opyright Inka Loreen Minden / November 2013
Neuauflage Januar 2021

www.inka-loreen-minden.de
E-Mail: lucy-palmer@inka-loreen-minden.de

Monika Dennerlein / Inka Loreen Minden
c/o ebookfaktur
Heynestraße 33
90433 Nürnberg

© Cover Art by M. Hanke

Imprint: Independently published
Printed by Amazon Distribution
ISBN-13: 978-1493737406
ISBN-10: 1493737406

Lektorat: Alexandra Balzer

Kapitel 1 – Zurück in White City

Liebe Fluggäste, wir erreichen White City in wenigen Minuten«, dringt die weibliche Stimme des Bordcomputers an meine Ohren. »Bitte bleiben Sie angeschnallt, bis das Shuttle andockt und sich die Türen automatisch öffnen. Wir bedanken uns, dass Sie mit New World City Transfer geflogen sind, und wünschen Ihnen einen schönen Tag.«

Gott sei Dank, wir sind da. *Tief durchatmen, Veronica, gleich hast du es geschafft.*

Ich starre auf den Monitor am Vordersitz, auf dem ich mir während des Fluges einen langweiligen Dokumentarfilm über die Ethanolherstellung angesehen habe, doch der hat sich gerade abgeschaltet. Das Shuttle hat keine Fenster, ein Blick nach draußen ist wegen des Atomkrieges immer noch nicht gestattet, außerdem ist das Schiff so besser vor eindringender Strahlung geschützt. Ich würde gerne wissen, ob sich außerhalb der Kuppel nach fast einem Jahrhundert wirklich nur eine Wüste erstreckt, oder ob sich die Natur ihren Platz zurückerobert hat.

In meinem Nacken kribbelt es. Ice sitzt direkt hinter mir. Ich fühle seine brennenden Blicke, die er mir schenkt, seit er mir vor wenigen Stunden als mein Bodyguard zugeteilt wurde. Der Kerl ist riesig und strotzt vor Kraft. Ich frage mich ständig, was geschehen würde, wenn sich die Warrior gegen uns stellen würden. Wir wären verloren.

Keine Stewardess hat uns auf diesem Flug begleitet, keine weiteren Passagiere sind an Bord. Außer diesem Krieger und mir befindet sich niemand in dem Schiff; es gibt auch keinen Captain, denn die Shuttles fliegen mit Autopilot.

Als Tochter eines Senators reise ich unter strengsten Sicherheitsvorkehrungen; zu Hause kann ich ebenfalls keinen Schritt ohne einen Bodyguard machen – und das treibt mich langsam in den Wahnsinn. Ich fühle mich wie eine Gefangene.

Erneut ertönt die Lautsprecherdurchsage: »Landung in drei, zwei, eins …«

Noch bevor das Shuttle angedockt hat, öffne ich den Gurt und laufe den Mittelgang nach vorne.

Ice ist bereits dicht hinter mir.

Ich drehe mich zu ihm um, versucht, meinen Unmut nicht allzu offensichtlich zu zeigen, und frage möglichst fest: »Kann ich auch noch ein wenig Luft zum Atmen haben?« Dabei mache ich einen weiteren Schritt zurück und stoße mit dem Rücken gegen die Wand, hinter der sich das Cockpit verbirgt.

Mit verschränkten Armen baut er sich vor mir auf und starrt mich an. Seine Augen sind hell wie Eis. Schmutziges Eis. Eine Mischung aus grau und blau. Nicht, dass ich jemals echten Schnee gesehen hätte, denn in White City und den anderen Kuppelstädten herrscht das ganze Jahr über ein angenehmes Klima, doch so stelle ich ihn mir vor.

Sein Haar ist kurz und genauso schwarz wie meines. Heute habe ich es zu einem Knoten hochgesteckt. Ich trage eine Bluse und einen Rock, der mir knapp über die Knie reicht. Ice' Blicke wandern ständig an meinem Körper auf und ab, ansonsten zeigt er kaum eine Regung. Nur ein Muskel in seiner Brust zuckt. Durch sein eng anliegendes Shirt zeichnet sich jede Kontur seines aufregenden Körpers ab. Eigentlich mache ich mir nichts aus diesen aufgeblasenen Muskelprotzen, doch irgendetwas hat der Mann an sich, dass ich ihn ebenfalls anstarren muss. Er ist so nah, dass ich sein Parfum, Aftershave, Duschgel – oder was auch immer – riechen kann. Und es duftet verdammt gut. Leicht rauchig und männlich. Mir wird schwindlig. Vielleicht kommt das aber auch vom Flug.

Leise räuspere ich mich. »Hat man dir verboten, mit mir zu sprechen?« Verdammt, wann geht denn endlich die Tür auf?

Ich vermisse meine alte Beschützerin Miraja. Sie war eine Frau in meinem Alter, und mit ihr habe ich mich nie eingeengt gefühlt. Sie war eher wie eine Freundin. Bei diesem Warrior kann ich mir nicht vorstellen, dass wir auch nur annähernd eine ähnliche Beziehung führen werden. Wie lange muss er bei mir bleiben? Und warum redet er nicht mit mir? Na ja, immerhin sieht er besser aus als Vaters Bodyguard, der während Mirajas Abwesenheit auch auf mich aufgepasst hat.

Vater war ganz begeistert, als sein Bruder Stephen ihm seinen besten Mann mitgegeben hat, damit der in Zukunft ein Auge auf mich hat. Den Kriegern in White City sei nicht mehr zu trauen, hat Stephen gemeint. Er hat mitbekommen, was sich in letzter Zeit hier abgespielt hat. Zuerst ist ein Warrior mit einer Sklavin geflohen, wenige Wochen später hat sich fast derselbe Vorfall ereilt, nur dass es diesmal zu einer Schießerei gekommen ist. Angeblich war es Miraja, mit der der Soldat getürmt ist. Ob sie nun im Untergrund leben? Oder in den Outlands? Ach, ich wünschte, ich hätte Antworten.

»Na gut, du musst nicht mit mir sprechen«, sage ich schnippisch. »Aber rück mir nicht so auf die Pelle.«

Er beugt sich noch ein Stück vor. »Macht dich das nervös?«

Mir stockt der Atem. Seine Stimme besitzt ein tiefes Timbre, das mir durch und durch geht und jede Zelle zum Vibrieren bringt – was ich mir nicht anmerken lasse. »Nein, es spricht!«, stoße ich spöttisch hervor.

Sein Mundwinkel zuckt, und er fährt sich mit der Zunge kurz über die Unterlippe. Er hat einen schönen Mund. Ein wenig schmal, aber ebenmäßig. Überhaupt hat er ein ansprechendes Gesicht. Eine gerade Nase, hohe Wangenknochen, dichte, schmale Augenbrauen, einen markanten Unterkiefer und ein wenig dunklere Haut als ich.

Er stützt sich mit einem Arm neben meinem Kopf ab und beugt sich tief zu mir herunter. Seine Lippen sind nur wenige Zentimeter von meinen entfernt. »Offensichtlich entspreche ich nicht deinen Vorstellungen von einem Beschützer. Du hast dir wohl wieder eine Frau gewünscht?« Er klingt rau und dunkel, fast bedrohlich, obwohl sein Gesicht entspannt ist. »Ich werde dich zum Shopping begleiten, aber nicht mit dir über Mode reden. Wenn du dich mit deinen Freundinnen triffst, haltet mich aus eurem Gegacker heraus. Außerdem interessieren mich keine Gespräche über Frisuren, Nagellack und Schönheitsoperationen. Mich interessieren nur Sport, Waffen und Sex, und ich glaube, über diese Themen brauche ich mich mit dir nicht zu unterhalten.«

Ich stoße die Luft aus. Dieser Kerl ist so direkt! Hitze steigt meinen Hals herauf, wahrscheinlich ist mein Gesicht voll roter Flecken. »Was erlaubst du dir!« Ich versuche ihn von mir zu stoßen, doch er bewegt sich keinen Zentimeter. Verdammt, sind seine Brustmuskeln hart! »Ich habe mich noch nie einer Schönheitsoperation unterzogen.« So etwas habe ich nicht nötig! Ich bin zufrieden mit meinem Körper.

Unverhohlen starrt mir Ice in den Ausschnitt meiner Bluse, sodass mir noch heißer wird.

Hastig verschränke ich die Arme. »Und du brauchst keine Angst vor meinen Freundinnen haben, denn ich habe gar keine!« Keine richtigen. Miraja war wie eine Freundin, ansonsten habe ich nur zu meiner jüngeren Stiefschwester Melissa engen Kontakt, aber die lebt, genau wie Mama, in New World City.

Als er mir keine Antwort gibt, macht mich das bloß wütender. »Außerdem hast du mich mit Ms. Murano anzusprechen!«

Er hebt eine Braue. »Wieso? Du duzt mich doch auch?«

Verdammt, das habe ich nicht bemerkt. Und warum grinst er so? Offensichtlich langweilt ihn sein Job und er treibt seine Scherze mit mir. Sein Lächeln geht mir durch und durch. Weiß er, dass er mit dem Feuer spielt? »Wenn ich meinem Vater sage, wie du dich mir gegenüber verhältst, wird er dich hinrichten lassen!«

Sofort weicht er vor mir zurück. Das Graublau seiner Augen scheint zu flackern. Aha, vor meinem Vater hat er also Respekt. Warum nicht vor mir? Weil ich fast zwei Köpfe kleiner bin als er und noch keine Senatorin?

Als sich die Tür endlich öffnet, falle ich beinahe die wenigen Stufen hinunter und meinem Vater in die Arme.

»Veronica!« Hastig macht er sich von mir los und streicht sein Jackett glatt. Es hätte mich auch gewundert, wenn er mich einmal in den Arm nehmen würde. Wie immer trägt er einen Maßanzug in Weiß – der Farbe der Senatoren – und sein blondes Haar ist akkurat frisiert. »Was ist denn los?« Über meine Schulter wirft er einen scharfen Blick auf Ice.

»Alles in Ordnung«, beeile ich mich zu sagen, »ich bin nur gestolpert.«

Er mustert Ice weiterhin, der hinter mir aus dem Shuttle steigt. »Bist du mit deinem neuen Bodyguard zufrieden?«

»Ja, ja, er ist okay«, bringe ich gerade so hervor, obwohl Ice eine Abreibung verdient hätte. Jetzt steht er neben mir, als könnte er kein Wässerchen trüben, und begrüßt meinen Vater mit einem Militärgruß. »Ich freue mich, Sie kennenzulernen, Senator Murano.«

Vater nickt ihm kurz zu. »Willkommen in unserer Familie. So lange ich es für nötig erachte, werden Sie meine Tochter mit Ihrem Leben schützen. Das ist ein Befehl.«

»Aye, Sir«, antwortet Ice gehorsam.

»Wenn dein Bodyguard irgendetwas macht, das dir nicht gefällt«, sagt Vater zu mir, ohne Ice zu beachten, »wirst du mir das unverzüglich mitteilen, Veronica.«

Ich schlucke die spitzen Worte hinunter, die ich mir zurechtgelegt hatte, denn am liebsten würde ich meinem Vater erzählen, wie ungehobelt sich Ice verhalten hat. Aber ich will ihm keinen Ärger bereiten. Warum, weiß ich nicht. »Natürlich, Vater.« Wieso schütze ich diesen Rüpel? Er besitzt nicht einen Funken Anstand. Kein Wunder, schließlich sollen die Warrior aus New World City auch brutaler und gefühlskälter sein als unsere Soldaten, wobei Ice seinem Namen in keinster Weise gerecht wird. Er strahlt eine regelrechte Hitze, Kraft und Sexappeal aus. Besonders Letzteres macht mich nervös. Er scheint eine Menge Erfahrung zu haben, und ich gehöre zu den neugierigen Frauen. Da ich eben kaum jemanden habe, mit dem ich mich über Sex unterhalten kann, brenne ich darauf, alles darüber zu erfahren. Ich liebe dieses aufregende Gefühl zwischen meinen Schenkeln, das Herzrasen, das sich einstellt, wenn ich mich berühre. Ich liebe es, von mir zu kosten, meine Brüste zu streicheln, über meinen Kitzler zu reiben bis ich komme … Ice denkt bestimmt, ich sei ein Mauerblümchen. Tatsächlich habe ich kaum Erfahrung und erst ein einziges Mal mit einem Mann geschlafen – daher kann ich es kaum erwarten, es endlich wieder zu erleben. Nur wie soll ich einen Mann kennenlernen, wenn mich dieser Warrior auf Schritt und Tritt bewacht? Kein Kerl wird sich auch nur trauen, mich anzusehen.

Doch ich sehne mich nach Nähe, Geborgenheit, Lust. Es wird jeden Tag schlimmer. Bei Mama habe ich mich wohler gefühlt, sie hat mich auch mal in den Arm genommen, und mit meiner sechzehnjährigen Stiefschwester Melissa habe ich viel gelacht. Es hat mir gefallen, so viel Zeit mit ihnen zu verbringen. Wegen eines kurzfristigen Satellitenausfalls war der Shuttle-Transfer vorübergehend lahmgelegt und ich konnte länger bleiben.

Vater ist einfach nur kalt. Schade, dass meine Mutter und meine Schwester in einer anderen Stadt wohnen und ich sie bloß selten sehen darf. Vater will das nicht, er bestimmt über mein Leben und möchte, dass ich Senatorin werde.

Während wir auf unser Gepäck warten, schaue ich nach oben. Zu gerne würde ich einmal den Himmel sehen – doch er bleibt mir auch diesmal verwehrt. Die milchige Kuppel hat sich längst über uns geschlossen. Bald wird es Nacht, der Mond und die Sterne werden erscheinen. Ich kenne den Anblick nur von Bildern oder aus Filmen.

»Wie war es bei deiner Mutter? Hat sie wieder versucht, dich auf ihre Seite zu ziehen?«, fragt Vater. Dabei halten wir das Förderband im Auge. Vollautomatisch fährt das Gepäck aus dem Bauch des Schiffes: meine zahlreichen Koffer und die große Tasche von Ice. Unser Shuttle ist das einzige auf der Landeplattform, die sich hoch über der Stadt befindet. Ich würde gerne einmal durchatmen, Luft, die nicht recycelt wurde, aber unter der Kuppel weht kein Wind.

Von der Brüstung aus hat man eine fantastische Aussicht über White City, doch heute kann ich sie nicht genießen. Ice macht mich nervös und Vaters Fragen noch viel mehr.

»Mutter hat kaum über Politik gesprochen.« Diese Lüge kommt mir einfach über die Lippen. Überhaupt fällt es mir mit jedem Tag leichter, meinen Vater anzuflunkern. Ich werde bestimmt eine gute Senatorin. Ich kann das Volk belügen, ohne rot zu werden – zumindest Vaters Reden ablesen, die oft voller falscher Behauptungen sind. Diese Gene muss er mir vererbt haben. Doch ich möchte es besser machen als er, besser als sie alle. Ich will vieles ändern, oder es zumindest versuchen.

»Hast du Stephen von mir gegrüßt?«

»Natürlich, Vater.« Sein Bruder lebt genau wie meine Mutter in New World City und ist dort ebenfalls Senator. Obwohl Mama endlich ein eigenes Leben führen darf, hat Stephen weiterhin ein Auge auf sie. Vater traut ihr nicht. Gut für ihn, dass Stephen vor ein paar Jahren dort einen freien Posten bekommen hat.

Vater traut keinem, daher ist er nicht allein auf der Landeplattform erschienen, sondern hat seinen bewaffneten Bodyguard dabei – einen ehemaligen Warrior, Mitte vierzig, mit braunem Haar und Adlernase: Ethan. Er steht in der Nähe und inspiziert die Umgebung. Vaters Chauffeur, ein junger schwarzhaariger Mann, kommt mit einem Gepäckwagen und lädt unsere Taschen auf.

»Einen Moment, Hank«, sagt Vater zu seinem Fahrer. »Ich muss Mr. Trent noch die neuen Ampullen geben.«

Ah, Ice' bürgerlicher Nachname ist Trent.

»Sehr wohl, Sir.« Hank reicht ihm einen kleinen Karton, der auf dem Gepäckwagen stand.

Vater bittet Ice, seine Tasche zu öffnen, damit sie die Ampullen austauschen können.

Ice runzelt die Stirn. »Darf ich fragen, warum das nötig ist, Sir?« Er holt ebenfalls eine kleine Schachtel hervor und drückt sie meinem Vater in die Hand.

»Wir haben hier andere Aufbaupräparate, die Ihnen noch besser bekommen werden. Wir haben an einer neuen Vitamin- und Mineralstoffkombination getüftelt, die auch bald die anderen Städte übernehmen wollen.«

Davon weiß ich nichts, doch ich schweige lieber.

Ice nickt und verstaut seine neuen Ampullen, allerdings sieht er nicht wirklich überzeugt aus.

Vater beachtet ihn längst nicht mehr. Gemeinsam gehen wir zum Aufzug, der im Inneren des riesigen Turmes nach unten fährt. Er ist so groß, dass wir alle, inklusive Gepäckwagen, Platz finden.

❤ ❤ ❤

»Vater, warum hat er andere Injektionsampullen bekommen?«, frage ich wenige Minuten später, als wir am Fuße des Turmes in ein Automobil steigen. Vater nimmt vorne Platz, ich werde mit Ice hinten sitzen. Die beiden Warrior stehen jedoch noch vor dem Wagen, solange Hank das Gepäck verstaut. Vaters Beschützer wird uns mit einem zweiten Fahrzeug folgen. Außer den Senatoren und wenigen Regierungsangestellten hat niemand Automobile.

Vater blickt über seine Schulter. »Ich will nicht, dass er wie ein Tier über dich herfällt.«

Als ich ihn fragend ansehe, erklärt er: »Hast du vergessen, was ich dir einmal über die Injektionen erzählt habe? Sie enthalten einen Wirkstoff, der abhängig macht, damit die Warrior sich die Spritzen regelmäßig geben. Außerdem wurde noch eine Substanz beigemischt, die die Libido entfacht, damit die Warrior in den Shows alles geben.« Er spricht so leise, dass ich ihn kaum verstehe. Das Lärmen auf dem Platz dringt durch die geöffneten Türen an meine Ohren. Viele Bürger, die von der Arbeit kommen und schnell nach Hause wollen, schreiten an uns vorbei und unterhalten sich. »Die neuen Ampullen bewirken das Gegenteil, sie unterdrücken jegliche sexuelle Lust.«

Ich schlucke. Diese Information habe ich nicht vergessen, eher verdrängt, wie so vieles. Vater hat mich bereits in einiges eingeweiht, daher weiß ich auch, was hier alles falsch läuft. Ich finde diese Spiele vor eingeschalteter Kamera abartig und pervers. Zum Glück wurden sie ausgesetzt. Ob Ice in New World City auch bei diesen Spielen mitgemacht hat? Oder hat er schon immer als Bodyguard gearbeitet? In anderen Städten ist es nicht ungewöhnlich, ausgebildete Warrior als Personenschützer einzusetzen.

Die Warrior sind unser Machtinstrument, unsere Roboter, unser verlängerter Arm. Ohne sie wären wir nichts.

Als sich Ice plötzlich neben mich setzt und die Tür schließt, zucke ich zusammen. Seine langen Beine finden hinten kaum Platz, daher öffnet er die Schenkel und berührt mich. Obwohl er eine Hose trägt und ich einen Rock, spüre ich die Hitze, die er ausstrahlt. Außerdem steigt mir wieder sein männlicher Duft in die Nase. Zum Glück dauert die Fahrt nur wenige Minuten, denn diese intime Nähe bringt mein Herz zum Rasen.

Kapitel 2 – Ein Mann nebenan

Ich stehe auf meiner Dachterrasse und blicke über die Häuser und den Park. Er ist die einzige Grünanlage, in der die Bürger Erholung finden können, und tagsüber dementsprechend überfüllt. Zwar wachsen auf fast allen Dächern Pflanzen, doch die werden zur Nahrungsherstellung gebraucht. Anbauflächen sind rar in White City.

Die Stadt ist hell erleuchtet, obwohl es Nacht ist. Die Kuppel reflektiert das Licht und scheint selbst hellblau zu leuchten. Hier wird es nie völlig dunkel, außer, der Strom würde ausfallen. Das ist bisher jedoch erst ein Mal geschehen. Beinahe wäre eine Massenpanik ausgebrochen, aber der defekte Generator konnte schnell repariert werden.

Ich hingegen liebe die Dunkelheit. Meine Jalousien lassen kein Licht ins Apartment – und keine Blicke. Ice bewohnt das Zimmer gleich nebenan, der könnte über die Dachterrasse in mein Apartment sehen.

Was er gerade macht?

Vater und ich leben in den obersten zwei Etagen dieses Hochhauses. Sie sind mit der besten Technik gesichert – hier drin kann mir nichts geschehen, Ice muss nicht rund um die Uhr an mir kleben. Komischerweise fehlt mir seine Nähe plötzlich.

Seufzend stütze ich mich an der Balustrade auf, schließe die Augen und genieße den zarten Wind, der mit meinem offenen Haar spielt. Es ist noch leicht feucht von der Dusche.

Morgens und abends sorgen gigantische Luftumwälzer dafür, dass sich der Sauerstoff unter der Kuppel gleichmäßig verteilt. Dank der zahlreichen Grünflächen auf den Dächern mangelt es uns nicht daran. Auch auf meiner Terrasse ist alles bepflanzt. Ich züchte exotische Gewächse, Palmen, Miniorangen, Erdbeeren … In meinem Reich sieht es aus wie in einem Dschungel. Mama hat mir wieder neue Samen mitgegeben, die es hier nicht zu kaufen gibt. Ich freue mich, sie morgen in die Erde zu setzen. Ich habe ja sonst nicht viel Beschäftigung, außer Vater zu politischen Treffen zu begleiten. Sie langweilen mich. Nachdem ich vor zwei Jahren meine schulische Ausbildung beendet habe, ist in meinem Leben nicht mehr viel geschehen. Vormittags lässt mich Vater Berichte in den Zentralrechner eintippen. Meist handeln sie von Ordnungswidrigkeiten oder anderen leichten Verstößen. Das war's aber auch schon.

Wieso grenzt er mich aus? Wenn ich Senatorin werden soll, muss ich endlich in alles eingeweiht werden. Vertraut er mir nicht? Ich weiß, dass er Angst hat, ich könnte Mama berichten, was hier vorgeht. Dass angeblich hingerichtete Sklaven in Fabriken außerhalb der Stadt arbeiten müssen, um wertvolle Rohstoffe zu produzieren. Oder dass Warrior manchmal unangenehme Aufgaben erledigen müssen und als »Dank« ebenfalls zu den Fabriken versetzt werden, um dort Wache zu schieben. Weil sie dort von den Städten abgeschirmt sind und niemandem berichten können, was sich in White City abspielt. Korruption ist in dieser Stadt an der Tagesordnung. Ich weiß nicht, ob ich das ertragen kann.

Ich wünschte, ich wäre bei Mama und meiner Stiefschwester, obwohl es in New World City auch nicht anders zugeht. Mittlerweile kenne ich viele geheime Informationen, die nie an die Ohren der Bürger gelangen dürfen. Gewiss gibt es mehr Geheimnisse, und ich bin mir nicht sicher, ob ich sie überhaupt erfahren möchte.

Ich sitze hier oben in meinem goldenen Käfig, während andere ausgebeutet werden, und fühle mich klein, nutzlos und verloren. Ich hasse mein Leben. Sollte ich es schaffen, in den Senat zu kommen, werde ich mein Bestes geben, um vieles zu ändern.

Die Brise bringt die Blätter zum Rascheln und verfängt sich unter meinem Negligé; der zarte Stoff streichelt meine Haut. Normalerweise stelle ich mich gerne nackt an die Brüstung, da mich so weit oben niemand sehen kann und sich Vaters Wohnung auf der gegenüberliegenden Seite befindet. Doch mit einem Warrior als neuen

Nachbarn …

Als ich plötzlich ein Klirren höre, drehe ich den Kopf. Kam das aus meinem Apartment?

Schnell tapse ich über die Fliesen und luge in meine Wohnung. Da höre ich das Geräusch erneut, es kommt von nebenan! Als wäre ein Glas heruntergefallen.

Ich gehe über die Terrasse weiter, bis ich die Fensterfront erreiche, hinter der früher meine Leibwächterin Miraja geschlafen hat. Die Terrassentür ist offen. »Ice? Alles in Ordnung?«

In dem Raum ist es stockdunkel, nur aus dem Badezimmer dringt Licht unter der Schwelle hindurch.

Zögernd bleibe ich stehen. Ich kann nicht einfach in sein Reich eindringen. Andererseits – was, wenn ihm etwas zugestoßen ist?

Er ist ein Warrior, die können auf sich selbst aufpassen!

Wieso ist es jetzt nur so ruhig da drin? »Ice?«

Ach, ich sehe einfach nach!

Ich laufe über den weichen Teppich auf die geschlossene Tür zu und lausche.

Totenstille.

Vorsichtig klopfe ich. »Ist alles okay da drin?«

»Verschwinde!«, ruft er.

Ich zucke zusammen. Warum hört er sich wütend an? Vielleicht hat er sich wehgetan und sein Stolz ist verletzt. »Ich komme rein!« Mutig öffne ich die Tür und schnappe nach Luft.

Ice sitzt auf dem geschlossenen Toilettendeckel. Nackt. Offenbar hat er ebenfalls geduscht, denn sein Haar ist feucht und die Haut schimmert. Ich schlucke und versuche nicht zu lange zwischen seine Beine zu starren. Meine Güte, hat er ein Gerät, obwohl er nicht mal erregt ist.

Als ich mich gerade für meine Indiskretion entschuldigen möchte, bemerke ich die Glassplitter auf dem marmorierten Boden. »Was ist passiert?«

Seine Hand ruht auf einem Knie, Blut tropft auf die Fliesen, aber er scheint es nicht zu registrieren, sondern starrt mich nur wütend an.

»Du bist verletzt!« Behutsam setze ich einen Fuß vor den anderen, damit ich in keine Scherbe trete, bis ich bei ihm angekommen bin. »Zeig mal her.« Ich nehme einfach seine Hand und ziehe den Splitter heraus, der noch darin steckt. Dann reiße ich Klopapier ab, drücke es in seine Hand und tapse zwei vorsichtige Schritte weiter zum Verbandskasten, der neben dem Spiegelschrank hängt.

Offensichtlich hat Ice in seiner Wut eine Ampulle zerdrückt, die anderen hat er gleich mitsamt Schachtel gegen die Wand geschmissen.

Ich hole eine Kompresse und anderes Material heraus, um ihn zu versorgen, da sagt er weniger böse: »Gib mir nur den grauen Stift aus meiner Tasche.« Er deutet auf das Waschbecken. Dort steht ein kleiner Beutel, in dem sich eine Zahnbürste, Rasierer und andere Hygieneartikel befinden, unter anderem auch dieser Stift. Es ist ein Wundlaser. Ich reiche ihn Ice, und er verschweißt damit ohne mit der Wimper zu zucken den Schnitt.

Ich deute auf die Glassplitter zu seinen Füßen. »Warum hast du das getan?«

»Ich habe gehört, worüber dein Vater im Auto mit dir geredet hat.« Er klingt immer noch gereizt.

Oh Gott … Mir wird schlecht. »W-was hast du gehört?«

»Alles«, knurrt er und tippt sich ans Ohr. »Ihr gewöhnlichen Menschen vergesst immer, dass wir viel bessere Sinne haben als ihr.«

Er hat recht, an sein Supergehör habe ich nicht mehr gedacht! Außerdem sehen Warrior im Dunkeln ausgezeichnet und ihr Geruchssinn ist ebenfalls ausgeprägter. Sie sind die getunte Version von uns Normalsterblichen, ihr Erbgut wurde genetisch verändert. Die Warrior sind Supersoldaten.

Mein Herz rast, wie erstarrt bleibe ich vor ihm stehen. »Das darfst du niemandem erzählen! Der Senat würde dich auf der Stelle töten lassen und alle, die davon wissen!«

Schnaubend sieht er zu mir auf. »Jetzt wird mir klar, warum wir uns großartig fühlen, nachdem wir uns einen Schuss verpasst haben, und warum ich danach immer so extrem geil bin, dass ich mir einen runterholen muss.«

Hastig verdränge ich dieses Bild aus meinem Kopf. »Du nimmst dir keine … Sklavin?«

»Wann denn?«, fährt er mich an und steht auf, sodass er mich wieder überragt. »Ich war in den letzten Jahren nur als Bodyguard unterwegs und hatte kaum Gelegenheit, zwischen die Schenkel einer Frau zu tauchen.« Der glühende Blick aus seinen kühlen Augen ist auf mein aufreizendes Negligé gerichtet.

Mist, hätte ich mir doch etwas übergezogen!

Während ich ständig über meine Schulter schaue, damit ich nicht ins Glas steige, gehe ich langsam rückwärts. Er macht mir Angst. Ich bin allein mit ihm, niemand würde mich schreien hören. Vaters Wohnung liegt auf der anderen Seite des Hausflures, außerdem ist er oft bis spätnachts auf seinen Versammlungen.

Verstörende Bilder flackern in meinem Kopf auf, Ausschnitte von der Show, in der sich die Warrior an den Sklaven vergehen. Vor laufenden Kameras. Manche Männer sind extrem brutal und nehmen keine Rücksicht, andere sind zurückhaltend, ja, sogar ein wenig einfühlsam – doch am Ende sind sie nur auf Sex aus, ob die Sklavin will oder nicht.

Zu welcher Sorte gehört Ice? Im Moment scheint er sehr erzürnt zu sein. Seine Nasenflügel beben, die Muskeln in seiner Brust zucken.

Mein Magen verkrampft sich. »Du musst die Ampullen nehmen, oder …«

»Oder was?« Plötzlich hebt er mich hoch, drückt mich an meinem Po gegen seinen Unterleib und drängt mich an die Wand, sodass er zwischen meinen geöffneten Beinen steht. »Hast du Angst, ich würde über dich herfallen?«

Ich schlucke. Sein Penis presst sich genau auf meinen Schritt, und ich trage nur ein dünnes Höschen. Wird er gerade hart? »Nein, es ist nur …«

»Was?«, fragt er dunkel. Sein Blick ist in meinen Ausschnitt gerichtet. Meine Nippel sind steif und zeichnen sich deutlich durch den Stoff ab. Ich komme mir nackt vor. Nackt und ausgeliefert. Ich habe Angst vor diesem starken Mann, und doch erregt mich der Gedanke, er könnte mich hier nehmen. An der Wand, im Stehen. Nicht brutal, sondern einfühlsam. Er würde mich küssen. Überall. Bis ich feucht genug für ihn bin.

Prompt beschleunigt sich der Pulsschlag zwischen meinen Beinen. Ice ist ein Warrior, ich die Tochter eines Senators – Vater würde uns beide töten.

Also denk nicht mal daran, Veronica! »D-dein Körper hat sich über die Jahre an das Zeug gewöhnt, du wirst Entzugserscheinungen bekommen.«

»Na und! Ich habe Schlimmeres überstanden.« Kurz schweift mein Blick zu seinem Bauch, auf dem unterhalb des Nabels Narben zu erkennen sind. Was ist ihm passiert? Sind das Brandzeichen? Als hätte man ihn markiert. Mit einem N … W … C … Das steht für New World City!

Ich halte mich an seinen Oberarmen fest und starre auf seine rasierte Brust, den Kehlkopf, die Fältchen um seinen Mund. Dieser Mund … Wie er wohl schmeckt? »Du könntest am Entzug sterben«, wispere ich. Mein Hals ist trocken, mein Herz rast, und noch immer hält er mich fest.

Sein Gesicht kommt so nah, dass er mich fast mit den Lippen berührt. »Hör auf, mich überreden zu wollen. Ich werde das Zeug nicht nehmen! Und du wirst niemandem ein Wort sagen.«

»Was, wenn doch?«, wispere ich.

Intensiv mustert er mich, ohne mir eine Antwort zu geben – plötzlich schnuppert er an meinem Hals. Oh Gott, wieso macht er das?

»Okay, ich halte den Mund. Aber nur, wenn du auch nichts sagst«, stoße ich hervor und kralle die Finger in seine Haut.

Langsam und mit Druck reibt er seine Erektion an meinem Schoß.

»Wir haben uns gegenseitig in der Hand, Prinzesschen.«

Ich stehe in Flammen, mein Unterleib pocht. »Ich könnte Vater sagen, dass du diese geheimen Informationen gewaltsam aus mir herausgeholt hast.«

»Gewaltsam?« Eine seiner Brauen hebt sich spöttisch. »Ich müsste bei dir gar keine Gewalt anwenden. So, wie sich deine Pussy nach mir verzehrt, würdest du mir alles verraten, bloß damit ich dich ficke.«

»Das ist eine unverschämte Lüge!« Mein Gesicht glüht. Mein Körper steht in Flammen.

Er lächelt diabolisch. »Leugnen hilft nichts. Ich kann sie riechen. Sie lechzt vor Geilheit.« Er drückt mich noch fester an sich, sodass mein Kitzler hart klopft, und trägt mich über die Scherben aus dem Badezimmer bis in mein düsteres Apartment. Wird er mit mir schlafen?

»Ice«, flüstere ich, als er auf mein Bett zusteuert. »Bitte sei sanft, ich habe ein bisschen Angst.«

Behutsam legt er mich ab und deckt mich zu. Es ist stockdunkel, doch der Spott in seiner Stimme ist nicht zu überhören. »War das sanft genug? Und jetzt träum süß von mir, Prinzessin.« Seine große Silhouette zeichnet sich vor der offenen Terrassentür ab.

Hastig richte ich mich auf. »Was machst du?« Er kann doch jetzt nicht einfach gehen?

»Ich mache das, was ich jeden Abend mache, also komm nicht noch mal in mein Zimmer«, sagt er bestimmend, dann ist er weg.

Stöhnend vor Scham sinke ich zurück ins Kissen und ziehe die Decke über meinen Kopf. Er hat mich ganz schön dämlich aussehen lassen. Was wird er nun von mir denken?

Du bist so peinlich, Veronica!

Ich wälze mich auf den Bauch und versuche, das Bild seines nackten Körpers aus meinen Erinnerungen zu verbannen, aber jeder perfekte Zentimeter hat sich in mein Gehirn gebrannt. Zudem gehen mir die Berührungen nicht aus dem Sinn, ich spüre seine

Hände immer noch an meinem Körper. Wie gut sich das angefühlt hat ... Ich vermisse diese körperliche Nähe ungemein. Ich vermisse Andrew. Er ist der Sohn von Senator Pearson und äußerlich das genaue Gegenteil von Ice: schlank und blond. Wir kennen uns, seit wir Kinder waren. Unsere Väter hätten es gern gesehen, wenn wir geheiratet hätten. Ich hätte nichts dagegen gehabt, Andrew ist ein toller Kerl. Nur unerreichbar. Die Rebellen haben ihn entführt, seit Wochen hat niemand etwas von ihm gehört. Er ist sicher längst tot.

Mein Herz verkrampft sich, denn ich glaube, ich war in ihn verliebt. Ich habe unsere Beziehung nie so ernst gesehen, eher als Flirt, trotzdem vermisse ich ihn. Als Partner und Freund. Mit ihm hätte ich mir eine Ehe vorstellen können. Kurz vor seiner Entführung haben wir miteinander geschlafen. Es war mein erstes und bisher einziges Mal. Dabei hat er sich als zärtlicher, rücksichtsvoller Liebhaber erwiesen. Ich bete jeden Tag, dass es ihm gutgeht, egal, wo er jetzt ist.

Seit er nicht mehr da ist, fühle ich mich allein wie nie. Ich hasse die Rebellen, weil sie ihn mir weggenommen haben. Ich hasse sie, obwohl ich sie auch verstehen kann. Und Miraja – gehört sie nun auch zu den Rebellen? Sie kann ich nicht hassen.

Werde ich eines Tages genauso kalt und grausam herrschen wie mein Vater und die anderen Ratsmitglieder? Ich habe keine Wahl, ich muss es tun, oder ich lande dort, wo alle landen, die sich nicht dem Regime beugen.

Ach, hätten die Rebellen doch bloß mich entführt ...

Ich rolle mich auf den Rücken und versuche, auf andere Gedanken zu kommen. Wie muss sich Ice fühlen, nachdem er die Wahrheit kennt?

Wie schrecklich wäre es, wenn *ich* diese Ampullen nehmen müsste, die meine Lust unterdrücken?

Eigentlich sind wir uns ähnlich, ich befriedige mich so oft es geht selbst. Ich liebe dieses Gefühl, es lässt mich für einen Moment meine Einsamkeit und alles andere vergessen.

Ob Ice sich gerade … Ich werfe die Decke von mir und stehe auf. Obwohl ich nicht schon wieder seine Privatsphäre stören mag, steuere ich wie von selbst auf die Dachterrasse zu. Falls seine Tür geschlossen ist, werde ich sofort gehen.

Sie steht immer noch offen.

Vorsichtig luge ich ins Zimmer. Kein Licht brennt. Durch die Tür fällt das Schimmern der Stadt hinein, genau auf Ice. Er hockt in einem großen Sessel und … Ach du dickes Ding!

Hastig ziehe ich den Kopf zurück; erneut hat sich alles in mein Gehirn gebrannt. Er ist nackt! Ein Bein hängt über der breiten Armlehne, den Kopf hat er zurückgelegt und mit einer Hand massiert er … Ich muss noch einmal nachsehen, nur ganz kurz, er hat doch nicht wirklich so einen dicken …

Hat er!

Oh mein Gott, haben alle Warrior solch ein Mörderteil? Ich versuche, mich zu erinnern. Ab und zu habe ich diese ekelhafte Show angesehen. Zuerst, weil ich neugierig war, wie ein Mann gebaut ist und wie Sex funktioniert, später war es Sensationsgier, das gebe ich zu. Aber als mir irgendwann richtig bewusst wurde, dass das keine erfundene Fernsehsendung ist, sondern Realität, und Frauen dort gegen ihren Willen zum Sex gezwungen werden, habe ich angewidert abgeschaltet.

Die meisten Soldaten waren wirklich gut gebaut, aber so einen gigantischen Durchmesser habe ich nicht in Erinnerung. Damit kann er doch gar keinen Sex haben!

Obwohl … Früher haben die Frauen ihre Kinder auf natürlichem Weg bekommen, die Babys haben schließlich auch durchgepasst, also müsste das irgendwie funktionieren können. Und so groß wie ein Kopf ist er ja bei Weitem nicht.

Himmel, worüber mache ich mir Gedanken!

Nur noch einmal gucken, dann gehe ich zurück.

Ice atmet erregt, während die Bewegungen seiner Hand schneller werden. Die dicke Kuppe taucht immer wieder über seiner Faust auf. Sie glänzt im matten Licht.

Plötzlich hebt er den Kopf und sieht mich an. »Bleibst du jetzt ewig vor der Tür stehen, oder willst du mir zur Hand gehen?«, fragt er rau.

Ach du Sch… Schnell wie der Wind laufe ich zurück, ziehe meine Terrassentür zu und schmeiße mich ins Bett. Verdammt!

Natürlich hat er mich bemerkt – Supersinne, du dumme Gans!

Während ich mich zu Tode schäme, verkrieche ich mich erneut unter der Zudecke. Wie soll ich Ice jemals wieder in die Augen sehen können?

Verdammt, der Kerl ist aber auch heiß!

Ich wälze mich auf den Bauch und schiebe eine Hand zwischen meine Beine. Mein Slip ist feucht, wie erwartet. Schon ein kleiner erotischer Gedanke reicht aus, um meine Säfte zum Fließen zu bringen. Das ist mitunter recht nervig, weil man ständig in einer Pfütze sitzt.

Ich stelle mir vor, wie Ice in mein Zimmer schleicht und es seine Hand ist, die mich streichelt.

Als sich plötzlich tatsächlich eine Hand auf meinen Mund legt, schreie ich auf, doch es dringt nur ein gedämpfter Laut an meine Ohren.

»Pst, ich tu dir nichts.«

Es ist seine Stimme, er ist hier!

Sofort lässt er mich los und ich drehe mich im Bett herum. Ich habe nicht gehört, dass er hereingekommen ist! Die Terrassentür mit dem Rollo davor ist auch wieder geschlossen, denn es ist so dunkel im Zimmer, dass ich nichts sehe.

»Was suchst du hier?«, frage ich mit zitternder Stimme und richte mich auf. Mein Körper bebt vor Lust und Furcht. Verdammte Mischung, ich bin ziemlich durcheinander.

»Warum bist du weggelaufen?«, raunt er und drückt mich an den Schultern zurück. Dann spüre ich, wie er die Bettdecke wegzieht.

Reglos bleibe ich liegen, die Finger ins Laken gekrallt. »I-ich …«

»Hast du Angst vor meinem Schwanz?«

Etwas streift mein nacktes Bein. Ist es sein Finger? »Ich … nein.«

Sein Finger wandert höher, kreist über dem Stoff meines Hemdchens um meinen Bauchnabel und höher hinauf.

»Lüg mich nicht an.« Sanft zwickt er in einen meiner Nippel.

Sofort schießt glühende Lust in meinen Schoß und ich keuche auf. »Nur ein bisschen, ich hab noch nie so ein Kaliber gesehen.«

Er lacht dunkel. »Besser, du fürchtest dich und läufst weg. Deine kleine Pussy könnte mich niemals aufnehmen.«

Während seine Hand an meinem Bauch tiefer gleitet, frage ich atemlos: »Was macht dich da so sicher?«

»Die wenigsten Frauen können das.«

Hört er sich verletzt an? Ein Stich durchzuckt meine Brust, auch, weil er schon andere vor mir hatte. Viele andere, vermutlich. »Vielleicht kann ich es ja.«

Oh Gott, ich biete mich ihm geradezu an!

Als er mir plötzlich den Slip von den Hüften reißt, schreie ich erneut auf. Doch ich bleibe liegen, rühre mich nicht von der Stelle.

»Du bist mutig.« Ice schiebt meine Beine auseinander, die Matratze wackelt. Ich glaube, er hat sich aufs Bett gesetzt. Jetzt wird es ernst! Mein Kitzler hämmert so hart wie der Puls an meinem Hals, außerdem läuft mein Lustsaft zwischen den Pobacken hindurch aufs Bett. Gut, dass ich nichts sehen kann, sonst wäre ich nicht so tapfer. Womöglich handele ich aber auch dumm. Er könnte alles mit mir machen … Nein, er ist mein Bodyguard, er passt auf mich auf, und überleben will er sicherlich auch.

»Mm, du riechst lecker.« Ein warmer Hauch weht über meine Scham. »Giert deine Pussy nach jedem Schwanz?«

»Nein, ich …«

Ein sanfter Schlag trifft meine Schamlippen, vor Überraschung entfährt mir ein Schrei. Der süße Lustschmerz treibt mich schnell auf den Höhepunkt zu.

»Lüg mich nicht an«, grollt er, aber er klingt nicht wirklich böse.

Ich glaube, er spielt mit mir.

»Ich bin nur sehr leicht erregbar.« Oh Gott, was erzähle ich ihm denn dauernd? Vor Ice habe ich das Gefühl, meine intimsten Geheimnisse offenbaren zu müssen. Er wirkt unglaublich dominant und doch weckt er mein Vertrauen, er macht mir Angst und zugleich fühle ich mich bei ihm sicher.

Drehe ich jetzt völlig durch?

»Wir werden sehen.« Erneut spüre ich seinen Atem zwischen den Beinen, bevor er zärtlich an meinen Schamlippen auf und ab leckt.

Das muss ich träumen, da kniet nicht wirklich ein Warrior zwischen meinen gespreizten Schenkeln und … Als er einmal tief durch meine Nässe pflügt, wimmere ich vor Lust. Das ist himmlisch!

Ich ziehe die Beine an und öffne mich mehr für ihn, drücke ihm meine Hüften entgegen. Gut, dass ich nichts sehe, denn das macht mich mutig. Und es bleibt immer noch die geringe Chance, das alles zu träumen, obwohl sich seine flinke Zunge verdammt echt anfühlt.

Ice spielt mit meinem Kitzler, zupft mit den Lippen daran und leckt hart darüber.

Ich kralle die Finger in sein kurzes Haar. Wie weich es ist – das habe ich nicht erwartet. Auch seine Haut ist perfekt, viel zarter als meine. Ich will auch perfekte Gene haben … Oh mein Gott, ist das sein Finger in mir?

»Mal sehen, wie viele du schaffst«, raunt er an mein feuchtes Geschlecht, während sich sein Finger tiefer schiebt. »Wie oft hattest du bisher einen Mann in dir?«

»Ein … Mal«, bringe ich stockend heraus.

Während er mich fingert, reibt er mit dem Daumen über meine Klit. Mein Unterleib pocht und brodelt wie ein Vulkan, es fehlt nicht mehr viel und ich komme.

Er schiebt einen zweiten Finger in mich und erhöht den Druck von innen. »Du bist noch so unschuldig eng, ich muss dich dehnen.« Ein dritter Finger kommt hinzu, und jetzt spüre ich zum ersten Mal eine Spannung. Ice dehnt mich auf, spreizt die Finger und krümmt sie in mir. Die Spannung nimmt zu, aber ich könnte noch mehr ertragen.

»Probier noch einen«, wispere ich – schon fühle ich, wie mein Eingang hart gedehnt wird. Ob ich reißen kann? Die Spannung ist enorm, und je tiefer Ice seine Finger in mich drückt, desto mehr nimmt der Schmerz zu. Jedoch treibt das meine Lust in ungeahnte Höhen. Meine steinharten Brustspitzen kribbeln, der elektrisierende Schmerz pulsiert bis tief in meinen Körper. Mein Kitzler rattert gegen seine leckende Zunge.

»Ice …«, stöhne ich hilflos.

Er stößt zu und reibt zeitgleich hart über meinen geschwollenen Knubbel. »Du bist so nass, unglaublich. Und du hältst viel aus. Vielleicht klappt es.«

Als ich »Hör jetzt nicht auf« flehe, entlädt sich die angestaute Lust in meinem Schoß. Wie von Sinnen stoße ich ihm die Hüften entgegen, während ich meine Brüste streichle. Dazu keuche ich unartikulierte Laute heraus und klinge sicher wie eine durchgeknallte Sexsüchtige. Aber das ist mir egal, ich will nur diesen Lustrausch erleben, der wie ein Orkan durch meinen Körper fegt und alles mit sich reißt.

»Baby, wenn du wüsstest, wie geil mich dein Anblick macht.«

Selbst dass Ice mich sehen und riechen kann, ist mir egal, so lange, bis meine Lust abebbt und ich schwer atmend liegen bleibe.

»Bist du tatsächlich gerade gekommen?« Er klingt verwundert. »Ich hab gespürt, wie deine Pussy meine Finger regelrecht eingesaugt hat.«

Ich drehe meinen heißen Kopf zur Seite und schließe die Augen. »Tut mir leid, das geht bei mir immer so schnell.« Mein Unterleib pocht noch nach, fühlt sich nass und geschwollen an.

»Ich habe bisher keine Frau erlebt, die so leicht erregbar ist.« Sanft streichelt er über die Innenseiten meiner Schenkel.

Zitternd atme ich ein. »Ist das denn schlecht?«

Er lacht leise. »Nein, das ist geil. Dein Körper ist für Sex gemacht. Du solltest nur lernen, ihn länger zu genießen, diesen Moment, bevor der Höhepunkt hereinbricht.«

Ich weiß, was er meint. Ob er mir das beibringen kann? Ich würde gerne mehr von diesem Rausch bekommen. Ich glühe jetzt noch und hätte Lust auf eine weitere Runde. Da sind wir Frauen immerhin im Vorteil.

Er streicht über meine Brüste, meinen Bauch und den Schamhügel. »Du steckst voller Leidenschaft und kannst dich vollkommen hingeben.«

»Wenn mich die Lust befällt, vergesse ich alles andere.«

»Das ist gefährlich. Es gibt Männer, die das ausnutzen. Sie verlangen Sachen, zu denen Frauen nicht bereit sind.«

Ist er unter die Prediger gegangen? »Du wirst mir nichts tun.«

Er schnaubt. »Was macht dich da so sicher?«

»Du hättest mich bereits zwei Mal nehmen können.« Ich spiele wirklich mit dem Feuer. Er ist ein Warrior, die verspeisen Sklavinnen schon zum Frühstück. Warum sollte gerade er Rücksicht nehmen? Er, der lange keine Frau mehr hatte und vergehen muss vor Lust.

Plötzlich spüre ich seine Hände nicht mehr auf mir. »Ich lass dich dann mal schlafen. Wir sehen uns morgen.«

»Du gehst?« Enttäuscht richte ich mich auf. »Was ist mit deiner Lust?«

»Ich hab mir vorhin schon einen runtergeholt, damit ich mich beherrschen kann.«

Will er mich nicht? »Gefalle ich dir nicht?«, frage ich leise.

»Du bist die schönste Frau, der ich jemals begegnet bin«, antwortet er rau.

»Beim nächsten Mal versuchen wir es«, sage ich wagemutig und höre ihn einen Fluch murmeln, bevor er mein Zimmer durch die Terrassentür verlässt.

Kapitel 3 – Entzugserscheinungen

Das nächste Mal lässt leider auf sich warten. Morgens musste ich – als Vorzeigetochter eines Politikers – mit meinem Vater verschiedene Einrichtungen besuchen. Wir waren im Gefängnis und einer Erziehungsanstalt, danach haben wir noch mit den Anführern der Warrior-Einheiten gesprochen. Es gibt noch keine Spur von den Rebellen oder den entflohenen Kriegern, sie sind wie vom Erdboden verschluckt. Die Soldaten haben schlechte Laune, weil die Shows auf unbestimmte Zeit ausgesetzt wurden. Vater hat auch dort die Vitaminpräparate austauschen lassen, damit die notgeilen Männer über niemanden herfallen.

Ständig muss ich an Ice denken. Er hat seit zwei Tagen keine Injektion genommen, vielleicht auch länger, denn eigentlich reicht eine Ampulle für drei Tage. Schweiß steht auf seiner Stirn. Ob der Entzug bereits begonnen hat? Was passiert, wenn jemand davon Wind bekommt? Er ist verpflichtet, sich diese Präparate zu spritzen, damit die Soldaten ununterbrochen ihre volle Stärke und Leistungsbereitschaft erhalten. Sie müssen ohne Unterlass funktionieren.

Ice darf nicht mit in die Besprechungsräume – die schallisoliert sind – kommen, sondern muss vor der Tür Wache halten. Aber immer, wenn sich unsere Blicke begegnen, wird mir heiß. Hoffentlich sieht mir keiner an, was wir getan haben.

Als wir am Nachmittag endlich nach Hause zurückkehren, packt mein Vater. Er wird für zwei Tage nach New World City zu seinem Bruder fliegen, der dort ebenfalls ein höheres Ratsmitglied ist.

»Du wirst solange ich weg bin die Wohnung nicht verlassen«, befiehlt er mir. »Mary kommt drei Mal am Tag vorbei und macht euch Essen, damit du und dein Bodyguard versorgt seid.«

Mary ist unsere Köchin und Mädchen für alles, sie bringt die Schmutzwäsche zur Wäscherei und hält die Apartments sauber. Sie wohnt in einer kleinen Wohnung in diesem Gebäude und ist immer zur Stelle, wenn man sie braucht.

»Ansonsten wünsche ich, dass du, sofern du etwas benötigst, Mary schickst oder alles online bestellst.«

Ich nicke bloß, weil er keinen Widerspruch duldet. »Was wirst du mit Stephen besprechen?« Das möchte ich allerdings wissen, da ich neugierig bin, was er so oft in der anderen Stadt macht.

»Wir planen, mit unseren besten Kriegern ein Spezialkommando aufzustellen. Wie du weißt, lebt nicht weit von unserer Stadtgrenze eine große Gruppe Outsider, die ständig versucht, an unser Wasser zu kommen. Es wird gemunkelt, dass sie eine Armee ausbilden.«

Ich schlucke. »Gemunkelt?«

Für ein paar Sekunden schaut er mich eindringlich an, bevor er sagt: »Wir haben verschlüsselte Funksprüche abgefangen, die wir leider nicht lokalisieren konnten, doch die Botschaften waren erschreckend. Sollten die Outsider unsere Stadt einnehmen, wird bald nicht mehr genug Wasser für alle da sein. New World City hat das Problem mit Eindringlingen nicht, zumindest nicht so schlimm, da die Kuppel auf einer Insel errichtet wurde. Sie werden uns ein paar ihrer besten Warrior zur Verfügung stellen.«

Der Senat plant, die Menschen da draußen anzugreifen? Es ist das erste Mal, dass ich davon höre. »Wird es Krieg geben?«, frage ich vorsichtig.

»Möglich. Aber du brauchst keine Angst zu haben, vorher schicke ich dich zurück zu deiner Mutter.« Mit diesen Worten verlässt er mich, ohne sich noch einmal umzublicken.

Ich bleibe allein in der Eingangshalle zurück. Das Untergeschoss wurde einem altenglischen Herrenhaus nachempfunden, mit einer breiten Treppe, hohen Decken und diversen Salons. Wir haben viel zu viel Platz und ich fühle mich wie immer ein wenig verloren. Und mein Gewissen meldet sich, weil die meisten Bürger in regelrechten Löchern hausen. Der Platz unter der Kuppel ist begrenzt, daher werden auch alle Männer bereits im Alter von zwölf Jahren sterilisiert, um unerwünschte Schwangerschaften zu vermeiden.

Wenn es da draußen Menschen gibt – viele Menschen – und die sich vermehren können, muss ein Leben doch wieder möglich sein? Vater sagt, das seien keine Menschen, sondern Mutanten. Auf den Videos sehen sie aber normal aus. Vor jeder Show werden Bilder eingespielt, wie die Warrior die Outsider beim Versuch, über den äußeren Wall in die Stadt einzudringen, erschießen.

Als ich Vater einmal darauf ansprach, erklärte er mir: »Du siehst es ihnen nicht an, aber ihre Gehirne sind durch die Strahlung verkümmert. Das sind wilde Bestien, die sich gegenseitig auffressen.«

Ich erschaudere. Falls es diese Zombies schaffen, in White City einzufallen, wird nichts mehr so sein wie vorher.

Plötzlich kommt Ice die Treppen heruntergelaufen. Er trägt ein ärmelloses T-Shirt und eine eng anliegende kurze Hose, über seiner Schulter liegt ein Handtuch. »Ist dein Vater weg?«

Ich nicke stumm. Ist das ein Versuch, mit mir ein Gespräch zu beginnen? Er kann doch sicher hören, dass mein Vater weg ist.

Mein Körper steht unter Strom. Endlich bin ich mit diesem sexy Kerl allein.

Ohne mich weiter zu beachten, geht er an mir vorbei. »Falls du mich brauchst, ich bin im Fitnessraum.«

Und wie ich dich brauche … Ich habe Lust auf dich. Warum ignorierst du mich?

Männer!

Ich mache auf dem Absatz kehrt und jogge nach oben in mein Apartment. Ab und zu benutze ich ebenfalls die Geräte im Trainingsraum. Mit Miraja habe ich sogar öfter zusammen Sport gemacht. Allerdings im Schlabberlook. Ich liebe es, bequeme Sachen zu tragen und nicht immer diese steifen, einengenden Kostüme – für gewöhnlich sieht mich hier ja keiner. Doch heute möchte ich Ice meine Vorzüge präsentieren und krame aus dem Schrank von ganz unten eine Pants, die kaum über meine Pobacken reicht. Dazu ziehe ich einen Sport-BH und ein Stretch-Shirt an. Meine Brüste spitzen frech hervor.

28

Oh Gott, ist das nicht zu gewagt? Ich sehe aus wie eine Schlampe!

Wenn ich mich bücke, rutscht die knappe Hose so weit über meine Hüften, dass mein schwarzer Stringtanga zum Vorschein kommt.

Nicht zu viel nachdenken … Ich riskiere das jetzt einfach. Auch wenn Ice keine Injektionen mehr nimmt … *Das* kann ihn unmöglich kalt lassen.

♥ ♥ ♥

Als ich wenige Minuten später den großen Fitnessraum betrete, in dem allerhand Geräte stehen, wirft mir Ice als Erstes einen düsteren Blick zu, sagt jedoch nichts. Tut er nun unser heißes Liebesspiel als einmaligen Ausrutscher ab? Mal sehen, wie lange er diese Coolness aufrechterhalten kann.

Um mich aufzuwärmen, gehe ich kurz aufs Laufband und beobachte, wie er Liegestütze macht. Danach hockt er sich auf eine Hantelbank – ich setze mich auf das Gerät gegenüber und trainiere meine Innenschenkel. Dazu muss ich meine Beine weit spreizen und wieder zusammenführen.

Oh Gott, mir ist das irgendwie peinlich und meine Wangen glühen. Was mache ich hier eigentlich?

Seine Lider verengen sich.

»Was?«, frage ich möglichst unschuldig, obwohl sich meine Kehle wie ausgedörrt anfühlt. »Stört es dich, wenn ich auch hier bin?«

Kopfschüttelnd dreht er mir den Rücken zu, aber ich habe genau gesehen, was sich durch den engen Stoff seiner Hose abgezeichnet hat.

Ich habe genug Beinübungen gemacht und schnappe mir kleine Hanteln. Damit stelle ich mich vor ihn, wobei ich ihm ebenfalls den Rücken zukehre. Die Übung erfordert, dass ich mich möglichst oft bücke.

Plötzlich kracht hinter mir eine Hantel zu Boden.

Ice murmelt etwas Unverständliches, und als ich über meine Schulter luge, erkenne ich, wie sehr er schwitzt. Er ist klitschnass, von oben bis unten, sogar aus seinem Haar tropft Wasser. Das Handtuch ist ebenfalls durchtränkt.

»Alles okay?« Ich mache mir ernsthaft Sorgen. »Das kann vom Entzug kommen. Du solltest dich lieber nicht so anstrengen.«

Schnaubend verdreht er die Augen, als wolle er sagen: Was ist daran anstrengend?, und verlässt den Raum. Er schwankt leicht. Das bedeutet nichts Gutes.

Sofort hefte ich mich an seine Fersen.

»Schon fertig?«, fragt er, als er die Treppe nach oben geht.

»Ja«, antworte ich knapp, wobei ich seinen Knackpo vor Augen habe. »Irgendwie habe ich doch keine Lust auf Sport.«

Auf der letzten Stufe bleibt er stehen und dreht sich um. »Verfolgst du mich?«

Ich reiße die Augen auf. »Warum? Wir haben halt denselben Weg. Darf ich mal vorbei? Ich muss unter die Dusche.« Während ich mich an ihm vorbeidrücke, ziehe ich mir das Shirt aus.

Hilfe, das war ein Reflex. Das war es doch, oder? Ich bin ja sonst allein hier und kann machen, was ich will. Ist schließlich nicht so, dass ich nackt bin, ich trage immerhin noch den BH.

Mann, Veronica, ich kenne dich nicht mehr!

Möglichst lässig schlendere ich die Galerie entlang, die zum unteren Raum hin geöffnet ist, und versuche, mir meine Unsicherheit nicht anmerken zu lassen. Hoffentlich ist er schon zu seinem Zimmer abgebogen.

Ich tu so, als würden mich die Bilder meiner Vorfahren interessieren, die an der vertäfelten Wand hängen, und versuche, ihn aus den Augenwinkeln zu beobachten. Er sieht mir nach, ich fühle seine Blicke.

Ich hab es übertrieben, ich habe ihn zu sehr gereizt, ich weiß es einfach!

Noch bevor ich meine Tür erreiche, ist er bei mir. Von hinten fährt sein Arm um meine Taille und ich werde zu Boden gepresst.

Nein, nicht zu Boden, er drückt meinen Oberkörper nach unten und hält ihn in seiner Armbeuge gefangen, während ihm mein Gesäß entgegenragt.

»Hey!« Ich will mich aus seinem Griff befreien, doch er hält mich eisern fest.

»Ich weiß genau, was du vorhast, Prinzessin«, knurrt er. »Du kannst nicht immer alles haben, was du willst.«

Als ob ich das jemals hätte!

»Hör auf mit deinen Spielchen, oder ich werde dir den Hintern versohlen, dass du drei Tage lang nicht mehr sitzen kannst.«

»Das wagst du nicht!« Ich bin jetzt seine Chefin, solange mein Vater unterwegs ist, das sollte ihm klar sein!

Schon klatscht seine Hand auf meinen Po, und das nicht sanft.

»Au, spinnst du!?« Meine Pobacke brennt und pulsiert.

Gleich darauf schlägt er auf die andere Seite.

»Hey!« Ich zappele, komme jedoch nicht frei. Dafür prasseln weitere Schläge auf mein Fleisch. Mal sanftere, mal festere, und jeder Schlag sorgt dafür, dass mehr Blut in meine Schamlippen schießt, obwohl er sie lediglich streift.

Plötzlich presst er die Hand von hinten gegen meinen Schritt. »Ich fasse es nicht, du bist schon wieder klitschnass. Erregt dich denn alles?«

Meine Brustwarzen drücken sich durch den Stoff, mein Kitzler pocht gegen seine Finger. Ich wünschte, er würde sie in mich schieben, mich reiben und zum Höhepunkt bringen. Doch darum werde ich gewiss nicht betteln. Dieser arrogante Kerl! »Mich erregt es kein bisschen, geschlagen zu werden, und jetzt lass mich los!«

Abrupt öffnet er den Griff, sodass ich fast auf dem Teppich lande. Mein Herz rast, in meinem Magen tobt ein Orkan. Mit in die Hüften gestemmten Händen baue ich mich vor ihm auf. »Was sollte das? Du kannst mich nicht einfach schlagen. Du bist mein Bodyguard!«

Der Blick aus seinen kühlen Augen bohrt sich in mich. In ihnen brennt ein Feuer. Ob es Fieber, Leidenschaft oder beides ist, kann ich nicht sagen.

Er packt mich an den Schultern und drängt mich gegen die getäfelte Wand. Neuer Schweiß läuft über sein Gesicht, er atmet schwer. »Wenn du nicht die Tochter von Senator Murano wärst, würde ich dir auf der Stelle das Hirn rausvögeln, bis du deine albernen Spielchen lässt.«

Bitte?!

Er beugt sich tief zu mir, als wolle er mich küssen, sagt jedoch nur leise: »Aber da mir mein Leben lieb ist und ich keine Lust habe, den Kopf zu verlieren, werde ich mir mal wieder allein einen runterholen müssen.« Danach stößt er sich von der Wand ab und verschwindet in seinem Zimmer.

Er macht mich heiß und haut dann ab? »Feigling!«, rufe ich ihm nach.

Kochend vor Wut betrete ich mein Apartment und ziehe mich aus. »Was fällt dem Kerl ein?« Ein Blick in den Ankleidespiegel offenbart knallrote Pobacken. Er hat mich tatsächlich versohlt. Und es hat mir gefallen! Wie kann das sein?

Okay, seine Schläge waren nicht so fest, dass ich vor Schmerzen gebrüllt hätte, gerade fest genug, um mein Gesäß unter Feuer zu setzen und meine Erregung anzustacheln.

Schnaubend stelle ich mich unter die Dampfdusche und fahre über meine erhitzte Haut. Nicht nur mein Hintern brennt, auch meine Leidenschaft ist entfacht. Stöhnend schließe ich die Augen, als ich über meine Brüste reibe, um die Waschlotion zu verteilen. Meine Nippel sind steinhart und lechzen nach Berührungen.

Ich lasse meine Hand tiefer gleiten, massiere meine Schamlippen und tauche mit dem Finger dazwischen. Ich muss bloß meinen Kitzler sanft malträtieren, schon läuft Feuchtigkeit aus mir heraus. Mit schnellen Bewegungen verteile ich sie.

Gut, er macht es sich nebenan selbst? Das kann ich auch! Ich stelle mir vor, wie er zu mir in die Dusche kommt und mich auf seine Erektion hebt, mich gegen die Wand presst. Ich möchte von ihm ausgefüllt werden, ich will jetzt etwas in mir spüren!

Ich reiße die Augen auf. Die Shampooflasche ist zu breit, ich muss wohl meinen Dildo holen. Aber da kann ich es mir gleich im Bett machen. Ice wird wahrscheinlich längst den Höhepunkt erlebt haben. Allein. Ich hätte ihm dabei helfen können.

Verdammt, zu zweit macht es viel mehr Spaß und es muss doch niemand etwas erfahren! Hier im Haus gibt es weder Kameras noch Mikros – die Privatsphäre ist meinem Vater heilig. Unsere gesamte Wohnung ist abhörsicher. Keiner würde je erfahren, was sich in diesen Wänden abspielt, und ich bin sicher nicht so lebensmüde, es irgendjemandem zu erzählen.

Was habe ich für Gedanken? Der Kerl hat mir den Verstand vernebelt!

Ich steige aus der Dusche, rubble mich schnell trocken und möchte unter die Bettlaken kriechen – da fällt mir ein, dass Ice nicht gut ausgesehen hat.

Rasch hülle ich mich in meinen Kimono und verlasse das Apartment, diesmal durch die Tür, die in die Galerie führt. Entschlossen klopfe ich bei ihm. »Du brauchst nicht glauben, dass ich was von dir will. Ich möchte nur kurz fragen, ob bei dir alles in Ordnung ist, und das meine ich wirklich so«, rufe ich durch seine Tür. Meine Güte, was für ein Kauderwelsch, aber der Mann bringt mich völlig aus dem Takt. »Kannst du mal aufmachen? Bitte?!«

Als keine Reaktion erfolgt, drücke ich meinen Daumen kurzerhand auf den Scanner. Schließlich habe ich zu allen Räumen Zutritt. Na ja, bis auf Vaters Arbeitszimmer.

Mit einem leisen Klick springt die Tür auf. »Ice?« Zuerst erkenne ich nichts, weil die Rollos geschlossen sind. Im Zimmer ist es fast dunkel. Doch als ich das Licht einschalte, schnappe ich nach Luft. »Ice!«

Bäuchlings liegt er auf dem Bett, nackt und alle viere von sich gestreckt, als hätte er sich nach dem Duschen einfach auf die Matratze fallen lassen. Seine Beine ragen noch ein Stück heraus, sein feuchtes Haar schimmert.

»Ice!« Sofort bin ich bei ihm und drücke eine Hand auf seine Stirn. »Du glühst ja!« Seine Augen sind geschlossen, er atmet schwer. Sein Gesicht ist knallrot.

»Geh, will schlafen«, murmelt er, wobei sich lediglich seine Lippen leicht bewegen.

»Ich werde erst mal Fieber messen.« Ich eile zurück in mein Badezimmer, um aus einem Schränkchen über dem Waschbecken das Ohrthermometer zu holen. Als ich wieder bei ihm bin, hocke ich mich aufs Bett und führe den Sensor vorsichtig in seinen Gehörgang ein. Drei Sekunden später leuchtet mir die Temperatur entgegen. »Oh Gott, du hast fast einundvierzig Grad, du kochst!«

»Will nur schlafen, danach ist alles gut«, sagt er leise.

»Du hast echt Nerven, du brauchst einen Arzt.«

Seine Hand schießt hervor, seine Finger krallen sich in meinen Kimono. »Dann bring mich gleich um.«

Verdammt, er hat recht. Ich kann niemandem sagen, dass mein Leibwächter ein Warrior auf Entzug ist. »Vielleicht kann ich dir neue Ampullen besorgen. Ich sag einfach, deine sind aus Versehen heruntergefallen und ...«

»Ich werde das Zeug nicht mehr nehmen.« Seine Hand erschlafft und er rollt auf den Rücken. Seine Augen sind glasig.

»Komm, leg dich wenigstens richtig ins Bett.« Ich versuche, ihn hochzuziehen, aber er liegt da wie hingegossen. Und er ist so ... nackt! Es fällt mir schwer, ihn nicht anzustarren. Besonders das Areal unterhalb seines Nabels, in dem sich die Bauchmuskeln zu einem V verjüngen, hält meinen Blick gefangen.

Seufzend krabbelt er höher und lässt sich von mir zudecken. Ich ziehe ihm das dünne Laken bloß bis über die Hüften, damit ihm nicht noch heißer wird.

Und damit ich nicht seinen heißen Anblick ertragen muss.

»Okay ...« Ich atme tief durch und streiche mir eine feuchte Haarsträhne hinters Ohr. »Wir müssen auf jeden Fall dein Fieber senken.

34

Bin gleich wieder da.«

Erneut laufe ich in meine Wohnung. Diesmal hole ich meinen Tablet-PC und tippe bereits, während ich zurückeile, »Fieber senken« in die Suchzeile.

Sofort spuckt mir das Citynet Informationen aus und zählt einige Medikamente auf, von denen ich tatsächlich welche da haben müsste, zumindest das Schmerzmittel, das gleichzeitig Fieber senkt. »Sie können es aber auch mit kühlen Umschlägen versuchen«, lese ich vor. »Und trinken Sie viel. Sollte das Fieber nicht rasch sinken, suchen Sie umgehend einen Arzt auf. Bla, bla …«

❤ ❤ ❤

Während der nächsten Stunden kümmere ich mich so gut ich kann um ihn. Obwohl das Fieber um ein Grad gesunken ist, verschlechtert sich sein Zustand drastisch. Mehrmals musste er sich übergeben, er hat schlimme Krämpfe und Halluzinationen. Zumindest vermute ich das, denn er ruft nach einer »Lissa«. Dabei drückt er sich die Hände auf den Unterleib, dort, wo diese Buchstaben in seine Haut gebrannt wurden.

Draußen ist es längst dunkel und ich bin müde, aber ich traue mich nicht, in mein Apartment zu gehen. Ich muss bei ihm bleiben, ihn versorgen.

Als ich kurz unten im Salon war, um zu Abend zu essen, habe ich den Braten, den Mary mir zubereitet hat, kaum angerührt.

»Du wirst doch nicht krank werden, Nica?« Fürsorglich hat sie ihre Hand auf meine Stirn gedrückt.

Ich mag Mary, sie ist fast wie eine Ersatzmutter, obwohl sie wesentlich jünger ist als meine Mama, nämlich achtundzwanzig Jahre alt. Mary ist groß und schlank, hat langes brünettes Haar und trägt am liebsten flippige Sachen. Heute hat sie ihre silberfarbene Paillettenhose an, dazu ein Lack-Top in Pink – weil sie weiß, dass Vater weg ist. Ansonsten ist sie weniger verrückt gekleidet.

»Ich hab bloß ein bisschen Bauchweh. Ich lege mich lieber hin. Du kannst gerne Feierabend machen«, habe ich zu ihr gesagt.

Daraufhin hat sie mir noch eine Hühnerbrühe gekocht, die ich nun versuche, Ice schmackhaft zu machen, doch er reagiert überhaupt nicht, als ich den Löffel unter seine Nase halte.

Zum Glück ist das Bett breit genug für uns beide – Vater hat es extra austauschen lassen, da Warrior übergroße Betten benötigen. Daher lege ich mich einfach neben ihn. Nur, um mich ein wenig auszuruhen.

Leider muss ich eingeschlafen sein, denn plötzlich weckt mich sein Schrei. »Lissa!«

»Scht, ich bin es, Veronica.« Ich schalte das Licht auf seinem Nachttisch ein, lasse es aber gedimmt.

Schwer atmend sieht er mich an. Er hat die Zudecke weggestrampelt, sein Körper ist mit Gänsehaut überzogen.

Mit einem Handtuch wische ich den Schweiß ab und ziehe das Laken wieder hoch.

»Durst«, murmelt er. »Lissa, ich verdurste.«

Ich helfe ihm, ein paar Schlucke aus der Flasche zu nehmen, danach spähe ich auf den kleinen Wecker am Tisch. Es ist vier Uhr morgens.

Sein Fieber ist immer noch da, seine Muskeln verkrampfen sich ständig. Ich habe Angst um ihn. Wann hört das endlich auf? Was, wenn er stirbt?

Nein, nicht daran denken.

Irgendwann schlafe ich wieder ein und werde von Ice' Murmeln geweckt. »Eure Haushälterin hat gerade an deine Tür geklopft und gesagt, dass es Frühstück gibt.«

Sofort sitze ich kerzengerade im Bett. »Wie geht es dir?«

Seine Augen wirken noch immer glasig, doch sein Blick ist auf mich gerichtet. »Besser.« Er starrt mich an, als wäre ich ein Mutant. »Warst du die ganze Zeit hier?«

»Ja.« Erst jetzt bemerke ich, dass sich der Gürtel meines Kimonos gelockert hat und eine Brust hervorspitzt. Ich habe ihn immer noch an, seit dem Duschen, sogar zum Abendessen bin ich vor Mary so erschienen. Es ist alles viel unkomplizierter, wenn Vater nicht da ist, doch nun muss ich aufpassen, dass Mary nichts von Ice' Entzug mitbekommt.

Rasch bedecke ich mich. »Geht's dir denn besser?«

»Ich glaube schon«, sagt er rau. »Nur mein Hals ist so trocken.«

Ich reiche ihm die Flasche, und er schafft es, daraus zu trinken.

»Ich geh schnell runter und hole dir Frühstück.«

Er nickt dankbar. »Was wird Mary sagen, weil ich nicht auftauche?«

»Sie wird nichts mitbekommen. Nachdem sie Frühstück gemacht hat, bringt sie erst mal die Schmutzwäsche weg und erledigt Einkäufe.«

»Gut«, murmelt er, wobei ihm wieder die Augen zufallen.

Er ist so ein großer, starker Kerl und eigentlich mein Beschützer – nun muss ich auf ihn aufpassen. Irgendwie gefällt mir das sogar.

Kapitel 4 – Rituale und Rasuren

Am Abend geht es ihm bereits so gut, dass er im Bett sitzen kann, selbstständig isst und wir zusammen einen Film gucken: Dead Zone. Er handelt von einem Warrior, der die Stadt vor Rebellen schützt, und wurde in Royal City gedreht. Ich mag den Film nicht besonders, vermute jedoch, er könnte ihm gefallen. Es wird ziemlich viel geschossen und in die Luft gesprengt.

Ich habe alle Filme aus dem Stream schon mehrmals gesehen, die Auswahl ist begrenzt, daher blicke ich kaum auf den Bildschirm, sondern luge ständig zu Ice. Er lehnt am Kopfende und das Laken ist ihm in den Schoß gerutscht, sodass ich seinen Oberkörper bewundern kann. Er ist beinahe makellos, die Haut ohne eine Narbe.

Ice hat geduscht und duftet gut, das Bett habe ich frisch bezogen. Ich glaube, es ist ihm peinlich, dass ich mich um ihn kümmere.

Er scheint sich auch nicht für den Film begeistern zu können und schaltet ab. Nachdem er sich geräuspert hat, sagt er, ohne mich anzuschauen: »Du solltest heute Nacht wieder in deinem Bett schlafen. Mir geht's viel besser. Ich danke dir sehr, dass du mich versorgt hast.«

»Ich kann doch meinen Beschützer nicht im Stich lassen.«

Sein Kopf fährt zu mir herum, seine Lippen teilen sich, als wollte er etwas sagen, aber es kommt kein Ton heraus.

»Darf ich dich noch etwas fragen?«

Er nickt, sein Blick ist auf den Ausschnitt meines Negligés gerichtet. Natürlich habe ich mich nicht absichtlich aufreizend gekleidet, schließlich ist er krank, doch in meinem alten Nachthemd wollte ich mich vor ihm auch nicht zeigen. Ich habe zwar immer noch vor, ihn zu verführen, damit er noch einmal diese sündhaften Dinge mit mir anstellt, doch nicht jetzt.

Nachdem ich ihn gepflegt und seinen nackten Körper Zentimeter um Zentimeter erkundet habe, verzehre ich mich noch mehr nach ihm. Ich will seine großen Hände wieder auf mir spüren, möchte von diesen schönen Männerlippen geküsst werden.

Sobald er gesund ist.

Ich nehme all meinen Mut zusammen und frage: »Wer ist eigentlich Lissa? Du hast öfter ihren Namen gerufen.«

»Echt?« Sein Gesicht bekommt einen weichen Ausdruck. »Ich habe ewig nicht mehr an sie gedacht.«

Sie scheint ihm viel zu bedeuten. Mein Magen verkrampft sich. »Ja, und du hast dir dabei an den Bauch gegriffen, dort, wo diese Buchstaben … stehen.«

»Du meinst die Brandzeichen?« Seine Miene verdüstert sich.

»Hm.« Also habe ich nicht verkehrt gelegen. »Wo hast du die her?«

Zwischen seinen Brauen bilden sich zwei Falten. »Das weißt du nicht?«

Ich schüttele den Kopf.

»Na, die stammen von der Aufnahmeprüfung.«

»Welche Prüfung?«

»Zum Warrior.«

Spricht er von der Ausbildung? Ich kann mich nicht erinnern, dass unsere Warrior solche Zeichen tragen. »Ich weiß nicht genau, was du meinst.«

»Dann gibt es dieses Ritual bei euch tatsächlich nicht? Davon habe ich gehört.«

Ein Ritual? Ich schlucke. »Erzählst du mir davon?« Eigentlich bin ich viel neugieriger, was es mit Lissa auf sich hat, doch ich weiß nicht wirklich, ob ich diese Geschichte hören will.

Ice atmet tief durch und senkt den Blick. »In New World City darf man nur die Warrior-Ausbildung beginnen, wenn man dieses Ritual übersteht. Wenn man es abbricht, muss man zwar auch die Ausbildung durchziehen, darf aber anschließend kein Soldat werden, der die Stadt bewacht, sondern bekommt eine andere Aufgabe zugeteilt. Bodyguard oder Gefängniswärter.«

»Was musstet ihr tun? Und wie alt warst du?«

»Ich war acht.«

Also ein Kind. Die Warrior beginnen auch bei uns ihre Ausbildung in diesem Alter.

»Jedes Jahr müssen etwa zehn Jungs dieses Ritual über sich ergehen lassen. Wir wurden drei Tage lang vor der Stadtgrenze an einen Pfahl gefesselt. Direkt an den Klippen. Manchmal habe ich gedacht, die Wellen, die sich an den Felsen brechen, strecken ihre weißen Gischtfinger nach mir aus, um mich ins Meer zu reißen.«

Ich kralle die Finger ins Laken. »Ihr wart draußen?«

Er nickt. »Ja, wir haben robustere Gene, uns macht die Verstrahlung nichts aus. Dafür setzten mir die höllischen Strahlen der Sonne zu. Ich bin fast verdurstet.«

»Ihr wart drei Tage an Pfählen gefesselt und habt nichts zu trinken bekommen?« Ich kann kaum glauben, was er erzählt.

»Das war noch nicht alles. Jeden Abend kam unser zukünftiger Ausbilder vorbei und hat uns mit einem glühenden Eisen diese Buchstaben in den Bauch gebrannt. Eine Letter für jeden überstandenen Tag.«

»Oh mein Gott!« Ich schlage die Hand vor den Mund. Meine Augen werden feucht. Ich möchte mir nicht ausmalen, wie es ihm drei Tage lang ergangen ist. Die Haut verbrannt von den ungnädigen Sonnenstrahlen, nichts zu trinken und dann noch die Schmerzen, verursacht durch das glühende Eisen … Mir wird schlecht. Er war ein Kind!

Ice verschränkt die Arme vor der Brust. »Natürlich wollten wir Jungs die Prüfung schaffen, keiner will sich die Blöße geben und abbrechen, daher gibt es fast jedes Jahr einen Toten. Ich wäre auch beinahe gestorben, doch ich war unglaublich stolz, es überstanden zu haben. Für dich mag sich das alles furchtbar anhören, aber ich habe mich danach wie ein Held gefühlt.«

»Kein Wunder, dass es heißt, die Warrior aus New World City wären noch härter und brutaler«, wispere ich.

Ice kratzt sich an der Schläfe. »Lissa hat mich nach diesen drei Tagen Hölle jeden Tag im Krankenhaus besucht, danach habe ich sie nie wieder gesehen.«

Ich atme auf. »Lissa war deine Amme!«

Er zwinkert mir zu. »Was hast du denn gedacht?«

Bevor es für mich peinlich wird, frage ich ihn: »Wenn die Aufnahmeprüfung so hart war und du so stolz warst, weil du überlebt hast … Wieso bist du Bodyguard? Das war sicher keine freiwillige Entscheidung.«

Sein Lächeln gefriert. »Doch, war es.«

»Was ist passiert?« Ich kann mir bei ihm nicht vorstellen, dass er zu feige war, um an die Front zu gehen.

»Darüber möchte ich nicht sprechen. Ich habe das Kapitel vor langer Zeit abgeschlossen.« Er rutscht nach unten und legt sich auf den Rücken.

Ich will jetzt nicht locker lassen. »Auf jeden Fall warst du ein richtiger Warrior und hast auch bei der Show teilgenommen, sonst hättest du keine Injektionen bekommen.« Die Soldaten erhalten sie erst, wenn sie mit der Ausbildung fertig sind und zum ersten Mal bei der Show mitmachen dürfen. Damit sie so geil sind, dass es ihnen egal ist, vor den Kameras Sex zu haben. Damit sie eine heiße Show liefern, alle Hemmungen verlieren.

Ice sagt nichts.

»Würdest du gerne wieder ein richtiger Warrior sein?«

Er seufzt. »Liebend gern. Mich frustriert dieser Babysitter-Job, deshalb war ich im Shuttle auch so kratzbürstig zu dir. Vielleicht klappt es ja hier mit einer neuen Karriere. Falls mich dein Vater nicht mehr braucht, möchte ich ihn fragen, ob ich in White City in eine Einheit aufgenommen werde. Aber nur, wenn es keine Shows mehr gibt.«

»Dann hatte es also etwas damit zu tun?« Ich überlege fieberhaft. Was könnte vorgefallen sein? »Hast du vor den Kameras nicht … können?«, frage ich zögerlich.

Er rollt mit den Augen. »Könntest du in deine Wohnung gehen? Ich möchte schlafen.« Demonstrativ dreht er mir den Rücken zu und zieht sich die Decke bis zur Schulter hoch.

Aha, er schämt sich offenbar für etwas. »Du kannst es mir wirklich erzählen«, sage ich vorsichtig. »Danach geht's dir vielleicht besser.«

»Mir geht's besser.«

»Ich habe dein Erbrochenes weggetragen.« Ich luge auf die große Schüssel, die auf dem Boden neben dem Bett steht. »Noch mehr kannst du dein Inneres ohnehin nicht nach außen kehren.«

Als er weiterhin schweigt, beschließe ich, nicht weiter nachzubohren. Er hat ein Recht auf Privatsphäre und ich bin ohnehin zu penetrant. So kenne ich mich nicht. Aber Ice macht mich neugierig.

»Verrätst du mir wenigstens deinen richtigen Vornamen?« Jeder Supersoldat wird mit einem bürgerlichen Namen geboren, doch solange sie als Warrior arbeiten, dürfen sie sich einen Kriegernamen geben.

»Isaak«, murmelt er.

»Isaak … Den Namen habe ich noch nie gehört. Isaak Trent … klingt gut, aber Ice gefällt mir besser. Passt zu deinen wunderschönen Augen.«

»Schleimen bringt dich bei mir nicht weiter«, erwidert er kühl.

Du bist nicht so kalt, wie du zwischendurch tust, mein Lieber. »Das meine ich wirklich. Ich finde deine Augen faszinierend.«

»Ich hab Kopfweh. Kannst du bitte aufhören, mich auszuhorchen?« Er klingt tatsächlich ein wenig gequält.

»Tut mir leid, ich bin sonst nicht so ekelhaft.« Als ich aufstehe, dreht er sich zu mir um.

»Gehst du?« Er starrt mich fast erschrocken an.

»Ich hole dir noch eine Kopfschmerztablette, dann lass ich dich in Ruhe.«

Ice fährt sich durchs Haar und schaut mir tief in die Augen. »Bitte bleib.«

Mir stockt der Atem. »Wirklich?«

»Ja, es ist praktisch, wenn man seine Kotze nicht selbst wegbringen muss.«

Lachend schlüpfe ich zu ihm unter die Decke. »Igitt, bist du charmant.«

Ice grinst frech. »Ich weiß.«

Als ich ihm den Rücken zudrehe, um das Nachtlicht auszuschalten, kuschelt er sich von hinten an mich. Mein Herz springt vor Freude.

Seine Hand wandert an meinem Bauch entlang und legt sich schließlich auf meine Brust. »Wenn dein Vater zurück ist, wirst du wieder in deinem Bett schlafen und zwischen uns ist nie etwas gewesen.«

Mein Puls rast, meine Nippel ziehen sich zusammen. »Das heißt, du wirst mit mir … du und ich werden miteinander …«

»Vielleicht«, unterbricht er mich, wobei er mich an sich zieht. »Und jetzt schlaf schön.« Er gähnt in meinen Nacken, und wenige Minuten später höre ich ihn entspannt atmen.

Wie kann er denn so was sagen und dann einschlafen? Ich werde bestimmt kein Auge zumachen. Allein deswegen nicht, weil es sich fantastisch anfühlt, von ihm gehalten zu werden. Hinter mir liegt ein Mann und hat seinen Arm um mich geschlungen, ich spüre die Wärme seines Körpers, höre ihn leise atmen … Ich genieße diese Geborgenheit und möchte in diesem Augenblick nirgendwo anders sein.

❤ ❤ ❤

Im Dämmerzustand spüre ich, wie mir jemand eine Haarsträhne hinters Ohr streicht und meine Wange küsst. Mein Rücken ist warm, ein Arm liegt um meiner Taille, etwas Hartes presst sich an meinen Po.

Ice … Er liegt immer noch bei mir. Ich lächle im Halbschlaf und lausche seinen Worten.

» … habe ich den Senat von New World City vor ein paar Jahren gebeten, ob ich nicht als Bodyguard arbeiten dürfte. Natürlich haben sie sich gewundert, denn kaum ein Warrior meldet sich freiwillig für diesen Job. Dazu genießen sie die Bewunderung des Volkes und andere Privilegien zu sehr. Also bin ich über meinen Schatten gesprungen und habe ihnen eine glatte Lüge aufgetischt: dass ich die Staatsoberen lieber direkt und persönlich beschützen möchte.«

Plötzlich bin ich hellwach. Er erzählt mir seine Geschichte! Mein Pulsschlag beschleunigt sich, und ich halte mich ganz ruhig, damit er bloß nicht zu reden aufhört.

Seine Stimme klingt düster, als ob er die Senatoren, die ihn zu dem gemacht haben, was er ist, verachtet. Es würde mich nicht wundern.

»Ich hab mich geschämt«, sagt er kaum hörbar, »weil es mit den Sklavinnen in den Shows fast nie klappte. Ich habe sie jedes Mal lange vorbereitet, doch ich war zu groß und wollte ihnen nicht wehtun.«

Er hat einen warmherzigen Charakter, obwohl er so viel Leid erlebt hat. Seine Amme muss ihm viel Liebe gegeben haben.

»Später, als Bodyguard, habe ich mir eine Hure gesucht, die mich aufnehmen konnte«, erzählt er weiter. »Sie hat meine Gelüste befriedigt, aber wirklich Spaß hat es auch nicht gemacht.« Er zieht mich fest an sich und steckt die Nase in mein Haar.

Ihm fehlt eine Partnerin, genau wie ich gerne einen festen Freund hätte.

Ein Stich durchzuckt mein Herz. Wir beide können niemals zusammen sein. Nicht für immer.

»Wir könnten es einfach probieren«, wispere ich. »Vor mir brauchst du dich auch nicht zu schämen. Falls es nicht klappt, habe ich noch meine Hände und meinen Mund, um dich zu verwöhnen.«

Leise knurrend fährt er von hinten in meinen Slip und teilt meine Schamlippen. »Du bist schon wieder feucht.«

»Immer bereit für dich.« Der Puls klopft mir bis zwischen die Beine.

»Hör auf, so zu reden, das macht mich spitz.«

44

»Das bist du doch längst.«

Nach einer kurzen Pause sagt er: »Ich habe Angst, dass du enttäuscht bist, wenn es nicht klappt.«

Ice klingt eher so, als wäre *er* enttäuscht.

»Es wird klappen.« Ich weiß es einfach. Ich will es so sehr, da muss es funktionieren.

»Dann müssen wir dich vorbereiten.«

Redet er wieder von seinen Fingern?

Er zupft an meinen Schamhaaren. Auf meinem Venushügel wächst nur ein schmaler Streifen, daher habe ich ihn nie gestutzt. Andrew hat es nicht gestört.

»Ich liebe deinen süßen Flaum, aber der sollte ab. Die Haare könnten sich ... einklemmen und das ist unangenehm.«

Einklemmen? Beinahe muss ich losprusten wegen dieser lahmen Ausrede, doch ich reiße mich zusammen und räuspere den Peinlichkeitskloß in meinem Hals weg. »Gib doch einfach zu, dass du auf rasierte ... Frauen stehst.«

»Sag es«, raunt er mir ins Ohr, sodass allein seine Stimme mich in Erregung versetzt. »Sag das Wort. Wie nennst du deine süße Pussy?«

»Mumu?« Grinsend drehe ich mich zu ihm um.

Er lacht leise. »Du bist so süß unschuldig und doch abgrundtief verdorben.«

»Ich finde Sex nur schön.«

Er kneift die Lider zusammen und stöhnt unterdrückt. »Gehen wir gemeinsam unter die Dusche?«

Jetzt wird es ernst. Vor Aufregung drückt meine Blase. »Ich muss nur schnell für kleine Mädchen.« Ich muss wirklich dringend auf die Toilette, obwohl ich am liebsten in seinen Armen liegen bleiben würde.

»Okay.« Er nickt. »Aber bleib nicht zu lange.«

Wie der Blitz laufe ich in mein Apartment, putze mir die Zähne und kämme mich.

Da klopft es an der Tür. »Nica, Frühstück ist fertig!«

Es ist Mary. Mist, ich habe sie ganz vergessen. Schnell mache ich auf. »Danke schön, ich esse später.«

Das Lächeln verschwindet aus ihrem Gesicht. »Dann wird das Omelett kalt.«

»Omelett klingt fantastisch!«, ruft Ice über den Flur. Schon höre ich ihn die Treppen hinunterlaufen.

Zieht er jetzt den Schwanz ein? Wo alles in mir nach Verlangen schreit?

»Ich hab ihn zwar noch nicht oft zu Gesicht bekommen, aber er ist gar nicht so gruselig, wie ich ihn mir vorgestellt habe«, sagt Mary leise und grinst breit. »Offenbar weiß er meine Kochkünste zu würdigen.«

»Ja, er ist wirklich in Ordnung.« Ich schlüpfe in den Kimono und verlasse meine Wohnung.

Mary begleitet mich nach unten, dann muss sie ihre Erledigungen machen, was mir sehr recht ist.

»Bis später!«, ruft sie mir zu und huscht mit einem Wäschesack zur Tür hinaus.

♥ ♥ ♥

Im Salon sitzt Ice bereits an der langen Tafel. Mary hat für uns beide gedeckt; wir hocken uns am Kopf des Tisches gegenüber.

Durch die hohen Fenster fällt Licht auf die grünen Tapeten und bringt die Oberfläche zum Glitzern. Wir beide wirken in dem edlen Raum ein wenig fehl am Platz – ich in meinem Morgenmantel und Ice in seiner Jogginghose und dem T-Shirt. Sein Haar ist durcheinander, Schatten liegen unter seinen Augen, doch er hat schon wieder Farbe im Gesicht.

»Ich verhungere«, murmelt er und lädt sich reichlich auf.

Mary hat sich selbst übertroffen: Neben dem Eiergericht gibt es frisches Obst, Milch und Brötchen. Sie sind noch warm.

Wir speisen wie einst die Könige. Erneut wird mir bewusst, wie gut es mir geht, und trotzdem bin ich nicht glücklich.

Außer heute. Ich freue mich riesig, dass Ice den Entzug überstanden hat.

Wir schlingen die Leckereien hinunter, als hätten wir tatsächlich tagelang nichts zu essen bekommen. Dabei grinsen wir uns ständig dämlich an. Mein Gott, ich werde von Sekunde zu Sekunde aufgeregter und kann kaum noch etwas essen. Der Blick aus seinen graublauen Augen bringt meinen Körper zum Glühen.

Als er seine Gabel weglegt und mir zunickt, fällt beinahe der Stuhl um, so schnell stehe ich auf. Hand in Hand laufen wir die Stufen nach oben, durch die Galerie bis in mein Apartment. Ich genieße den Luxus, eine Badewanne zu besitzen. Sie ist schmal und Ice würde wohl keinen Platz darin finden, aber für mich ist sie ausreichend.

Eine kuschelige Wärme liegt im Raum, die Steinfliesen unter meinen Füßen sind beheizt. Auf einer Seite gibt es ein großes Fenster, das bis zum Boden reicht und viel Licht hereinlässt, jedoch keine Blicke, da das Glas von außen verspiegelt ist. Dafür hat man einen hervorragenden Ausblick über die Stadt.

Ice hilft mir beim Ausziehen, danach reißt er sich seine Kleidung herunter. Groß und nackt ragt er vor mir auf, sein Penis ist bereits halb erregt. Ich schlucke. Er ist wirklich dick.

»Setz dich«, raunt er und nickt zur Wanne.

Ich klettere hinein und setze mich auf den hinteren Rand. Er fühlt sich kühl an unter meinem Po, genau wie die Wand in meinem Rücken.

»Und jetzt?«, frage ich mit zitternder Stimme.

»Stelle deine Beine auf den vorderen Rand. Und schön weit auseinander, damit ich überall hinkomme.«

Mein Herz schlägt bis in meinen Hals. Trotzdem gehorche ich. Nun kann Ice alles sehen.

»Du läufst schon wieder aus.« Er beugt sich vor, schiebt unvermittelt einen Finger in mich und lässt ihn kreisen.

Stöhnend schließe ich die Augen, meine Finger krallen sich um den Wannenrand. Ihm derart ausgeliefert zu sein, turnt mich unglaublich an.

Er greift zum Rasiergel, das neben meiner Shampooflasche steht, gibt sich etwas auf die Hand und verreibt es, bis es schäumt. Dann streicht er es auf meine Schamlippen und den Venushügel, langsam und mit Bedacht, als würde er ein Ritual zelebrieren.

Schließlich nimmt er meinen Rasierer und beginnt, zuerst die Härchen am Venushügel zu entfernen. Es kratzt leise, als er über die Haut schabt. Ich habe Angst, er könnte mich verletzen und möchte meine Beine schließen, doch er drückt sie auseinander.

»Du bist so zierlich gebaut«, murmelt er und berührt mit dem Daumen meinen Kitzler.

Ich sauge die Luft ein. Sein Daumen auf meiner empfindlichsten Stelle erregt mich. »Mann soll nie vom Äußeren auf das Innere schließen«, sage ich grinsend.

»Du brauchst es unbedingt, das merke ich schon.« Seine Hand zittert leicht, als er meine Schamlippen rasiert und um den Eingang schabt. Ich verfolge jede seiner Bewegungen und hoffe, dass er mich nicht schneidet. Aber Ice geht geschickt mit der Klinge um und ist sehr behutsam.

Schließlich steht kein Härchen mehr im Weg. Er nimmt die Dusche, um die Schaumreste abzuspülen, und nutzt das aus, um mich ordentlich zwischen den Beinen zu waschen. Während das warme Wasser auf meine Spalte prasselt, fingert er mich ausgiebig. Zwischendurch beugt er sich weit über die Wanne, um mich zu lecken. »Du bist ganz glatt … Ich liebe das.«

Keuchend presse ich den Rücken gegen die Wand und öffne mich weiter für ihn. Der harte Strahl auf meinem Kitzler und die Finger in mir bringen mich rasch zum Höhepunkt. Ice staunt, wie leicht erregbar ich bin. Ihn scheint das zu begeistern. Das sehe ich nicht nur an seinem Penis, der von seinem Körper absteht und erste Lusttropfen verliert, sondern auch am Leuchten seiner Augen.

»Deine Pussy ist ein gieriges, kleines Luder, das mal so richtig rangenommen werden muss.«

»Unbedingt«, hauche ich.

Er steigt zu mir in die Wanne und duscht uns ab. Ich verteile Seife auf seinem Körper und erkunde jeden Zentimeter. Seine Härte wasche ich besonders ausgiebig. Seine dicke Eichel hat sich aus der Vorhaut geschält und leuchtet prall, die Haut ist glatt und gespannt. Nach dem wulstigen Rand geht es genauso kräftig weiter. Sein enormer Schaft ist von vielen Adern überzogen, die ich gerne einmal mit der Zunge erkunden möchte.

Ach. Ich traue mich und tu es einfach! Nachdem ich in die Hocke gegangen bin, küsse ich die purpurne Kuppe und lecke vorsichtig darüber, weil ich nicht weiß, wie er es mag. Die Tropfen schmecken interessant, leicht salzig.

»Baby, du bist verdorben bis ins Mark.« Er drückt mich am Hinterkopf näher zu sich, und ich öffne meinen Mund weit, um ihn hereinzulassen. Die glatte Spitze drängt zwischen meine Lippen und streift meine Zähne. Hoffentlich tut ihm das nicht weh! Doch es scheint nicht so, denn er stöhnt. Ich lege meine Hände an seinen Bauch, weil ich ein wenig Angst habe, er könnte hart in mich stoßen. Ich schaffe es gerade, die Eichel und ein Stück vom Schaft aufzunehmen, so gewaltig ist er. Aber Ice hält sich zurück und schaut nur zu, wie ich an ihm lutsche.

Als mehr Tropfen aus dem Schlitz drängen, zieht er sich hastig zurück und hebt mich aus der Wanne. Während ich in seinen Armen hänge, küsst er mich. Sein raubtierhafter Blick scheint zu sagen: Ich will dich auf der Stelle ficken. Doch er stellt mich auf die Füße.

Mit einem Handtuch rubbelt er erst mich, dann sich trocken. Er setzt sich auf den Hocker, der vor dem Panoramafenster steht, und zieht mich auf seinen Schoß. Sein Penis drückt gegen meine Pobacken.

Warum gehen wir nicht ins Bett? Hat er solche Angst, es könnte nicht klappen, dass er es herauszögert?

Er dreht sich mit mir um, sodass ich mit ihm aus dem hohen Fenster schauen kann. Anschließend öffnet er meine Beine, und ich erkenne schwach unser Spiegelbild im Glas.

Zärtlich streichelt er über meine Schamlippen. »Jetzt bist du völlig nackt, und die ganze Stadt kann es sehen.«

»Kann sie nicht«, sage ich lächelnd. Er weiß bestimmt, dass das Glas von außen verspiegelt ist.

»Mal angenommen, uns könnte jemand beobachten.« Er deutet über meine Schulter. »Nehmen wir zum Beispiel das Hochhaus am Ende des Parks. Stell dir vor, da steht einer hinter dem Fenster mit einem Fernglas und sieht uns zu. Er erkennt alles. Deine rasierte Pussy, und wie ich den Finger in sie schiebe und dabei mit der anderen Hand an deinen Brustwarzen spiele.«

Als er seine Worte in die Tat umsetzt, zieht sich mein Inneres zusammen. »Er holt sich jetzt bestimmt einen runter.«

Ice' Erektion presst sich gegen meinen Po, er stöhnt unterdrückt. »Der Gedanke macht dich an.«

»Nur der Gedanke und weil es ein Spiel ist. Die Realität ist weniger erregend.«

Da stehe ich auf und setze mich rittlings wieder auf seinen Schoß, die Beine gespreizt, sodass er alles gut erkennen kann. »Warum quälst du dich so?« Ich nehme seinen dicken Penis in die Hand und drücke ihn an mein nacktes Fleisch.

Sein glühender Blick streift meinen Körper. »Du bist so schön. Ich will dir nicht wehtun.«

Zärtlich streiche ich über seine stoppelbärtige Wange. »Wenn du dich nicht traust, werde ich es tun.« Ich presse seine Erektion an meine Spalte und verteile meinen Lustsaft darauf, was nicht einfach ist, da meine Beine nicht den Boden berühren.

»Du bist mutig«, raunt er, woraufhin er mich küsst. Seine Finger graben sich in meine Pobacken, er holt mich zu sich und hebt mich ein Stück hoch.

Ich fahre in sein Haar, während ich nicht genug von seinen Lippen bekommen kann. Ich könnte Ice den ganzen Tag küssen und dabei nackt auf ihm sitzen.

»Halte ihn fest«, raunt er und hebt mich noch höher, genau auf seine dicke Kuppe.

Meine Beine hängen in der Luft. Mit einer Hand stütze ich mich an seiner Schulter ab, mit der anderen umschließe ich seinen Schaft.

Langsam senkt er mich auf sich hinab, wobei er auf meine Scham starrt. Seine kräftige Eichel presst sich an meinen glitschigen Eingang und dehnt ihn auf.

»Mehr«, hauche ich mit wild pochendem Herzen. Das Gewebe spannt leicht, doch seine dicke Spitze gleitet hinein, ohne dass es schmerzt.

Immer tiefer bahnt er sich den Weg in mich; ich zappele vor Lust und wimmere leise. Ich vertraue ihm, denn wenn er mich loslassen würde, spießt er mich auf.

»Baby, ich will dir nicht wehtun.« Ice hält inne. Schweiß steht auf seiner Stirn, er atmet hektisch.

»Hör nicht auf, es ist … schön.« Der Dehnungsschmerz nimmt zu, meine Schamlippen werden auseinandergepresst. Die Hälfte seiner Erektion ist in mir. Ich kann es kaum glauben und muss selbst hinsehen.

Ice legt den Kopf in den Nacken und keucht. »Baby, du bist der Wahnsinn.«

»Tiefer«, wispere ich und küsse ihn. »Schieb ihn ganz rein.«

Mit einem leisen Knurren versenkt er sich in mir, bis zum Anschlag.

Ich schnappe nach Luft, da ich mit einem Mal ausgefüllt bin. Meine Scheidenwände pochen um ihn herum, mein Kitzler pulsiert im Takt meines Herzens. »Oh Gott, Ice …« Ich kann kaum sprechen.

»Hast du Schmerzen? Soll ich …«

»Nein.« Ich küsse ihn gieriger, während er meine Pobacken knetet und selig grinst.

»Ich bin tatsächlich in dir, Baby. Du bist unglaublich. Und unglaublich … eng!« Er zuckt in mir, seine Augen glänzen vor Überwältigung. »Du hast mich ganz aufgenommen.«

Meine Klit pocht hart, und als er sie mit dem Daumen massiert, komme ich sofort. Hilflos zappele ich auf ihm und fühle mich ausgeliefert und begehrt zugleich, während köstliche Blitze durch meinen Körper rasen. Mein Schoß glüht, meine Brustwarzen prickeln. Der sanfte Dehnungsschmerz verstärkt meinen Höhepunkt und verlängert ihn. Obwohl ich in der Wanne schon zum Orgasmus gekommen bin, ist der zweite noch schöner.

»Du melkst mich regelrecht.« Ice wirft den Kopf zurück. »Fuck, ist das geil!« Langsam hebt er mich hoch und bohrt sich erneut tief in mich. Da kommt er mit einem Laut, der fast einem erlösenden Schrei gleicht. Eine einzelne Träne läuft aus seinem Augenwinkel, während er alles in mich pumpt. Ich glaube, ich kann es fühlen, wie er mich mit seiner Hitze füllt. Dabei starrt er mich an, als könne er nicht fassen, was vor sich geht.

Ein starkes, sehnsüchtiges Ziehen rast durch meine Brust und sammelt sich in meinem Herzen. Sein Blick offenbart mir alles. Niemals war ich der Seele eines anderen so nah.

»Ice«, wispere ich, überwältigt von meinen Emotionen, und küsse ihn.

»Du bist wie für mich geschaffen, Veronica«, flüstert er an meinen Lippen, während wir immer noch miteinander verbunden sind. »Ich hätte nie gedacht, dass dein kleiner, zierlicher Körper mich aufnehmen kann.«

»Ich habe keine Angst vor dir, daher hat es auch geklappt.«

»Du brauchst auch keine Angst zu haben. Ich werde dir niemals wehtun.«

Ich glaube ihm. Zärtlich fasse ich ihn an den Wangen und küsse seine Stirn, die Nase und seinen Mund. Langsam wird er weich in mir, trotzdem genieße ich das Gefühl inniger Nähe nach wie vor. Ich kann es selbst kaum begreifen, dass wir miteinander geschlafen haben. Ich – mit einem Warrior!

»Wie lange ist dein Vater noch weg?«, raunt er, wobei sein Blick schon wieder entrückt wirkt.

»Er wird bestimmt in ein paar Stunden zurück sein.« Leider.

»Dann sollten wir die Zeit ausnutzen.«

»Unbedingt«, sage ich, während er mich hochhebt und ins Schlafzimmer trägt.

Kapitel 5 – Geheimnisse

Vater ist wieder da und hat mich in sein Arbeitszimmer gerufen. Er hat schlechte Neuigkeiten mitgebracht. Während seiner Abwesenheit hat sich ein schlimmer Vorfall ereignet. »Adam hatte Kontakt zu den Rebellen und den abtrünnigen Kriegern. Sie haben eine Ethanolfabrik in die Luft gesprengt, um Wasser und Medikamente zu erpressen. All unsere Männer und Arbeiter sind ums Leben gekommen.«

Adam Freeman ist Vaters engster Vertrauter. Ich mag ihn nicht besonders. Doch die Neuigkeiten schockieren mich zutiefst. Oh Gott, alle tot? Ich schlucke. »Die Rebellen konnten in eine der Plantagen eindringen?«

Vater nickt.

Die Fabriken und riesigen Felder befinden sich unter Kuppeln und werden streng bewacht. Wenn die Rebellen es geschafft haben, dort einzufallen und alle zu töten, wird ihnen das auch in White City gelingen. Mein Herz rast.

»Muss ich nun zurück zu Mutter?«, bringe ich kaum hörbar heraus, weil ich es einfach nicht glauben kann. Wir wurden noch nie angegriffen, aber seit ein paar Wochen geht alles drunter und drüber. Erst flieht ein Warrior mit einer Sklavin, dann wird ein Warenlager in die Luft gesprengt, der nächste Krieger wird abtrünnig ... und jetzt das!

»Ich werde in zwei Tagen eine Ansprache halten. Vor dem Volk möchte ich dich an meiner Seite haben. Sie lieben dich, es wird sie beschwichtigen, wenn du ein paar Worte sagst. Danach wirst du unverzüglich abreisen.«

»Wird Ice mich begleiten?«, frage ich möglichst gleichgültig.

»Wahrscheinlich nicht, ich brauche ihn hier.«

Das saß wie ein Schlag ins Gesicht. »Aber ... Wer passt dann auf mich auf?«

»Du brauchst keine Angst zu haben, ich schicke dir adäquaten Ersatz mit.« Vater tritt vor den großen Screener. Offensichtlich möchte er eine Videokonferenz abhalten. »Und jetzt lass mich bitte allein, ich habe zu tun. Ich konnte in New World City bereits hervorragende Warrior aussuchen, nun muss ich einen Trupp zusammenstellen und einen Plan ausarbeiten.«

Mit hängendem Kopf und Magenschmerzen verlasse ich das Arbeitszimmer. Nur noch zwei Tage mit Ice … Ich wünschte, diese zwei Tage würden niemals vergehen.

♥ ♥ ♥

Vater verschanzt sich den ganzen Tag im Arbeitszimmer oder ist unterwegs. Auf jeden Fall bekomme ich ihn kaum zu Gesicht. Genau wie Ice. Nicht einmal zum Mittagessen ist er erschienen, sondern hat sich von Mary ein Tablett in sein Zimmer bringen lassen.

Daher tippe ich in meinem Büro, das sich neben Vaters Arbeitszimmer befindet, sogar freiwillig die langweiligen Berichte über diverse Ordnungswidrigkeiten ab, nur um die Zeit totzuschlagen und mich abzulenken. Mein goldener Käfig wird tatsächlich zum Gefängnis. Erneut darf ich die Wohnung nicht verlassen, nicht einmal mit Ice. Vater möchte das nicht. Das Volk ist zu aufgewühlt. Daher stelle ich mich immer wieder an die Brüstung meiner Dachterrasse und schaue über den Park. Wenn ich ein Vogel wäre, könnte ich heimlich nach unten gleiten und mich in den Baumkronen verstecken. Ich würde warten, bis ein Shuttle die Stadt verlässt, und in den blauen Himmel hinauf fliegen, um mir die Kuppel von außen anzusehen. Vielleicht würde ich auch nie mehr zurückkehren, sollte ich da draußen lebenswürdige Bedingungen vorfinden.

Am Nachmittag bin ich mit Ice allein zu Hause. Er hat sich im Fitnessraum eingeschlossen. »Damit wir nicht übereinander herfallen und erwischt werden«, hat er zu mir gesagt, als er kurz den Kopf zur Tür herausgestreckt hat. Es ist zu riskant, das wissen wir beide. Mary oder Vater könnten jederzeit auftauchen und etwas bemerken.

An seinen heißen Blicken erkenne ich, wie sehr er mich begehrt und vermisst. Ich glaube, er ist glücklich, dass er eine Frau gefunden hat, die ihn aufnehmen kann und Spaß am Sex hat. Mir geht es genauso. Doch ich kann ihn nicht für immer haben. Er ist ein Warrior.

So schleicht der Tag dahin. Das Abendessen nehme ich wieder allein zu mir und gehe todunglücklich ins Bett. Auf mein Klopfen an seine Wohnungstür hat Ice nicht reagiert und auch seine Terrassentür ist verschlossen.

Meine habe ich offen gelassen, in der Hoffnung, dass er trotzdem zu mir kommt. Ununterbrochen starre ich nach draußen auf die schimmernde Kuppel, die das Licht der Stadt reflektiert und in mein Zimmer wirft.

Unter meiner Zudecke bin ich nackt. Weil ich die Hoffnung nicht aufgebe.

Als ich fast nicht mehr an seinen Besuch glaube, verdunkelt sich plötzlich mein Zimmer. Ice steht im Türrahmen! Er trägt nur eine legere Stoffhose, sonst nichts. Mein Herz überschlägt sich vor Freude.

Sofort richte ich mich auf, und das Laken rutscht über meine nackten Brüste. »Ich hab gedacht, du kommst nicht.«

»Ich wollte erst warten, bis dein Vater schläft.« Schon liegt er auf mir und küsst mich verlangend.

Ihn zu spüren, seine Wärme zu fühlen, ihn zu riechen ist überwältigend.

»Ich habe dich vermisst«, raunt er.

»Und ich dich erst«, murmele ich in seinen Mund. Ich muss Ice überall berühren. »Es ist die Hölle, dir den ganzen Tag fernzubleiben.«

»Frag mich mal, ich musste mir heute gleich zwei Mal einen runterholen.« Ein Schmunzeln liegt in seiner Stimme, als er bemerkt, dass ich nackt bin. Kaum hat er fertig gesprochen, saugt er eine meiner Brustwarzen ein.

»Nur zwei Mal?«, antworte ich grinsend, wobei ich mich ihm entgegendrücke und die Finger in seinem Haar vergrabe. »Ich habe es auf vier Mal gebracht.«

Er keucht an meinen Nippel. »Du verdorbenes Früchtchen. Du brauchst es oft, genau wie ich.«

»Aber nur zu zweit macht es wirklich Spaß.«

»Wem sagst du das.« Er reißt die Zudecke weg, sodass sie zu Boden fällt, dann zieht er sich die Hose aus.

Im hellblauen Schein der Kuppel sieht sein Körper aus wie der einer Statue aus unserem Museum. Wie gemeißelt. Ich finde seine Muskeln faszinierend, obwohl ich mir nie etwas aus muskulösen Männern gemacht habe. Ich glaube, ich will nie mehr einen anderen. Aber ich mag nicht nur sein Äußeres. Ich liebe seine fürsorgliche Art, seine Zärtlichkeit, dieses verruchte Lächeln, ach, einfach alles!

Ice legt sich erneut auf mich, seine Erektion drückt sich an meine Mitte. Verlangend küsst er mich, und ich reibe mich an ihm.

»Ich will dich«, sage ich forsch und presse meine Hände auf seine Pobacken.

»Gleich, du gieriges Weib.« Er schiebt seine Hand zwischen unsere Körper, um mich zwischen den Beinen zu streicheln. Seine Finger spielen an meiner Klitoris und teilen meine Schamlippen, dann schlüpfen sie in meine Hitze.

»Klitschnass«, raunt er. »Bereit für mich?«

»Immer.« Grinsend hebe ich meine Hüften an. Er quält mich, wenn er so lange wartet.

Da spüre ich ihn an meiner Öffnung. Er lässt seine Eichel auf und ab gleiten, bis sie feucht ist. Anschließend presst er sie in mich.

Die Dehnung ist auch diesmal enorm, aber ich genieße diesen zarten Schmerz. Er bringt alles da unten zum Pulsieren, meine Erregung schnellt sofort in die Höhe und mein Inneres zieht sich mehrmals zusammen, obwohl er noch gar nicht komplett in mir ist.

»Baby, du machst mich fertig.« Stöhnend sinkt er tiefer, bis er ganz in mir ist. Und obwohl er sich nicht bewegt, krampft sich mein Unterleib zusammen.

»Ice«, hauche ich, »ich …« Da bäume ich mich auf. Der Orgasmus flutet meine Zellen und rast durch meine Nervenbahnen. Mein Kitzler hämmert wie verrückt, pure Lust schießt durch mich hindurch. Ich werde noch feuchter und es schmatzt leise, während er sanft in mich stößt, bis die Wogen abgeklungen sind.

»Du musst immer Erste sein, oder?«, fragt er mit einem verruchten Grinsen im Gesicht.

Mein Atem rast. »Tut mir leid, ich konnte es nicht mehr aufhalten.« Es hat mich einfach überwältigt. Ice überwältigt mich.

»Ich werde dich ficken, bis du ein zweites Mal kommst«, sagt er dunkel. »Und du wirst dabei zusehen.« Er streckt den Arm aus, um mein Nachtlicht einzuschalten.

Ich blinzele, und auch er kneift die Lider zusammen. Jetzt verstecken keine Schatten die intimen Details unseres Zusammenseins.

Ice richtet sich ein Stück auf, sodass ich seinen Penis erkenne, der zur Hälfte in mir steckt. Er hat meine Schamlippen ganz nach außen gedrängt. Seine Dicke müsste mich erschrecken, stattdessen wundere ich mich, dass ich ihn tatsächlich aufnehmen kann.

»Sieh zu, was ich mit dir mache.« Langsam schiebt er sich in mich. »Ich ficke deine kleine Pussy.«

Mein Inneres zuckt. Es gefällt mir, wenn er so derb spricht.

Diesen großen, harten Mann auf mir zu erleben, der so stark und doch unglaublich zärtlich ist, lässt mein Herz nur noch schneller schlagen.

Stöhnend legt er den Kopf in den Nacken, als er sich mit einem festen Stoß in mich treibt, dann zieht er sich langsam zurück. Er scheint es zu genießen und schaut zu, wie er mich nimmt.

Seine Bauchmuskeln krampfen sich zusammen, er keucht auf und zieht sich hastig zurück. Er presst die Finger auf den Ansatz seiner Erektion, als ob er einen Erguss unterdrücken will, und krabbelt über mich.

»Leck ihn sauber«, befiehlt er mit rauer Stimme.

Sein dicker Schaft und die schweren Hoden hängen vor meinem Gesicht. Ich wiege sie in meinen Händen und staune über ihr Gewicht. Sein Penis glitzert im Licht der Nachttischlampe, er ist überzogen von meinem Saft.

Zögerlich öffne ich den Mund und lecke über die Kuppe.

Seine Erektion zuckt. »Ja, Baby, mach ihn schön sauber, dann ficke ich dich weiter.«

Ich koste von mir, es schmeckt leicht bitter, während die Lusttropfen von Ice eher salzig sind.

Er stützt sich auf allen vieren über mir ab und schiebt seine Hüften vor, sodass sein Geschlecht tiefer in meinen Mund gleitet.

Während er sich auf diese Weise Lust verschafft, fahre ich mit einer Hand zwischen meine Beine, um meine eigene Lust zu befriedigen. Ich brauche es, um zu kommen, aber er zieht meine Hand weg und sieht mich streng an.

»Ich habe gesagt, ich ficke dich, bis du ein zweites Mal kommst. Du bist ungehorsam.« Er zwickt leicht in meinen Nippel, sodass ich nach Luft schnappe.

Ice rutscht wieder tiefer, um mich zu küssen. »Hm, du schmeckst nach dir.«

»Du schmeckst besser«, sage ich und versuche, seine Erektion zu packen und sie einzuführen, aber Ice weicht mir aus.

Mann! »Du quälst mich!«

»Du bist zu gierig.«

»Ich brauche das, ich will das!«

Er grinst mich an. »So? Verträgst du es eine Spur härter?«

»Fick mich endlich«, befehle ich ihm, »oder ich drehe durch.«

»Das kann ich natürlich nicht zulassen.« Mit einem festen Stoß gleitet er in mich und ich schreie lustvoll auf, ersticke den Laut jedoch sofort, damit uns niemand hört.

»Du bist echt ein Wunder, Baby, wie für mich gemacht.« Er bewegt sich schneller und nimmt mich härter, und ich lechze immer noch nach mehr.

Weit spreize ich die Beine und genieße das Gefühl, diesem Kerl ausgeliefert zu sein. Ice küsst mich, während er sich ohne Unterlass in mich treibt, bis ich ein zweites Mal komme. Ich kralle die Finger in seinen breiten Rücken und beiße ihm fast in die Lippe, so sehr überrumpelt mich der neue Höhepunkt.

»Ja, Baby, komm für mich ...«, sagt er rau.

Während es in meinen Ohren rauscht und sich die Umgebung dreht, erkenne ich am Rande, wie sich auf seinem Körper eine Gänsehaut ausbreitet. Er schüttelt sich und sieht mich mit verklärtem Blick an. Dabei stöhnt er leise und presst sich ein letztes Mal tief in mich. Dann legt er sich neben mich und zieht mich mit sich. »Wow.«

»Nur wow?« Frech grinse ich ihn an.

Er lächelt zurück und spielt mit meinem Haar. »Mein bestes Mal. Es war gigantisch.«

»Du bist gigantisch«, wispere ich, bevor ich ihn küsse. Es war wirklich sehr schön und schon jetzt kommt es mir vor wie ein Traum.

Wir schmusen noch ein wenig, bis Ice das Licht löscht.

Hand in Hand liegen wir nebeneinander, keiner spricht, doch ich vermute, dass er ebenso wie ich seinen Gedanken nachhängt. Noch einen Tag und eine Nacht, dann findet unsere Affäre ein Ende. Ich weiß nicht, wie ich das überleben soll. Uns ist klar, dass wir uns in etwas verrannt haben und es kein »Wir« mehr geben wird. Zumindest ich weiß es.

Lautlos weine ich und hoffe, dass er es nicht bemerkt. Doch er tut es. Er rollt sich auf die Seite und streicht über mein Gesicht. Ohne zu reden, küsst er meine Tränen weg und streichelt mich an den Armen.

Ich würde ihm so gerne sagen, dass er mein Herz gefangen hält, aber ich will es für uns beide nicht schwerer machen. Außerdem weiß ich nicht, ob er genauso empfindet wie ich, schließlich haben wir uns erst kennengelernt.

Wahrscheinlich schläft er nur mit mir, weil ich für ihn passe, denn er verachtet das Regime. Ich wusste, dass unser Techtelmechtel nicht von Dauer sein würde, aber ich wollte das, was wir haben, mit allen Sinnen genießen, und zwar so lange ich kann! Auch wenn es nur eine Zweckgemeinschaft ist ... war ... schmerzt der Abschied.

Nach einer kurzen Pause lieben und streicheln wir uns ein weiteres Mal, bis uns die Augen zufallen. Ice bleibt bei mir, bis ich eingeschlafen bin, denn als am nächsten Morgen Mary an die Tür klopft, liegt er nicht mehr neben mir.

❤ ❤ ❤

Vater und ich setzen uns gerade an den Frühstückstisch, als es an der Tür klingelt. Mary ist noch hier und sieht nach. Wer könnte das so früh sein?

Ich nutze Marys Abwesenheit, um Vater auszufragen, schließlich sehen wir uns tagsüber kaum. »Was gibt es Neues?«

»Hatte ich dir erzählt, dass bei dem Überfall auf die Plantagenfabriken ein Transportshuttle gestohlen wurde?«

Ich schüttele den Kopf. »Die Rebellen haben eines unserer Schiffe?« Oh Gott, ich will mir nicht ausmalen, was sie damit anstellen könnten.

Er nickt. »Die Rohstoffzufuhr ist zwar unterbrochen, aber wir haben noch Vorräte für ein halbes Jahr. Es bleibt also Zeit, eine neue Fabrik zu bauen.«

»Und die Felder?«

»Die sind zum Glück weitgehend unversehrt. Die Sprenkleranlagen haben dafür gesorgt, dass der Zuckerrohr kein Feuer gefangen hat.« Seufzend bestreicht er ein Brötchen mit Butter. »Langsam läuft alles aus dem Ruder. Ich weiß nicht, wem ich noch trauen kann.«

»Du kannst mir trauen.« Die Lüge kommt mir leicht über die Lippen. Wenn Vater wüsste, dass Ice über die Injektionen informiert ist! An unsere Affäre möchte ich gar nicht denken ...

Er schenkt mir ein kurzes Lächeln. »Wir werden Truppen schicken und sie alle vernichten. Offenbar haben sich die Rebellen mit den Outsidern zusammengeschlossen. Wir haben eine Drohne geschickt, die Aufnahmen von einer Stadt gemacht hat. Leider ist nicht ersichtlich, wie gut sie aufgestellt sind und was sie für Waffen haben.«

Gebannt höre ich zu, ohne ihn zu unterbrechen. Er scheint mehr zu sich selbst zu sprechen, denn er schaut mich nicht an. »Wir werden diese Mutanten vernichten, allesamt!«

Wenn die Rebellen so viele unserer Leute umgebracht haben, verdienen sie wohl den Tod. Ich mag nur nicht an Krieg denken. Ich dachte, den hätten wir für immer hinter uns? Nach der Bombe haben die autarken Städte Verträge unterschrieben, dass alle Kernwaffen vernichtet werden und in Zukunft nach friedlichen Lösungen gesucht wird. Fast ein Jahrhundert lang hat das funktioniert.

Die schöne neue Welt scheint auseinanderzufallen. Doch ist sie wirklich so schön? Ich weiß es nicht, ich weiß nichts mehr, nur eine Frage brennt mir auf der Zunge: »Wird Ice auch kämpfen?«

»Jeder gute Soldat wird gebraucht.« Plötzlich schaut er mich durchdringend an und runzelt die Stirn. »Dieser Warrior scheint dich sehr zu interessieren.«

»Ich ...« Verdammt, habe ich mich verraten? Mein Gesicht steht in Flammen.

Bevor ich mich um Kopf und Kragen reden kann, kommt Mary in den Salon zurück. Sie hat den Pförtner dabei, einen älteren Mann in bordeauxfarbener Uniform.

»Es tut mir leid, er ließ sich nicht abwimmeln.« Mary macht einen Knicks und verlässt den Raum.

»Sir«, beginnt der Pförtner, »ein junger Warrior steht unten und bittet, zu Ihnen zu dürfen. Er wirkt ziemlich aufgeregt. Er sagt, es sei sehr dringend.«

Vater blickt von seinem Essen auf. »Was für ein Warrior? Kenne ich ihn?«

»Sein Name ist Storm.«

Er legt den Kopf schief. »Noch nie gehört.«

»Er hat geheime Informationen von höchster Dringlichkeit, die er nur Ihnen persönlich überbringen möchte.«

»Gut, er soll kommen, aber schick zwei Wachmänner mit.«

»Sehr wohl, Sir.« Der Pförtner macht eine Verbeugung und verlässt den Raum.

»Was kann er nur wollen?«, frage ich, als Vater aufsteht.

»Das werde ich gleich wissen. Warte solange hier und genieße das Frühstück.«

Er verlässt den Salon, und ich darf erneut nicht erfahren, was sich da draußen wirklich abspielt, dabei platze ich vor Neugier.

❤ ❤ ❤

Natürlich bleibe ich nicht sitzen und esse weiter. Ich bringe ohnehin nichts mehr hinunter. Daher schleiche ich mich in den Gang vor Vaters Arbeitszimmer und schlüpfe hinter einen Vorhang, der sich vor einer Büste befindet. Sie zeigt meinen Großvater, der ebenfalls Senator war. Vater hat das Denkmal verdecken lassen, als Grandpa viel zu früh gestorben ist, und seitdem ist es irgendwie in Vergessenheit geraten. Mary hat hier ihre Putzutensilien verstaut.

Der Vorhang ist leicht durchscheinend, doch mich kann man nicht sehen. Zuletzt habe ich mich als Kind hier versteckt, als ich mit Mama gespielt habe.

Zwei Wachmänner in blauer Uniform gehen den Flur entlang. In ihrer Mitte marschiert der Warrior. Er ist nicht zu übersehen, da er die typische Kleidung der Krieger anhat: schwere Einsatzstiefel, eine Hose in Tarnfarben und ein eng anliegendes schwarzes T-Shirt. Waffen trägt er keine, auch keine Schutzweste. Solange er keinen Dienst hat, darf er in der Öffentlichkeit keine Waffen mitführen. Sein Haar reicht ihm bis zur Schulter und besteht aus zahlreichen schwarzen Zöpfchen. Am auffälligsten sind – wie bei fast allen Kriegern – die Augen. Sie sind hellbraun, und wegen eines Katzengens in seinem Erbgut reflektieren sie das Licht.

Der Warrior wirkt aufgelöst, rote Flecken überziehen sein Gesicht. Oh Gott, hoffentlich nicht noch mehr schlechte Neuigkeiten!

Vater bittet ihn ins Zimmer, die Wachen müssen davor warten. Leider ist der Raum so gut isoliert, dass nicht der leiseste Laut nach außen dringt. Es dauert eine gefühlte Stunde – obwohl bestimmt nur wenige Minuten vergangen sind – bis Storm herauskommt. Er sieht irgendwie unglücklich aus. Traurig. Durcheinander. Was ist nur geschehen?

»Ich werde Sie später noch einmal kontaktieren«, sagt Vater, dann geht der Warrior mit den Wachen davon.

»Trent!«, brüllt Vater plötzlich, sodass ich zusammenzucke.

Wenige Sekunden später kommt Ice angelaufen. »Was ist passiert, Sir?«

»Ich muss mit Ihnen reden.«

Oh Gott, er weiß doch nichts von uns? Sofort fällt mir der Moment ein, als ich mit Ice vor dem Panoramafenster im Badezimmer gesessen habe. Was, wenn ein Warrior so gute Augen hat und sogar durch verspiegeltes Glas blicken kann?

Nein, unmöglich! Aber was, wenn doch? Als ich hinter dem Vorhang leise aufkeuche, schaut Ice kurz in meine Richtung. Auch er wirkt alarmiert, obwohl man ihm das kaum ansieht. Ich erkenne es nur an seinen Augen, sie wirken viel dunkler. Vielleicht täuscht das aber durch den Stoff.

Nein, Storm hat uns nicht bemerkt, sonst wäre er schon viel eher hier erschienen. Es muss etwas anderes sein.

Ice kommt nicht so schnell aus dem Arbeitszimmer. Die Minuten ziehen sich und vergehen wie Stunden, als irgendwann endlich die Tür aufspringt und Ice herausstürmt.

»Wir müssen alle Opfer bringen, Soldat!«, höre ich Vater rufen, bevor er zu Ice auf den Flur tritt.

»Ja, Sir«, erwidert er, und wirkt genauso unglücklich wie Storm.

Welche Opfer meint Vater? Muss Ice sich opfern? Und wofür? Ich will ihn nicht verlieren!

»Wir reden morgen noch einmal, bevor wir das Haus verlassen und ich die Rede antrete. Und kein Wort zu niemandem!«

»Ich habe verstanden, Sir«, sagt Ice mit fester Stimme, obwohl er nach wie vor zerknirscht aussieht und seine Schultern leicht herabhängen.

Als Vater wieder in seinem Zimmer verschwindet, schlüpfe ich hinter dem Vorhang hervor. »Was ist passiert?«

Ice dreht mir den Rücken zu und marschiert die breite Treppe nach oben.

Ich folge ihm, wobei ich laufen muss, um mit ihm Schritt zu halten. »Von welchem Opfer hat mein Vater gesprochen?«

In der Galerie erreiche ich ihn endlich und stelle mich vor seine Zimmertür. »Warum läufst du vor mir weg?«

Er schaut mich nicht an. »Ich darf nicht darüber reden. Streng geheim.«

Mein Herz rast. »Ist es wegen … uns?«

Er schüttelt den Kopf.

Irgendwie glaube ich ihm das nicht und frage sanfter: »Ice, was ist los?«

»Ich darf dir nichts sagen. Und jetzt lass mich bitte in Ruhe.« Seine Stimme klingt ungewohnt leise und schwach. Was hat er denn bloß?

»Bitte, warum bist du so seltsam? Hat es doch mit uns zu tun?« Ich lege eine Hand auf seine Brust, aber er wischt sie weg. »Musst du dich opfern? Hat Vater dir irgendein Selbstmordkommando aufgetragen?« Oh Gott, ich würde ihm das zutrauen! Ich habe von solchen Aktionen gehört, dass Warrior zwielichtige Aufgaben erledigen mussten und danach aus dem Weg geräumt wurden. Meist müssen sie dann in einer der Fabriken außerhalb von White City als Wachmänner arbeiten.

»Ich muss mich nicht opfern«, antwortet er diesmal fest, wobei sich seine Blicke mit meinen verfangen. »Sprich mich von jetzt an nicht mehr auf private Dinge an. Ich habe einen Fehler gemacht.

Wir hätten nie …« Gequält sieht er mich an, schüttelt den Kopf und drückt sich an mir vorbei, um in seinem Zimmer zu verschwinden.

Ice hat recht. Er ist nicht der Richtige. Ich könnte ohnehin nur eine heimliche Beziehung mit ihm führen, denn eine zukünftige Senatorin darf niemals mit einem Warrior zusammen sein. Das geht nicht!

Trotzdem wurmt es mich, dass er mir nicht sagen will, was passiert ist. Es muss etwas sehr Schlimmes sein. Noch viel schlimmer finde ich seine Reaktion mir gegenüber. Als ob er gezwungen wurde, mich zu meiden. Vater hat doch nicht herausgefunden … Nein, dann wäre Ice nicht mehr hier und ich wahrscheinlich auch nicht.

Plötzlich fühle ich mich einsamer als jemals zuvor. Ich kann nichts tun, um mich abzulenken, und das Haus verlassen darf ich nicht, nicht einmal mit Ice. Ich wünschte, ich könnte mit Mama oder meiner Stiefschwester sprechen, doch der einzige Transmitter, mit dem ich mit Menschen aus New World City kommunizieren könnte, steht in Vaters Arbeitszimmer.

Ich habe versucht, etwas aus ihm herauszubekommen, aber er sagt, ich brauche mich damit nicht zu belasten und werde ohnehin bald bei meiner Mutter sein. Dabei hat er mich schon fast böse angesehen, sodass ich erneut das Gefühl hatte, er würde etwas ahnen.

Wenn ich Ice über den Weg laufe, wirkt er kalt, als wäre er nicht mehr der Mann, den ich kenne. Vermutlich ist er nur so abweisend, um mich zu schützen. Wahrscheinlich wollte er es zwischen uns beenden, bevor es für uns noch schlimmer wird. Oder für mich. Sicherlich empfindet er nicht dasselbe wie ich.

Stunden später, nach einem endlos langen und tristen Tag, liege ich im Bett und starre die geöffnete Terrassentür an – doch in unserer letzten gemeinsamen Nacht kommt er nicht.

Kapitel 6 – Freund oder Feind?

Auf dem großen Platz vor dem Shuttle-Tower sind ein Podium und ein gigantischer Screener aufgebaut. Dort wird Vater seine Ansprache halten. Viele Bürger sind gekommen – es sind bestimmt mehrere tausend –, um ihn reden zu hören. Der Platz ist brechend voll, die Menschenmassen füllen sogar die Seitenstraßen. Dort stehen ebenfalls fest montierte Screener und Lautsprecher. Sie sind in der ganzen Stadt verteilt, sodass auch jeder Einwohner die Ausstrahlungen mitbekommt.

Alle sind neugierig, was es Neues gibt, wann die nächsten Shows stattfinden und ob die abtrünnigen Warrior gefunden wurden. Mittlerweile hat es sich wie ein Lauffeuer verbreitet, dass es Soldaten gibt, die sich gegen das Regime gestellt haben. Das gefällt dem Senat natürlich nicht. Die Unruhen nehmen zu, daher wendet sich Vater heute persönlich ans Volk. Er und Freeman sind als die Obersten des Senats dafür zuständig, zu den Bürgern zu sprechen.

Er wirkt nervös wie nie, schaut sich ständig um und rückt seine Krawatte zurecht. Ich sitze mit ihm auf dem Podium, Ice steht neben mir, auf der anderen Seite befindet sich Vaters Bodyguard Ethan und um uns herum ein Dutzend bewaffnete Wachen. Auch unsere Leibwächter tragen Pistolen.

Vater räuspert sich und tritt zum Mikrofon, das Gemurmel der Leute verstummt.

»Bürger von White City, ich weiß, dass ihr zu Recht beunruhigt seid. Zwei Beschützer dieser Stadt haben die Seiten gewechselt. Das hat uns alle schwer getroffen.« Seine Stimme hallt durch die Straßen und wird von der Kuppel wie ein Echo zurückgeworfen, daher muss er langsam sprechen und längere Pausen machen. »Wir wissen, dass sich die Rebellen mit den Outsidern zusammengetan haben und einen Angriff auf unsere Stadt planen.« Neues Gemurmel ertönt, einige schreien vor Schreck auf. »Aber habt keine Angst, Bürger von White City, wir sind dabei, eine Armee aufzustellen, um den Feind zu vernichten, bevor er uns angreift.« Er deutet auf mich und nickt mir zu. »Meine Tochter Veronica wird euch nun von meinen Plänen berichten. Hört an, was sie zu sagen hat.«

Wie in Trance stehe ich auf und stelle mich ans Mikrofon. Auf dem Rednerpult vor mir ist ein kleiner Monitor eingebaut. Dort kann ich die Rede ablesen, die Vater für mich geschrieben hat. Den Text werde ich nun zum ersten Mal sehen. So war es bisher immer. Vater bestimmt alles, und heute wirkt er besonders streng. Seine Lider sind verengt, ich merke ihm seine schlechte Laune an.

»Bürger von White City ...«, sage ich, wobei die Buchstaben vor meinen Augen verschwimmen. Mein Herz rast, meine Hände zittern. Es wird Krieg geben. Krieg! Das wird mir jetzt erst richtig bewusst. Daher ist Vater auch so nervös.

Ich werde sprechen und danach sofort in den Aufzug des Turms steigen, um nach New World City zu fliegen. Ein Shuttle steht schon bereit.

Und ich konnte mich nicht einmal von Ice verabschieden.

Ich spüre ihn dicht hinter mir und würde mich am liebsten zurückfallen lassen. Würde er mich auffangen? Vielleicht sollte ich eine Ohnmacht vortäuschen?

Ich habe ihn vorhin ununterbrochen beobachtet. Auch wenn er wie ein Fels wirkt, den nichts aus der Ruhe bringen kann, habe ich seine Unruhe erkannt. Seine Augen wollten jeden Winkel der Stadt zur selben Zeit erfassen, und er hat sich ständig die Hände an der Hose abgewischt.

Er weiß etwas, genau wie Vater!

Meine innere Unruhe nimmt mit jeder Sekunde zu. Trotzdem schaffe ich es, den Text herunterzuleiern. Ich lese ihn einfach ab, ohne ihn richtig wahrzunehmen. Meine Gedanken gelten nur Ice und meiner Abreise. Vielleicht ist es gut, dass ich gehe. Ich habe Angst. Ich spüre es in meinen Haarwurzeln: Irgendetwas stimmt ganz und gar nicht. Was hatte der Warrior Storm gestern bloß für Neuigkeiten?

Heute Morgen stand Ice überraschend in meinem Schlafzimmer und hat mir befohlen, unter meiner Bluse mein Aramidfaserhemd zu tragen. Der Stoff ist so fest und dicht gewebt, dass er Messerattacken abmildern und Kugeln auffangen kann. Erwartet Vater einen Anschlag? Oh Gott, ich kann mich überhaupt nicht konzentrieren. Wo bin ich, habe ich den Text korrekt vorgelesen?

Als plötzlich ein Raunen durch die Menge geht, schaue ich die Menschen vor mir zum ersten Mal richtig an. Sie legen die Köpfe in den Nacken und sehen nach oben. Ich tu es ihnen gleich. Die Kuppel hat sich an der Turmspitze geöffnet, und ich erkenne die Unterseite eines Transportfrachters. W-02 steht in großen Lettern auf dem Boden des Shuttles.

Wieso landet es jetzt? Normalerweise herrscht Flugverbot bei öffentlichen Veranstaltungen, außerdem liefern die Frachter meist nachts die Waren. Ich habe eine Sondergenehmigung bekommen, da im Moment die meisten Flüge ohnehin gestrichen sind.

Verwundert drehe ich mich um, doch auch Vater und Ice starren nach oben. Ice hat seine Pistole gezogen und lässt den Transporter nicht aus den Augen.

Das Shuttle landet jedoch nicht, sondern bleibt außerhalb der Kuppel in der Luft stehen. Wieso ist die Schleuse so lange geöffnet? Die Strahlung!

»Warum wusste ich nichts davon?«, fragt Ice meinen Vater und klingt dabei wütend.

Der schüttelt den Kopf. »Ich hatte keine Ahnung! Aber laut Registrierungsnummer ist das der gestohlene Transporter. Das sind die Rebellen!«

Bürger, die in der vordersten Reihe stehen und seine Worte gehört haben, schreien auf; Ice schiebt mich hinter sich.

Da reißt Vater das Funkgerät eines Wachmannes an sich, um den Männern auf der Landeplattform zu befehlen, das Feuer auf das

Shuttle zu eröffnen.

Alles dreht sich in meinem Kopf. Was passiert hier? Wusste Ice etwas?

Hektisch schaue ich mich um. Wo sind die Warrior, die sonst bei diesen Veranstaltungen in der Nähe sind, um den Platz zu sichern? Normalerweise müssten sie längst den Turm stürmen!

Tatsächlich tauchen ein paar Krieger auf und verschwinden im Aufzug. Doch wo sind die anderen?

Die Menschen werden immer unruhiger. Oh Gott, wenn nun eine Massenpanik ausbricht? Wir werden alle zertrampelt!

Ice sieht mich mit aufgerissenen Augen an, er ist bleich, wirkt sehr alarmiert. »Du musst hier weg!« Er packt meinen Arm und zieht mich von der Bühne – da höre ich über die Lautsprecher eine Stimme, die mir bekannt vorkommt. Eine Männerstimme, die ich lange nicht gehört habe. Erst, als ich einen Blick über die Schulter werfe, kann ich sie zuordnen. Auf dem Screener ist das Bild eines jungen Mannes mit blondem Haar zu sehen. Oh mein Gott!

»Bürger von White City, hier spricht Andrew. Ihr kennt mich als den Sohn von Senator Pearson.«

Die Menge verstummt und starrt auf den Bildschirm. Auch ich bleibe stehen und wispere: »Andrew.« Er sieht fantastisch aus, aber irgendwie verändert: Sein Haar ist kürzer, es steht wie Stacheln von seinem Kopf ab, die Haut wirkt viel dunkler. Nur die intensiven grünen Augen sind dieselben.

»Mir geht es gut und ich wurde auch nicht von den Rebellen entführt, wie euch der Senat Glauben machen wollte. In Wahrheit ist ein Leben da draußen längst wieder möglich. Hier gibt es auch keine Mutanten. Ich lebe mitten unter diesen Leuten.« Bilder einer Stadt und Menschen werden gezeigt, Ball spielende Kinder auf einer Straße, lachende Frauen, seltsame Automobile und riesige Tiere mit einem braunen, zottigen Fell. Sind das Büffel?

Während Ice mich weiterzieht, solange die Menschen stillstehen, schreit mein Vater auf der Bühne: »Stellt das ab! Woher kommt das?«

Schüsse sind zu hören, und mein Blick wandert nach oben zur Landeplattform. Das Shuttle bewegt sich nicht von der Stelle, es greift auch niemand daraus an, alle Türen sind geschlossen. Nur unsere Wachen feuern auf das Schiff.

Da verstehe ich: Die Übertragung kommt aus dem Transporter! Wer auch immer ihn fliegt, hält die Schleuse per Funk offen und überträgt diesen Film!

Als Andrew verkündet, dass er der Rebellenführer ist, nach dem sie suchen, erheben sich die Stimmen der Bürger erneut. Mehr Unruhe kommt auf.

Er ist der Rebellenführer?!

Ice zerrt mich weiter, auf die Häuser am Rande des Platzes zu. Dort stehen unsere Autos.

Plötzlich glaube ich vor mir Andrew zu sehen. Nicht auf einem Screener, sondern persönlich! Er trägt Jeans, eine rote Weste mit dem gelben Logo des White City Kurierdienstes und hat ein schwarzes Kappy tief über sein Gesicht gezogen. Nein, ich muss mich täuschen.

Doch er blickt mich direkt an, legt die Finger an die Lippen und bedeutet mir, ihm zu folgen.

Er ist ein Rebell – ich muss die Wachen alarmieren! Aber das mache ich nicht. Ich fühle, dass diese Entscheidung falsch wäre. Daher ändere ich sofort die Richtung.

»Wo willst du hin?« Ice schaut sich ständig um, die Waffe ruht in seiner Hand. »Und wer ist dieser Kerl auf dem Bildschirm? Du kennst ihn?«

»Ja, seit wir Kinder sind. Er war ein sehr guter Freund.« Deshalb vertraue ich ihm.

Ich deute auf ein öffentliches WC. Andrew ist dort verschwunden. »Wir müssen hier entlang!«

Ice blickt mich scharf an. »Warum?«

»Vertrau mir einfach.« Mein Herz rast. Andrew ist hier! »Ich muss auf die Toilette.«

»Jetzt?«

»Ich bin total aufgeregt!« Das ist nicht einmal gelogen.

Nur langsam sickern Andrews Worte in mein Bewusstsein. Er ist der Anführer der Rebellen! Er spricht von Lügen, Korruption, grausamen Lebensbedingungen auf den Plantagen.

Ich höre die Bürger tuscheln, alle lauschen wieder gebannt und schütteln die Köpfe. Sie wissen nicht, dass es diese Plantagen gibt. Der Senat wollte das geheim halten. Vielleicht, weil es stimmt, was Andrew erzählt? Herrschen dort wirklich so üble Zustände?

»Ja, wir haben eine eurer Hallen in die Luft gejagt«, erklärt er und versetzt mir damit einen Schock, »aber es waren keine Lebensmittel darin gelagert. In dieser Halle befand sich eine mächtige Luftwaffe, die unsere Stadt zerstören und viele unschuldige Männer, Frauen und Kinder töten sollte. Wir wollen keinen Krieg. Wir wollen nur etwas Wasser, von dem ihr mehr als genug habt, und medizinische Versorgung.« Ein unterirdisches Wasserreservoir wird gezeigt, das wie ein gigantischer See aussieht. »Im Gegenzug könnt ihr frei sein. Löst euch von einem Regime, das euch unterdrückt und für dumm verkauft.«

Eine Luftwaffe? Davon weiß ich nichts.

»Das sind Lügen!«, schreit Vater ins Mikrofon. »Glaubt ihm kein Wort! Er will, dass ihr nach draußen kommt, damit sie euch alle töten können oder ihr der Verstrahlung zum Opfer fallt!«

Die Tumulte nehmen erneut zu, und auf einmal ist Vater nicht mehr zu sehen. Sein Bodyguard ist auch verschwunden. Offensichtlich sind sie untergetaucht.

In diesem Moment betrete ich die Toilette durch eine blickdichte Automatikschiebetür und befinde mich in einem Vorraum, in dem es Sitzgelegenheiten gibt, einfache Plastikbänke. Davor steht Andrew. Sofort falle ich in seine Arme. »Du bist es!« Ich kann es kaum fassen. »Ich habe geglaubt, du bist tot!«

»Nica ...« Er ist der Einzige neben Mary, der mich jemals so genannt hat. »Bitte verzeih mir, aber ich wusste nicht, ob ich dir trauen kann.«

Hinter mir höre ich Gerangel. Als ich mich umdrehe, stehen dort zwei Warrior in Kampfmontur und halten Ice, der auf dem Boden kniet, eine Pistole an den Kopf. Einer von ihnen nimmt ihm alle Waffen ab.

Oh Gott! »Was soll das, Krieger?«, frage ich mit möglichst fester Stimme. »Das ist mein Bodyguard! Lasst ihn sofort los!«

»Die gehören zu mir«, erklärt Andrew.

Ich wirbele zu ihm herum. »Was wird hier gespielt? Bitte tut ihm nichts!«

»Ihm wird nichts geschehen.«

»Solange er sich ruhig verhält«, sagt der schwarzhaarige Warrior mit den blauen Augen. Der braunhaarige Soldat fesselt Ice währenddessen die Hände auf den Rücken. Ansonsten scheint niemand hier zu sein. Ich höre Leute draußen rufen, als wäre eine Revolution im Gange.

Oh Gott, das ist eine Falle! Mein Puls rast. »Ich verstehe nicht … Andrew, was passiert hier? Warum gehörst du zu den Rebellen?«

Abwechselnd schaue ich zu Andrew und Ice.

Ice' Blick ist zornerfüllt, doch er bewegt sich nicht. Mit zusammengekniffenen Lidern starrt er auf Andrew. Mordlust flackert in seinen eisgrauen Augen.

Bevor mir Andrew antworten kann, sagt der schwarzhaarige Warrior: »Hier stimmt was nicht, Jul. Wieso ist unser Shuttle aufgetaucht? Das war nicht abgemacht.«

Wer ist Jul?

Andrew nickt. »Offensichtlich ein Ablenkungsmanöver. Die Senatoren haben gewusst, dass wir kommen, Jax.«

Ablenkungsmanöver? Ich verstehe nichts!

»Mark muss etwas geahnt haben. Vielleicht wollte er auch verhindern, dass Veronica mit dem Shuttle wegfliegt«, murmelt dieser Krieger mit Namen Jax. »Wir wussten schließlich ziemlich wenig und das ganze Vorhaben war absolut chaotisch und lief nicht nach

Plan. Wir sollten sofort hier weg!«

Jax … Jackson Carter! Er war derjenige, der mit der Ärztin geflohen ist! Dann muss der andere Kerl Crome alias Craig Deville sein!

Plötzlich fühlen sich meine Knie gummiweich an. Aus einem Reflex heraus greife ich nach Andrews Hand.

Er zieht mich sofort wieder in seine Arme und streichelt über meinen Rücken. »Ich weiß, dass du verwirrt bist und Angst hast, aber das brauchst du nicht.« Er legt seine Hände an meine Wangen und schaut mich tief an. »Vertraust du mir so wie früher?«

Ich schnappe nach Luft. Bis eben hatte ich ihm vertraut. »Ich weiß gerade gar nicht mehr, wem ich noch trauen kann.« Mit aller Macht schlucke ich die aufsteigenden Tränen hinunter. Vater, Ice und jetzt auch Andrew … Sie alle haben mir etwas vorgespielt, und ich weiß immer noch nicht, welche Rolle ich in dieser Farce habe.

Die Krieger zerren Ice in eine Ecke, fesseln auch seine Füße und lassen ihn dort liegen. Als ich zu ihm gehen möchte, zieht Andrew mich mit sich in Richtung Stahltür. »Du musst mit uns kommen, Nica.«

Die Warrior machen sich nun an dieser Tür zu schaffen, die definitiv nicht zu den Toiletten führt. Sie ist mit einem Codegerät versehen. Ein Kabel geht von diesem kleinen Kasten zu einem Tablet-PC, auf dem ununterbrochen Zahlen durchlaufen.

Ich soll mit ihm kommen? »Warum? Und wohin?«

»Nach Resur. Du bist unsere einzige Hoffnung, um einen Krieg zu verhindern.«

»Krieg … verhindern?«, stammle ich und weiß plötzlich, wohin die Tür führt. »Nein, ich will dort nicht leben!« Ich will nicht in der Kanalisation gefangen sein, da gibt es Katzen und Ratten und andere Tiere, die schlimme Krankheiten übertragen. Oder meint er etwa … die Stadt dort draußen?

»Verdammt, wie lange dauert das denn noch?« Andrew schüttelt den kleinen Computer, der am Kabel hängt. Offensichtlich soll der den Code knacken. Vater lässt ihn seit den Vorfällen jede Woche ändern.

»Jul!«, ruft Jax, und Andrew schaut zu ihm. »Wenn sie gewusst haben, dass wir kommen, hätte es vor Soldaten gewimmelt. Hast du außer den Bodyguards auch nur einen Warrior in der Nähe gesehen? Und wieso hat der Typ …« Er nickt zu Ice. »… so lahm reagiert und hat Veronica zuerst in die Toilette spazieren lassen? Das stinkt doch zum Himmel!«

Der Soldat hat recht. Ein richtiger Bodyguard hätte mich sofort in Sicherheit gebracht und niemals erlaubt, dass ich vor ihm ein ungesichertes Gebäude betrete.

»Sie wollten, dass wir Veronica entführen!«, ruft Crome und fährt sich durch sein kurzes braunes Haar. »Mark wollte uns das mitteilen! Und da er das nicht konnte, haben sie versucht, Unruhe zu stiften. Wahrscheinlich sitzt er mit Rock im Transporter und hat von dort aus auch das Video einspielen können. Sie kamen gerade rechtzeitig.«

»Warum sollten sie wollen, dass wir Veronica entführen?« Andrew reißt die Augen auf und rüttelt mich an der Schulter. »Trägst du einen Sender bei dir? Oder eine Bombe?«

»Was?« Das wird ja immer verrückter. »Nein! Und wer wollte, dass ihr mich entführt?« Ich verstehe überhaupt nichts mehr und schaue hilflos zu Ice, während Andrew in meinem Nacken herumdrückt und mich überall abtastet. Doch vor Aufregung merke ich kaum, dass seine Finger sogar unter mein Aramidhemd gleiten, um in meinen BH zu fahren.

Ice starrt Andrew an, als würde er ihn töten wollen, seine Nasenflügel blähen sich. Warum tut er nichts? Okay, er ist entwaffnet und gefesselt, aber er ist kein Feigling! »Ice«, rufe ich. »Was ist hier los? Weißt du etwas?«

Ständig muss ich daran denken, was sich in Vaters Arbeitszimmer abgespielt haben könnte.

Seine Kiefer mahlen, seine Iriden haben die Farbe von flüssigem Quecksilber angenommen.

»Sie ist sauber«, sagt Andrew in dem Moment, als die Tür aufspringt. »Ich verstehe zwar immer noch nicht, was hier abgeht, aber wir nehmen sie mit. Los, Jungs!«

Da brüllt Ice auf. Seine Muskeln spannen sich an, er zerreißt die Fesseln und springt auf. Wie ein tollwütiges Tier rennt er auf uns zu.

»Verdammt!« Andrew drängt mich durch die Tür, während die Warrior hinter uns auf Ice losgehen.

Jax attackiert ihn von vorne, während sich Crome von hinten auf ihn wirft und zu Boden reißt. Sofort drückt ihm der braunhaarige Krieger das Knie in den Rücken.

»Veronica!«, ruft Ice und streckt die Hand nach mir aus. Sein Gesicht ist verzerrt, als hätte er Schmerzen. »Es tut mir …« Plötzlich sackt sein Kopf auf den Boden und er bleibt reglos liegen.

»Ice!« Oh Gott, was ist mit ihm? »Lass mich los, ich will zu ihm!«

Andrew zerrt mich die Treppen nach unten in die Dunkelheit, es stinkt nach Kloake. Jax und Crome folgen uns. »Nur weg hier.«

»Ice!«, schreie ich, dann trete ich Andrew gegen das Bein. »Ihr Mörder! Erst habt ihr auf der Plantage alle umgebracht und jetzt habt ihr Ice getötet!«

Hart packt er mich an den Schultern, sein Gesicht kann ich in der Dunkelheit kaum erkennen. »Nica, beruhige dich, das stimmt nicht. Ice ist nur betäubt, und die Sklaven haben wir alle befreit. Auch viele der Wächter sind nun in Resur.«

»Sklaven?« Wieso sprechen alle in Rätseln?

»Dein Vater nannte sie wohl Arbeiter.«

»Wir betäuben sie lieber auch, bevor sie noch alles zusammenschreit und jemand den Tunnel entdeckt«, sagt der schwarzhaarige Warrior.

Crome taucht ebenfalls neben mir auf. »Nein, nimm lieber das Zeug, das Samantha uns mitgegeben hat, damit Nica richtig schläft. Sie ist total verängstigt.«

»Was?« Mir rasendem Herzen versuche ich zu beobachten, was

um mich herum geschieht, nur ist es so verdammt dunkel hier unten. Lediglich Andrew hält eine Lampe.

Schon drückt mir einer der Warrior ein Tuch auf Mund und Nase. Ich schnappe nach Luft, weil ich glaube zu ersticken, und atme einen stechenden Geruch ein, der in meinen Lungen kratzt. Oh Gott, jetzt bringen sie mich um!

Ich will um mich schlagen, aber ich habe sämtliche Kraft verloren und mein Verstand ist dabei, sich zu verabschieden.

Wie gelähmt hänge ich in Andrews Armen, meine Lider werden schwer wie Blei.

»Ganz ruhig, Nica, es wird dir nichts passieren, das verspreche ich.«

Bitte, lass das einen Albtraum sein und mich endlich aufwachen …

❤ ❤ ❤

Männerstimmen in meinen wirren Träumen … »Vorsichtig, pass auf ihren Kopf auf.« Andrew?

»Danke fürs Mitnehmen, Rock, so ein Shuttle ist echt praktisch, ich hatte jetzt echt keinen Bock durch die halbe Wüste bis zur Monorail zu latschen.« Gehört die Stimme nicht diesem Warrior Jax? Und warum ist es so dunkel?

»Was ist eigentlich passiert?«

»Ich wollte euch noch warnen, aber ich bin zu spät aufgewacht, da wart ihr schon in der Kanalisation und der Funk abgebrochen. Zum Glück war das Shuttle da und ich habe gerade noch für Verwirrung sorgen können, ist ja mit dem richtigen Transportmittel nur ein Katzensprung.« Diese Stimme kenne ich nicht …

»Erzähl, Mark.«

»Ich … hab da einen Patienten, mit dem ich mich sehr gut verstanden habe. Er ist ein Warrior. Storm …«

Storm! Mein Herzschlag beschleunigt sich, doch noch immer kann ich meine Augen nicht öffnen. Ich habe das Gefühl, zu schweben.

»Storm hat mitbekommen, wie ich zuletzt mit euch Kontakt aufgenommen habe. Ich musste euch ja informieren und er war bei mir zu Hause. Verdammt, ich dachte, er schläft. Aber er hat alles gehört und mich verpetzt. Der Senat war also gewarnt und ich konnte euch nicht mehr alle Infos geben.«

»Fuck, ja das hatten wir vermutet. Euer Ablenkungsmanöver war klasse.« Crome? »Wie bist du entkommen, Mark?«

»Storm hat mich laufen lassen.«

»Wieso das?«

Jemand räuspert sich. »Vielleicht, weil wir ziemlich gute Freunde sind. Waren ...«

»Definiere: ziemlich.« Jax wieder. »Ist Storm vielleicht der Grund, warum du Sam gegenüber so ein schlechtes Gewissen hast?«

Ein anderer lacht. »Du bist neugieriger als deine Verehrerin Anne, Bruder.«

»Mark, ich bin echt froh, dass du hier bist. Und deinem Liebling werden wir ordentlich eins auf die Mütze geben, sollte er uns über den Weg laufen ...«

Ich nehme all meinen Willen zusammen und öffne die Lider. Ich befinde mich in einem fensterlosen Raum, liege auf dem Boden. Überall gibt es Haken, Schlaufen und Bänder. Oh Gott, wo bin ich gelandet? Doch dann erkenne ich, wozu die Bänder gut sind: zum Fixieren von Ware. Bin ich in einem Transportshuttle?

Ich schaue nach links und blicke direkt in Andrews Augen. Mein Kopf ruht auf seinem Schoß und er streichelt durch mein Haar. »Alles ist gut, Nica, wir sind gleich in Resur.«

»Wie lange noch, Rock?«, brüllt der braunhaarige Typ neben uns. Es ist Crome.

»Bin schon im Landeanflug!«, kommt es aus dem Cockpit zurück.

Da fällt mir alles wieder ein. Andrew und zwei Warrior haben mich entführt. Ich muss mich in dem gestohlenen Transporter befinden! Offenbar hat der irgendwo außerhalb der Kuppel gewartet.

Sofort füllen sich meine Augen mit Tränen und ich wispere: »Ice?«

Andrew fährt zärtlich über mein Gesicht. »Es geht ihm gut. Ganz bestimmt.« Beinahe wehmütig blickt er zu mir herunter. »Hattet ihr was miteinander?«

Du warst plötzlich weg, und ich war so einsam, möchte ich antworten, doch ich weiß nicht, ob das hier noch der Andrew ist, den ich kenne.

Eine seiner Brauen hebt sich leicht. »Er schien ziemlich wütend zu werden, als ich dich durchsucht habe.«

Ice wollte mir etwas mitteilen. Mir wird nie das Bild aus dem Kopf gehen, wie er hilflos seine Hand nach mir ausgestreckt hat und sagte: Es tut mir leid …

Ich starre Andrew weiterhin an, ohne seine Frage zu beantworten. Irgendwie realisiere ich immer noch nicht, was passiert ist.

Er kratzt sich an der Stirn und schaut weg. »Schon gut, geht mich auch nichts an.«

»Was wollt ihr von mir?«

»Wir brauchen dich, um einen Krieg zu verhindern. Der Senat plant, in Resur einzufallen. Es stehen unzählige Leben auf dem Spiel. Senator Freeman wollte nicht mit uns verhandeln, eine friedliche Lösung war nicht in Sicht. Daher bist du leider unser einziges Druckmittel.«

»Andrew …« Ich hebe die Hand und er drückt sie an seine Wange. Er hat mich aus meinem goldenen Käfig gerissen. Ich habe mir schon ewig gewünscht, diesem Gefängnis zu entkommen, aber jetzt habe ich Angst. Ich wünschte, Ice wäre bei mir.

»Hier bin ich Julius. Julius Petri«, sagt er sanft, »aber du darfst mich trotzdem bei meinem alten Namen nennen. Die Menschen in Resur wissen mittlerweile, dass ich der Sohn eines Senators bin. Zu Beginn habe ich das geheim gehalten.«

Verständlich … »Sie werden mich hassen.«

»Dir wird nichts geschehen. Und ich weiß, dass du nicht so bist wie dein oder mein Vater. Du bist wie ich.« Ein Lächeln huscht über seine Lippen und er küsst meinen Handrücken. Ich erkenne den

Mann, der einmal mein Herz zum Flattern gebracht hat. Den Charmeur und Liebhaber, mit dem ich mein erstes Mal verbracht habe. Doch jetzt liebe ich einen anderen. Glaube ich jedenfalls, wir haben uns schließlich noch nicht lange gekannt. Ob es ihm wirklich gutgeht? Was wird Vater tun, wenn er erfährt, dass Ice nicht gut genug auf mich aufgepasst hat?

»Warum bist du übergelaufen?«, möchte ich von Andrew wissen. Es ruckelt, das Shuttle ist gelandet und der Warrior neben mir steht auf, um die Tür zu öffnen.

Andrew bleibt mit mir auf dem Boden. »Mein Vater hat meine Mutter exekutieren lassen, wie du vielleicht weißt, weil sie mit den Rebellen sympathisierte.«

»Mein Gott, das hatte ich total verdrängt!« Er war noch ein halbes Kind. Die Geschichte machte schnell die Runde, nicht nur die Bürger waren entsetzt, auch Vater wirkte damals geschockt.

Er lächelt sanft. »Du hast so ein Glück, dass deine Mutter lebt und du sie sogar besuchen darfst. Dein Vater hat mehr Herz als meiner. Immerhin hat er nur den Lover deiner Mutter töten lassen.«

»Was?« Mein Atem stockt.

»Na, ihren Bodyguard, mit dem sie ein Verhältnis hatte. Von dem auch deine Stiefschwester ist. Der Kerl kam doch aus Royal City, oder? Dort werden außer den Soldaten nicht alle Männer zwangssterilisiert, da die Frauen ein Implantat tragen, das Schwangerschaften verhindert.«

Ich höre das zum ersten Mal. Ich weiß bloß, dass ihr Leibwächter kein Warrior war. Sie hat manchmal von ihm gesprochen.

Diese Neuigkeiten treffen mich härter als die Entführung. »Ich hatte keine Ahnung«, sage ich kraftlos. »Ich dachte immer, meine Stiefschwester sei gewollt gewesen, Mama hatte sich einen anonymen Samenspender gesucht.«

Seufzend schließt er die Lider. »Shit, ich wollte nicht, dass du es so erfährst.«

Plötzlich beugt sich Jax über uns und grinst uns an. »Hey, Turteltäubchen, wir sind da.«

Andrew hilft mir auf, da sich meine Knie noch wie Mus anfühlen, und legt einen Arm um mich.

Ich halte mich an ihm fest und sage resolut: »Erzähle mir alles, was du weißt. Ich hab die Lügen so satt.«

»Das werde ich. Aber zuerst zeige ich dir Resur.«

Kapitel 7 – Neue und alte Gesichter

Eine Pyramide!

Mit offenem Mund gehe ich durch die Stadt der Outsider, die sich in einem ehemaligen Hotel befindet. Der Komplex ist gigantisch und scheint von außen nur aus Glas zu bestehen. Innen offenbart sich eine riesige Halle, die mehrere Stockwerke hoch ist und in der sich richtige Gebäude befinden. Es ist eine Stadt wie aus einem Märchenbuch. Dort gibt es auch eine Anmeldung, bei der ich mich registrieren muss. Besser gesagt: das macht Andrew für mich, danach fahren wir mit einem gläsernen Aufzug in den fünften Stock.

Wow, ich hätte nie geglaubt, dass die Outsider so fortschrittlich sind. Und sie sind wahrlich keine Mutanten, sie sehen ganz normal aus, wenn auch »verbrauchter«. Andrew erklärt mir, dass viele durch das verseuchte Wasser krank wurden oder gestorben sind.

Sofort fühle ich mich schuldig. Uns geht es in White City gut, wir haben die beste Versorgung, die man sich wünschen kann. Doch was wiegt mehr? Freiheit oder Gesundheit? Ich hätte gerne beides.

»Und die Strahlung ist wirklich so gering, dass sie nicht mehr schädlich ist?«, frage ich, als wir den Aufzug verlassen und die Krankenstation betreten. Andrew sagt, ich müsse mich ein paar Tests unterziehen.

»Du bist hier sicher. Es liegt keine schädliche Strahlung mehr in der Luft. An manchen Stellen solltest du vielleicht nicht mit den Händen in der Erde buddeln, wobei wir in Resur den Boden abgetragen haben. Wir essen hauptsächlich Bisonfleisch von Rindern, die wir in einer strahlungsarmen Zone jagen, und was wir anbauen, wächst auf unverseuchtem Boden.«

Auf der Krankenstation stehen nicht so moderne Geräte wie in White City, alles wirkt weniger steril, Farbe blättert im Flur an einigen Stellen von den Wänden, man sieht dem Gebäude von innen sein Alter an.

»Veronica!«, ruft plötzlich eine Frau, als wir ein Krankenzimmer betreten. Sie steht neben einem schwarzhaarigen Mädchen vor einer großen, schrägen Fensterscheibe. Ich erkenne die junge Frau in Jeans und T-Shirt sofort und bin glücklich, ein bekanntes Gesicht zu sehen.

»Miraja!« Während wir uns umarmen, fällt mir ein, warum sie ins Gefängnis kam. »Dann stimmt es also, du bist zu den Rebellen übergelaufen.«

Miraja streichelt seufzend über meinen Rücken. »Aus Versehen habe ich ein Gespräch zwischen deinem Vater und Senator Freeman mitbekommen, das nicht für meine Ohren bestimmt war. Es handelte von den Plantagen und den unmenschlichen Zuständen, die dort herrschen. Ihnen gingen nämlich die Sklaven aus. Daraufhin musste mich dein Vater aus dem Weg räumen.«

Ich drücke mir die Hand auf den Mund und schluchze unterdrückt. »Oh Gott, das wusste ich nicht.« Wie oft habe ich diesen Satz nun schon gesagt? Was wusste ich überhaupt?

Erneut umarme ich sie. »Es tut mir so leid. Wenn ich auch nur geahnt hätte, warum du ins Gefängnis musstest …«

»… wärst du vielleicht auch dort gelandet«, ergänzt sie meinen Satz.

Ich löse mich von ihr und reibe mir über die Schläfen. Diese ganzen Neuigkeiten bereiten mir Kopfweh.

Andrew legt kurz die Hand auf meine Schulter. »Wir werden später über alles reden, und dann wirst du vieles verstehen. Jetzt müssen wir überlegen, wie wir weiter vorgehen, um einen Krieg zu verhindern.«

Ich nicke matt und kann nur Miraja anblicken. Wegen meines Vaters musste sie durch die Hölle gehen. Am Rande habe ich registriert, dass sie ins Serva-Programm überstellt wurde. Ich wollte mir die Shows nicht ansehen, um nicht mitzubekommen, wie sie womöglich leidet.

Mein Magen zieht sich zusammen, mir wird schwindelig. Ich bewundere, wie stark sie wirkt.

»Ich möchte dir jemanden vorstellen«, sagt sie und deutet auf das Mädchen neben sich. Sie dürfte etwa zwölf Jahre alt sein. »Das ist Kialada.«

Die Kleine streckt mir die Hand hin. Mit dem hübschen Gesicht und den langen schwarzen Haaren sieht sie fast wie die Miniausgabe von Miraja aus.

»Hi«, sagt sie, »meine Freunde nennen mich Kia. Ich wohne jetzt bei Mira und Crome, aber ich sag nicht Mummy und Daddy zu ihnen. Trotzdem gehöre ich zu ihrer Familie.« Die Kleine plappert in einem fort und ich kann sie nur lächelnd anstarren. Ihre Augen sind unglaublich blau und ihr Haar von so einem intensiven Schwarz, wie ich es noch nie gesehen habe.

Als sie ihren Monolog beendet und einfach aus dem Zimmer marschiert, schaut Miraja ihr verträumt hinterher. »Du musst sie so nehmen, wie sie ist. Ein kleiner Wildfang.«

»Du bist also tatsächlich mit einem Warrior zusammen?«, frage ich sie.

Miraja nickt und grinst breit. Das Strahlen in ihren Augen sagt mir alles.

Plötzlich dreht sie mich an der Schulter herum. »Da kommt Samantha, sie wird dich untersuchen.«

Eine Frau mit hochgestecktem Haar und einem weißen Kittel betritt den Raum. Sie hat eine kurvige Figur und ein freundliches Gesicht. Lächelnd streckt sie mir die Hand entgegen. »Hallo, ich bin Dr. Walker. Ich würde Sie gerne untersuchen, wenn ich darf.«

Ich nicke bloß, da mich ihre warmherzige Ausstrahlung überwältigt. So viele liebe Menschen auf einem Fleck – das treibt mir schon wieder Tränen in die Augen.

»Setzen Sie sich bitte.« Dr. Walker deutet auf einen Stuhl, auf dem ich mich niederlasse. Dann beginnt sie, meinen Blutdruck zu messen, sie sieht mir in den Mund und in die Augen, stellt mir ein paar Fragen und nimmt mir schließlich Blut ab. »Die Nadelspitze der Spritze könnte etwas stumpf sein, da wir sie öfter benutzen müssen. Aber keine Sorge, sie ist steril.«

Es pikst etwas mehr als gewöhnlich, doch es tut nicht wirklich weh.

»So, das war's auch schon. Sollten Sie sich einmal nicht wohlfühlen, kommen Sie jederzeit zu mir.« Mit diesen Worten verlässt sie uns wieder, da sie Mark einarbeiten muss.

»Samantha hat sehr viel zu tun«, flüstert mir Miraja zu. »Es gibt leider zu wenige Ärzte. Gut, dass ihr ehemaliger Kollege nun auch hier ist. Er konnte ebenfalls aus White City fliehen. Samantha und Mark haben früher zusammengearbeitet. Ich glaube, sie werden erneut ein gutes Team sein.«

Ich atme tief ein und frage: »Wahrscheinlich war sie auch unschuldig, oder?«

Miraja nickt. »Sie hat Jax' Bruder nicht getötet. Den Mord hat Senator Freeman in Auftrag gegeben. Als Cedric den Granatenanschlag überlebte, hat Freemans Mitarbeiter Tony Greer persönlich für sein Ableben gesorgt.«

Ich kenne Tony! Oder dachte es zumindest. »Mr. Greer hat … im Auftrag von …« Ich schüttle den Kopf. Falls diese Menschen alle die Wahrheit sagen – und das fühle ich –, wäre ich vielleicht auch bald einer dieser korrupten, widerwärtigen Senatsmitglieder geworden. Jetzt verstehe ich, warum mein Vater so ein kalter Mann ist. Als Mitglied des Regimes darf man kein Herz haben. Oder sollte das zumindest nach außen nicht zeigen. Ich hätte versucht, meine Menschlichkeit zu bewahren und subtile Verbesserungen zu erreichen.

❤ ❤ ❤

In den nächsten Stunden lerne ich so viele Leute kennen und führe eine Menge Gespräche, dass mir der Kopf raucht. Mit dem Bürgermeister dieser Stadt sitzen Andrew, Miraja und ich in einem Verhörraum im Untergeschoss. Mit dabei sind die Warrior Jax und Crome sowie der Arzt Dr. Mark Lamont. Er hat es erst vor Kurzem geschafft, aus White City zu fliehen. Storm war es, der ihn verraten hat – das hatte ich im Shuttle schon am Rande mitbekommen. Darüber ging es wohl in dem Gespräch mit meinem Vater, als der Krieger so aufgelöst vor unserer Tür stand.

Storm und Dr. Lamont müssen sich wirklich nahe gestanden haben, trotzdem hat ihn der Warrior, der dem Regime gegenüber immer loyal ist, nicht verraten.

Zwei weitere Ausnahmen sitzen allerdings vor mir.

Ich sehe dem Arzt an, wie niedergeschlagen er ist, außerdem ist er noch schwach auf den Beinen. Stundenlang irrte er durch die Kanalisation und hat sich an eingeritzten Symbolen orientiert, die Jax dort hinterlassen hat, falls Dr. Lamont einmal fliehen muss. Es hat lange gedauert, bis er den geheimen Tunnel entdeckte, der aus der Kuppel führt. Danach lief er ewig durch die Gluthitze der Wüste und brach kurz vor der Stadt bewusstlos zusammen. Als ihn jemand gefunden hat und zur Krankenstation brachte, war es zu spät, um Andrew, Jax und Crome zu warnen. Sie waren längst unter der Stadt und hatten den Doktor auf ihrem Weg verpasst. Die drei fuhren mit einer Art Schnellbahn durch die Wüste, während der Arzt zu Fuß den weiten Weg zurückgelegt hat. Der Doktor hatte leider keine Möglichkeit, vor seiner Flucht noch eine Nachricht zu schicken. Storm hat ihm das nicht mehr erlaubt.

Bürgermeister Forster stellt mir unzählige Fragen, die ich leider nicht alle beantworten kann. Meist geht es um die Pläne des Senats.

Andrew sitzt währenddessen immer an meiner Seite und beteuert, dass ich wirklich nicht in viele Dinge eingeweiht bin, das habe er schon früh herausgefunden.

»Du hast mich ausspioniert?«, frage ich erstickt.

»Nicht mit böser Absicht, Nica. Ich wollte nur wissen, woran ich bei dir bin.« Er nimmt meine Hand und drückt sie leicht. »Du bist so ganz anders als dein Vater. Ehrlich und gütig. Dein Vater wird dich wohl nie zur Senatorin ausbilden, glaube mir, denn er weiß das. Du kommst eben mehr nach deiner Mutter.«

Ich fühle mich, als würde mir der Boden unter den Füßen weggerissen. Mir wird langsam klar, dass mein ganzes Leben eine einzige Lüge war.

Ich schluchze auf, und Andrew nimmt mich in die Arme.

»Wenn Vater von meiner Entführung gewusst hat, warum hat er es denn zugelassen? Auch wenn er kaltherzig ist, verstehe ich das nicht. Er lässt mich doch sonst immer so streng bewachen.«

»Offenbar verfolgt er einen Plan, der ihm wichtiger ist als du«, sagt Andrew und die anderen stimmen ihm zu.

»Wenn ich nur wüsste, welchen!« Und wenn ich nur wüsste, ob Ice in alles eingeweiht war … Ich weiß nicht, wie ich ihm jemals verzeihen könnte, wenn er von alldem wusste. »Macht es denn noch Sinn, wenn ihr den Senat kontaktiert und mich als Druckmittel einsetzt?« Ich fürchte mich davor, dass Vater mich opfern würde. Wir müssen alle Opfer bringen, hat er zu Ice gesagt …

Plötzlich knackst das Funkgerät des Bürgermeisters, das vor ihm auf dem Tisch liegt, und ein Mr. Hattfield meldet sich mit aufgeregter Stimme.

»Was ist passiert?«, fragt Forster.

»Unsere Späher haben zwei schwerbewaffnete Warrior gesichtet, die auf Resur zumarschieren. Es ist niemand von uns und sie sehen nicht aus, als hätten sie freundliche Absichten.«

»Verdammt!« Jax springt auf, Crome und Andrew tun es ihm gleich. »Wir kümmern uns darum.«

Der Bürgermeister gibt sein Okay, und bevor die beiden den Raum verlassen, schenkt Crome Miraja einen Kuss und sagt: »Du bewachst unseren Besuch, Kätzchen.«

Dann ziehen sie los.

Ich sehe Angst in Mirajas Augen. »Bin ich froh, dass Kia schon raus aus der Stadt ist und mit Matt die nächsten Tage Bisons jagt.«

Sie liebt die Kleine sehr. Und sie liebt ihren Warrior.

Ich habe auch Angst. Ob Ice einer von den beiden ist, die auf Resur zukommen? Nein, sicher nicht, er gehört nicht zu den Soldaten.

Mit großen Augen schaut Miraja mich an, während der Bürgermeister Funkkontakt zu den anderen hält.

»Du bist nicht unsere Gefangene«, sagt sie. »Zu deinem Schutz werde ich auf dich aufpassen, solange du in Resur bist.«

Es ist beinahe wie früher. Und doch ist alles anders.

❤ ❤ ❤

Zwei Stunden lang bibbert Miraja bereits um Crome und die anderen, während wir mit dem Bürgermeister weiterhin in dem abgeschotteten Bereich im Untergeschoss der Pyramide sitzen und versuchen, etwas zu essen. Aber die Mahlzeit auf dem Tablett reizt mich nicht, sondern ich lausche gebannt den Funksprüchen.

Jax vermutet, die zwei Warrior bilden eine Art Vorhut, um die Lage auszuspionieren oder um mich zurückzuholen. Plötzlich berichtet er, dass sie einen Krieger erschossen haben, der andere konnte flüchten. »Wir haben zwei Rucksäcke mit Sprengstoff gefunden. Der geflohene Warrior muss seinen zurückgelassen haben, um schneller voranzukommen.«

»Sprengstoff!« Forsters Augen werden groß. »Sie haben einen Anschlag geplant!«

»Sir, wir befinden uns jetzt beim gefallen Soldaten. Er … lebt noch! Crome bringt ihn auf die Krankenstation.«

Ich springe auf. »Ich muss ihn sehen!« Was, wenn es doch Ice ist? »Bitte, ich muss wissen, wer er ist!«

»Was ist mit dem anderen, wo ist er hin?«, fragt Forster ins Funkgerät, ohne mich zu beachten.

»Mark konnte mein Handycom umprogrammieren«, sagt Jax, »daher habe ich das Signal seines Chips auf dem Radar. Er bewegt sich im Moment von der Stadt weg. Ich nehme mit meiner Gruppe die Verfolgung auf. Verstärken Sie trotzdem die Wachen an den Eingängen und geben Sie eine Warnung heraus. Die Menschen sollen in ihren Häusern bleiben!«

Forster nickt und beendet das Gespräch. Dann wendet er sich an mich und Miraja. »Gut, schauen wir uns den Soldaten mal an.«

♥ ♥ ♥

Dr. Samantha Walker und Dr. Mark Lamont warten bereits im Gang auf das Eintreffen des Kriegers, als wir den Krankentrakt erreichen. Kurz darauf kommt Crome angelaufen, hinter ihm folgen zwei Sanitäter mit einer Trage. Darauf liegt …

»Das ist Storm, der Warrior, der alles mit meinem Vater besprochen hat!«

Im ersten Moment durchflutet mich grenzenlose Erleichterung. Es ist nicht Ice, dem Himmel sei Dank!

Storm muss seine Zöpfchen abgeschnitten haben, denn sein Haar ist nur wenige Millimeter lang. Ich erkenne ihn trotzdem an seinen hellbraunen Augen. Er hat sie geöffnet und starrt mich an, während ihn die Männer an mir vorüber tragen.

»Storm!« Mark drückt sich an Samantha vorbei und hilft den Trägern, den Warrior auf ein rollbares Bett zu legen. Seine nackte Brust ist blutverschmiert und ein Verband ist schräg über die Schulter und seinem Oberkörper gewickelt. Allerdings ist der Stoff schon durchnässt. Es sieht übel aus.

»Die Kugel ist in seinem Arm eingeschlagen und in seinen Körper gedrungen«, erklärt einer der Sanitäter, ein junger Mann mit rotem Haar. »Offenbar nicht zu tief und der linke Lungenflügel ist anscheinend unversehrt, ansonsten wäre er längst tot.«

Für mich sieht das nach einem gezielten Schuss an der Schutzweste vorbei aus. Einer der Warrior aus Resur muss ihn anvisiert haben. Storms Atem geht rasselnd, Blut läuft über seine Lippen.

»Mark«, flüstert er und hebt matt seinen Arm.

Der blonde Arzt streichelt ihm über das geschorene Haar und ergreift seine Hand, Tränen perlen über sein Gesicht. »Sprich nicht. Alles wird gut.«

Storm hustet Blut. »Es tut mir so leid, ich war verblendet und dumm … hätte dir glauben sollen. Als ich das Video gesehen habe … alles bereut … wollte wissen, ob es dir gutgeht. Daher habe ich mich dieser Mission angeschlossen.« Neues Blut läuft aus seinem Mund und er schließt die Lider. »Liebe dich …«

»Storm!«, ruft Mark.

Crome rüttelt an Storms Schulter. »Warum seid ihr hergekommen?« Doch der Warrior reagiert nicht.

Mark wischt sich mit dem Handrücken über die Augen. »Wir müssen ihn sofort operieren!«

»OP ist vorbereitet«, sagt ein grauhaariger Mann, der in den Gang eilt, und gemeinsam schieben sie Storm in einen anderen Raum.

Da erhält Crome eine Durchsage über Funk. Jax ist dran, er und seine Gruppe haben den Warrior eingekesselt. Er hat sich im Keller einer Ruine verschanzt, und sie kommen momentan nicht an ihn heran, weil sie den Zugang in den Trümmern nicht finden.

Crome atmet auf. »Okay, Resur ist erst mal sicher.« Dann wendet er sich an Miraja. »Bring Veronica zu uns, sollte sich die Lage ändern, sage ich dir sofort Bescheid.«

»Okay.« Miraja umarmt ihn und die beiden küssen sich. »Pass auf dich auf.«

Als er davonläuft, erkenne ich, dass er leicht humpelt. »Was ist mit seinem Bein?«

»Vor Kurzem hat ihn ein herumfliegendes Teil getroffen, als die Ethanolfabrik explodiert ist. Ich hätte ihn beinahe verloren.« Ich lese in ihrem Gesicht, dass sie das nicht überlebt hätte. Dann lächelt sie mich an. »Komm mit, jetzt zeige ich dir, wo wir wohnen.«

»Hier in diesem Gebäude?«

»Nein, ein Stück dahinter, dort wird eine neue Wohnsiedlung gebaut. Unser Haus ist bisher das einzige, das bewohnt ist. Es ist sehr ruhig dort. Ich liebe es.«

»Und was ist mit der Übertragung?« Die Outsider haben immer noch keinen Kontakt mit White City aufgenommen. Ob Vater sich um mich sorgt? Und was ist mit Ice?

Miraja schüttelt den Kopf. »Dazu brauchen wir Mark, er ist unser Technikgenie. Wir müssen warten, bis die OP vorbei ist.«

Während wir mit dem gläsernen Aufzug nach unten fahren, erzählt sie mir, dass ich solange in Kias Zimmer wohnen könnte, bis sie von der Bisonjagd zurückkommt. »Danach finden wir eine Lösung, falls der Senat sich querstellt.«

Ob sie ahnt, dass ich nicht mehr zurück möchte? »Solange ich nicht in der Besucherritze schlafen muss?«

Miraja und ich grinsen uns an. Ich bin so glücklich, sie wieder bei mir zu haben, auch wenn die Umstände nun völlig andere sind.

💔 💔 💔

Am Abend sitze ich mit Miraja auf der Veranda ihres gemütlichen kleinen Hauses. Es ist winzig im Vergleich zu den zwei Stockwerken, die Vater und ich bewohnen, doch es strahlt viel mehr Wärme aus. Miraja hat versucht, einen kleinen Garten anzulegen – noch wächst nichts darin und ich erkenne nur Streifen mit Erde, vor denen faustgroße Steine die Begrenzung bilden. Dahinter erstreckt sich ein Zaun aus hohen Holzlatten, damit später kein Nachbar auf das Grundstück spähen kann.

Über den Latten spitzt die beleuchtete Spitze der Pyramide hervor und darüber funkeln die Sterne. Seit ich auf der Bank hocke, starre ich in den Himmel, zuvor konnte ich nicht genug davon bekommen, mit Miraja im Sonnenschein durch die Straßen zu gehen. Die Strahlen prickelten auf meiner Haut, ich spürte das Leben.

Den Himmel wollte ich immer sehen, und nun kann ich den Blick nicht davon abwenden. Wie wunderschön. Er hat mir alle Farben gezeigt, jetzt wird er schwärzer und die Nacht bricht herein. Endlich völlige Dunkelheit.

Miraja hat mir Tee und Kekse hingestellt und mir ein Tuch um die Schultern gelegt. Da wir beide fast dieselbe Statur haben, hat sie mir eine kurze Hose und ein T-Shirt von sich gegeben, und ich fühle mich in den bequemen Sachen viel wohler als in meinen Designer-Kostümen. Ich fühle mich frei.

Tief atme ich die warme Nachtluft ein und lausche dem Zirpen der Insekten. Bloß Ice fehlt mir zu meinem Glück.

Nachdem Dr. Lamont aus dem OP kam, wurden Miraja und ich vom Bürgermeister angefunkt, dass wir sofort zum Shuttle kommen sollen.

Mark – wie ich den Arzt nennen darf – hat über das Cockpit eine Verbindung nach White City hergestellt. Ich durfte mit meinem Vater sprechen. Ich habe ihm erklärt, dass es mir gutgehen wird, solange der Senat kooperiert, und dass bereits einer der Warrior, den er geschickt hat, erschossen wurde. »Bitte schicke keine Soldaten mehr nach Resur«, habe ich gesagt. »Die Menschen wollen keinen Krieg, bloß Gerechtigkeit.«

»Wir brauchen Bedenkzeit. Wir melden uns morgen«, hat Vater kühl geantwortet und die Verbindung unterbrochen.

Bedenkzeit? Ich bin entsetzt und enttäuscht gleichermaßen. Ich will ihn nie wieder sehen. Mein Herz rast vor Wut, allein wenn ich mir sein Gesicht vorstelle. Aber Ice vermisse ich sehr.

Ich male mir aus, was er jetzt machen würde, wenn wir beide hier leben würden. Bestimmt würde er nicht neben mir hocken, sondern mit Jax und Crome den Eindringling suchen. Egal – dafür würde er nach seiner Mission zu mir kommen und wir würden uns bis zum Morgengrauen lieben.

»Wenn du noch lange draußen sitzt, werden bald die Moskitos über dich herfallen«, erklärt Miraja lächelnd.

»Was sind Moskitos?« Den Namen habe ich zwar schon einmal irgendwo gelesen, doch ich kann gerade keinen Bezug herstellen.

»Das sind fliegende Insekten, die ihren Rüssel in deine Haut stechen, um dein Blut zu saugen.«

Ich muss wohl ziemlich entsetzt schauen, weil sie sich den Bauch hält vor Lachen. »Keine Angst, sie sind harmlos und winzig klein, aber ihre Stiche können gemein jucken.«

Ach, sie meint Mücken! Der Senat sorgt mit chemischen Mitteln dafür, dass sich unliebsame Insekten gar nicht erst in White City einnisten können. Diese winzigen Krabbler finden immer Wege, in die Kuppel einzudringen. Genau wie Ratten und Katzen, die in der Kanalisation leben.

»Ich muss mich also zwischen dem Himmel und Jucken entscheiden?«, frage ich schmunzelnd und sie nickt. »Okay, dann nehme ich den Himmel. Ich bleib noch ein bisschen draußen, falls das okay ist.«

»Natürlich.« Sie erhebt sich. »Ich werde mich mit dem Funkgerät ins Bett begeben. Sobald sich die Lage ändert, wird Crome mich benachrichtigen. Du kannst dich solange sicher fühlen.«

»Das tue ich.«

»Gute Nacht«, sagt sie und öffnet die Verandatür.

»Gute Nacht. Und Danke, dass ich bei euch wohnen darf.«

Lächelnd sieht Miraja mich an. »Es ist wirklich schön, sich wieder mit dir zu unterhalten.«

Kapitel 8 – Neue Enthüllungen

Minuten später bewundere ich immer noch die Sterne. Oder sind schon Stunden vergangen? Ich weiß es nicht. Als ich mich endlich überwinden kann, ins Haus zu gehen, glaube ich, jemanden meinen Namen flüstern zu hören.

Vor der Verandatür bleibe ich stehen.

»Veronica, hier, beim Zaun«, dringt wieder der Hauch einer Stimme an mein Ohr.

Ich erstarre und blicke zu den Latten. Dort gibt es eine Holztür, die sich langsam öffnet.

»Andrew?«, wispere ich, um Miraja nicht zu wecken. Bestimmt schläft sie schon. »Bist du das?« Ich wüsste nicht, wer sonst herkommen sollte. Was will er so spät?

Ich schleiche durch den Garten auf die Tür im Zaun zu. Kaum habe ich sie erreicht, öffnet sie sich ganz und … »Ice!«

Sofort presst er kurz die Hand auf meinen Mund. »Pst, nicht so laut, sie dürfen mich nicht entdecken.« Als er mich hinter den Zaun zieht, streife ich mit dem Handrücken eine Latte und reiße mir ein wenig die Haut an einem hervorstehenden Nagel auf. Aber das ist nicht schlimm, ich merke es kaum, weil ich so glücklich bin.

»Ich dachte, ich sehe dich nie wieder.« Vor Freude springe ich ihn an, und er hält mich an meinem Po fest. Es tut so verdammt gut, ihn wieder zu spüren.

Sofort treffen mich seine stürmischen Küsse. »Ich hab dich auch vermisst, Baby. Aber jetzt bin ich hier, um dich zu retten.«

»Du brauchst mich nicht retten, ich bin keine Gefangene.« Ich versuche, in der Düsternis sein Gesicht zu erkennen. Das Licht hinter den Fenstern der Pyramide wirft einen schwachen Schimmer auf uns. Hat er tatsächlich mich vermisst oder unseren Sex? »Ich glaube, ich möchte auch nicht von hier weg.«

Er kneift ein Auge zu. »Wegen Blondie?«

Ich weiß sofort, dass er Andrew meint, und grinse. »Nein, weil ich mich hier zum ersten Mal wirklich frei fühle. Meinem Vater bin ich ohnehin egal, was will ich noch bei ihm?«

Er setzt mich auf dem Boden ab und zieht mich hinter einen Baum, hält mich jedoch immer noch fest. »Aber ich muss gehen, sie jagen mich. Storm haben sie erschossen.«

»Nein, er hat überlebt und wurde operiert. Letzter Stand war, dass er noch nicht über den Berg ist. Was wolltet ihr hier? Mich zurückholen?« Über seiner Schulter hängt ein Gewehr, in diversen Holstern trägt er mehrere Pistolen und an seiner Schutzweste befinden sich weitere Waffen. Ich habe ihn niemals zuvor in voller Kampfmontur gesehen. Sein Erscheinungsbild jagt mir Respekt ein, aber irgendwie finde ich ihn als Warrior ziemlich sexy.

»Der Senat hat Storm und mir befohlen, Resur auszuspionieren. Ich sollte so tun, als wäre ich übergelaufen, um mit dir zusammen sein zu können, während Storm im Hintergrund die Sprengsätze angebracht hätte. Deshalb hat dein Vater auch die Entführung zugelassen, damit alles möglichst echt aussieht. Leider wurden wir mitsamt Sprengstoff in der Wüste entdeckt und der Plan ging gehörig in die Hose.«

Meine Finger krallen sich in seinen Arm. »Ihr solltet Resur in die Luft sprengen?«

»Ja, aber ich hätte dich vorher rausgeholt.«

Mir wird schwindlig, mein Atem stockt. Er hätte all die Menschen getötet?

Ich habe vergessen, wer er ist, wozu er geschaffen wurde. »Und du hättest tun sollen, als wärst du meinetwegen übergelaufen? Wer denkt sich so etwas aus? Das klingt ja so, als hätte jemand gewusst, dass wir ...« Oh Gott, nicht wirklich, oder? Hat Ice nicht eben gesagt, mein Vater hat die Entführung zugelassen?

Er schnaubt. »Ja, dein Vater hat es gewusst.«

»Was?« Ich schnappe nach Luft.

Ice legt die Hand auf meinen Hinterkopf und drückt mich an seine Brust. »Er hat das mit uns herausgefunden und mich erpresst.«

Oh Gott ... Das Schwindelgefühl nimmt zu. Ich möchte mir nicht ausmalen, was passiert wäre, wenn die Entführung nicht dazwischengekommen wäre.

Ice sieht sich immer wieder um und wirkt nervös.

Ich bin abgrundtief enttäuscht, ein dumpfer Schmerz zieht durch meine Brust. Jeder missbraucht mich. Die Resurer, um einen Krieg zu verhindern – was ich noch irgendwie akzeptieren kann – und mein Vater, um einen Krieg zu beginnen. Und mittendrin ist Ice, der bei dem Spiel auch noch mitmacht. »Du hättest gleich mit mir fliehen können, wenn du schon gewusst hast, dass ich entführt werde!« Ich könnte schreien!

Ich entferne mich vom Zaun und laufe über das Feld hinter den Häusern, damit Miraja nicht aufwacht, falls ich explodiere.

Ice folgt mir und zieht mich zurück zwischen die Bäume. »Was glaubst du denn, wie schwer es mir gefallen ist? Ich habe fieberhaft überlegt, wie ich mit dir aus der Sache rauskomme. Dein Vater hat mir versichert, dass dir schon nichts passieren würde, da die Strahlung uns nichts mehr anhaben kann und die Rebellen dich schließlich als Druckmittel brauchen.«

So einfach hat sich Vater das gemacht? Und er wusste das mit der Strahlung? Natürlich wusste er es, er wusste alles und ich nichts!

Ice senkt die Stimme und streichelt mein Gesicht. »Ich bin vor Angst um dich fast gestorben. Als dann das Video eingespielt wurde, erfüllte mich zum ersten Mal Hoffnung und ich wollte mit euch gehen oder dir folgen. Aber dann haben mich die Warrior ausgeknockt und ich musste schon wieder meine Pläne ändern.«

»Wirklich?«, wispere ich. Sein hilfloser Blick fällt mir ein, der ausgestreckte Arm, seine Worte ... *Es tut mir leid ...*

»Es fiel mir so verdammt schwer, dich ziehen zu lassen. Ich fühle mich immer noch als dein Beschützer.« Er küsst mich sanft und hält mich fest.

Bloß als mein Beschützer? Ist da nicht mehr?

»Storm musste mir einen Eid schwören, dir nichts zu tun, aber er hatte seine eigenen Pläne. Er wollte nur den Arzt wiedersehen, den er verraten hat. Ihm ging es richtig mies.«

Ich erinnere mich, wie sich die beiden angeblickt haben, als Storm ins Krankenhaus geliefert wurde. Zwischen den beiden herrscht eine tiefe Verbundenheit. Wahre Liebe.

»Du hättest mir trotzdem die Wahrheit sagen können«, füge ich sanfter hinzu. Ich kann ihm nicht wirklich böse sein, denn er hat all das nur getan, um mich zu beschützen.

»Dein Vater hätte uns beide getötet. Er wusste von unserem Verhältnis.«

Er hat ja so recht. »Wie hat er das bloß herausgefunden?«

Ice nimmt meinen rechten Arm und tastet ihn ab. »Irgendwo auf der Innenseite deines Oberarmes hast du einen Senderchip unter der Haut.«

»Was? Davon weiß ich nichts!« Und warum dort und nicht am Nacken wie die Warrior?

»Natürlich weißt du nichts. Angeblich hast du ihn seit deiner Geburt. Dein Vater meinte, als eine Art Schutz, falls du mal entführt werden solltest.«

Mir wird schlecht. »Wohl eher, um mich zu überwachen.« Wie er es ständig getan hat. Darum trage ich das Implantat auch dort, wo es niemand vermutet.

»Deshalb hab ich dich hier auch gefunden.« Er deutet auf ein kleines Gerät an seinem Handgelenk.

Wie wild taste ich an meinem Arm herum und glaube, tief unter der Haut einen Knubbel zu fühlen. »Schneide mir das verdammte Ding raus!« Ich zeige ihm die Stelle und er drückt in meinen Muskel. Ich kann es nicht fassen, mein Leben lang habe ich einen Sender in mir?

»Noch nicht, vielleicht funktioniert er dann nicht mehr. Sonst weiß dein Vater, dass etwas nicht stimmt und schickt Truppen. Ich muss mir erst überlegen, wie ich dich in Sicherheit bringe. Außerdem sitzt er zu tief, das ist zu riskant, die Wunde könnte sich entzünden.«

»Und die Menschen hier? Falls wir verschwinden und ich nicht nach White City zurückkehre, wird der Senat ebenfalls Truppen schicken.« Vermutlich macht das der Senat so oder so, aber noch hege ich einen winzigen Funken Hoffnung.

Er zieht mich an seinen harten Körper und raunt: »Für mich zählst nur du.«

Hinter meinem Brustbein wird es warm. »Hier gibt es Menschen, die ich in mein Herz geschlossen habe.«

»Wie diesen Andrew?«, fragt er prompt.

Ich nicke. »Wir haben uns immer gut verstanden und wir haben eine ähnliche Vergangenheit.«

»Ich hab bemerkt, wie er dich angesehen und … angetatscht hat. Er war derjenige, mit dem du dein erstes Mal erlebt hast, oder?«

»Ja.« Lächelnd verstrubbele ich sein Haar. »Doch jetzt sind wir einfach nur gute Freunde. Aber es gibt hier so viel mehr liebe Menschen: Miraja, ihre Adoptivtochter und viele andere. Das sind keine Bestien, sondern ganz normale Leute. Friedliche Menschen. Ich will nicht, dass ihnen etwas zustößt.«

Ich lehne meinen Kopf an seine Brust, um mich zu sammeln und meine Gedanken zu sortieren. Ice' vertrauter Geruch hilft mir, mich zu entspannen. Ich fühle mich wohl bei ihm. »Das sind schon wieder so viele schreckliche Neuigkeiten.« Tief atme ich durch. »Was hat Vater dir denn versprochen, wenn du mich zurückbringst?«

»Wenn ich mache, was er sagt, bleiben wir beide am Leben und er wird mir einen Sonderposten verschaffen.«

Gebannt schließe ich die Augen. »Und was hatte er mit mir vor?«

»Er hätte dich zu deiner Mutter geschickt.«

Ich möchte daran glauben, aber ich vertraue meinem Vater nicht mehr. »Warum hat er mir den Umgang mit dir nicht gleich verboten, als er aus New World City zurückgekehrt ist?«

»Wahrscheinlich kam er wegen des ganzen Chaos nicht eher dazu, deinen Sender auszulesen. Wer weiß, was sonst geschehen wäre. Vielleicht hätte er mich sofort hinrichten lassen. So war ich ihm nützlich.«

»Er muss etwas geahnt haben, als ich mit ihm am Frühstückstisch gesessen habe. Da habe ich mich wohl verraten, weil ich nicht ohne dich zurück nach New World City wollte. Wahrscheinlich hat er dann nachgesehen.«

Ice nickt. »Möglich. Er hat mir unseren Aufenthalt auf dem Monitor gezeigt. Diese Detektoren im Haus sind nicht alles Rauchmelder, sondern sie dienen lediglich deiner Überwachung. Er konnte genau verfolgen, wie lange und wo wir zusammen waren, als du mich gepflegt hast und … wir im Badezimmer … du weißt schon.«

Mein Bauch verkrampft sich, Magensäure stößt mir auf. »Ice, was genau hat er gesehen?«

»Nichts, Baby. Wir waren nur zwei Punkte auf einem Grundriss.«

Geräuschvoll atme ich aus. »Dem Himmel sei Dank, ich dachte schon, er hätte Details erkannt.« Erneut erinnere ich mich an Vaters Worte, als Ice aus dem Arbeitszimmer kam: *Wir müssen alle Opfer bringen.* Damit meinte Vater mich. Dass er mich zum Wohl aller opfert. Doch wessen Wohl hatte er wirklich im Sinn? Sicher nur sein eigenes und das des Regimes. Wahrscheinlich herrschen gerade fürchterliche Unruhen in der Stadt, früher oder später wird sich das Volk gegen den Senat stellen. Wie ich Vater und die anderen kenne, planen sie bereits, wie sie ein grausames Exempel statuieren können, um den Sturz abzuwenden.

»Was sollen wir jetzt tun?«, wispere ich. Niemals hab ich mich verzweifelter gefühlt.

»Ich muss mich wieder verstecken. Ich habe mir meinen Sender herausgeschnitten und einem Straßenköter ans Fell geklebt. Vermutlich ist der Suchtrupp längst dahintergekommen, dass ich sie in die Irre geführt habe.« Er fährt sich über den Nacken und schaut sich erneut um, aber weit und breit ist niemand. Für mich sowieso nicht, es ist fast stockdunkel. Ice sieht viel besser.

»Zeig mal«, bitte ich ihn und er geht in die Hocke. Unter dem Haaransatz erkenne ich im matten Licht dunkle Flecken. Blut. Die Wunde hat sich bereits geschlossen, die Kruste ist trocken.

»Also wenn du nichts von deinem Sender wusstest, nehme ich an, dass die Outsider es auch nicht tun«, sagt er, während er aufsteht.

Ich schüttele den Kopf.

»Okay, verstecken wir uns erst mal in einer der Ruinen oder am besten in dieser Wohnsiedlung. Außer diesem Haus scheint mir keines bewohnt.«

»Ist es auch nicht.« Das hat mir Miraja erzählt.

»In unmittelbarer Nähe werden sie uns gewiss am wenigsten vermuten.«

»Kann ich Miraja schnell noch eine Nachricht schreib…«

»Pst!« Ice legt den Kopf schief. »Ein Funkspruch …«

Mein Herz macht einen Satz. Kann er hören, dass Miraja gerade benachrichtigt wird?

»Sie haben den Hund mit meinem Sender entdeckt. Nichts wie weg.« Er fasst mich an der Hand, und gemeinsam laufen wir am Zaun entlang durch die dunkle Nacht.

💜 💜 💜

Das Haus am Ende der Straße ist nicht so komfortabel wie Mirajas Heim, aber in der Küche gibt es einen Tisch mit Stühlen und sogar eine Kochmöglichkeit – erklärt mir Ice, denn ich sehe nichts.

»Können wir kein Licht machen?«, frage ich, während er mich hochhebt und durch das Haus trägt.

»Noch nicht, ich muss erst das Fenster abdecken.«

Ice setzt mich auf etwas Weichem ab, womöglich einer Matratze. Dann höre ich ihn neben mir hantieren, und gefühlte fünf Minuten später schaltet er eine Taschenlampe ein.

Wir befinden uns in einem kleinen Schlafzimmer, in dem nur dieses Bett steht. Vor dem einzigen Fenster hat Ice eine dünne Holzplatte befestigt. Im Raum lehnen mehrere dieser Platten an der Wand, außerdem erkenne ich einen Koffer mit Werkzeug und Farbeimer.

»Wie hast du die Platte denn festgemacht?«

Er wackelt vor meiner Nase mit dem Daumen, auf dem ein dunkler Abdruck zu sehen ist. »Hab die Nägel mit dem Finger durch das Holz gedrückt.«

Ich zeige ihm meinen Handrücken mit dem Kratzer. »Meine Haut ist leider nicht so robust, mich hat nämlich vorher auch ein Nagel geküsst.«

Mit skeptischem Blick betrachtet er die längliche Wunde, die zum Glück nicht mehr blutet.

Er sorgt sich um mich. Er beschützt mich. Ob er mehr Gefühle für mich hat, als er zugibt? Mein Herz schlägt so hart für diesen Mann, dass ich es manchmal nicht glauben kann. Ich bin froh, dass er bei mir ist und sich alles, was zwischen uns stand, aufgeklärt hat.

Ob ich meinen Vater jemals wieder sehen werde? Ich vermisse ihn nicht, kein bisschen. Aber Mary geht mir ab. Und natürlich meine Mutter und meine Stiefschwester. Mama wird sich furchtbare Sorgen machen, wenn sie von meinem Verschwinden erfährt. Falls sie es erfährt …

Ice legt seine Waffen sowie die Schutzweste ab und bietet mir aus seinem Wasserschlauch etwas zu trinken an.

Ich lehne dankend ab, da noch der Tee in meinem Magen gluckert.

Miraja … Sie wird sich auch Sorgen machen. Ich wünschte, ich könnte ihr alles erzählen. Vielleicht kann ich zu ihr gehen, sobald Ice schläft. Meine überstürzte Flucht wird nicht ohne Konsequenzen bleiben. Ich muss zurück, spätestens morgen, denn wenn mein Vater nach mir verlangt und ich bin nicht da, könnte er den Angriff befehlen.

Nachdem mir Ice die Taschenlampe überreicht hat, marschiert er ins Badezimmer. Ich höre Wasser rauschen.

»Man soll aus der Leitung noch nicht trinken, hat Miraja gesagt«, rufe ich. In Resur haben sie zwar einen Spezialfilter, der die Schwermetalle aus dem Wasser holt, aber ein einziges Teil kann nicht die Leistung bringen, die bei so vielen Einwohnern nötig ist. Daher leiten sie das gereinigte Wasser in spezielle Tanks, die sich in der Pyramide befinden, und jeder Bewohner darf sich von dort täglich sein Trinkwasser holen.

Sofort erscheint Ice im Türrahmen. »Pst, die Warrior könnten uns sonst hören, wenn sie in der Nähe sind.«

Ich schlage mir die Hand auf den Mund. Mist, das hatte ich total vergessen. Ich muss mich erst daran gewöhnen, mit einem Mann zusammen zu sein, der viel empfindlichere Sinnesorgane hat als ich.

Ice hat Hemd und Stiefel ausgezogen, er trägt nur noch die Einsatzhose. Sein feuchter Oberkörper schimmert im matten Licht der Taschenlampe, die ich auf ihn gerichtet halte. Als er auf das Bett zusteuert, schwankt er ein Mal leicht, das entgeht mir nicht.

Er wirft sich neben mich auf die Matratze und streckt sich auf dem Rücken aus. »Tut das gut …« Offenbar ist er immer noch geschwächt durch den Entzug. Es muss hart für ihn gewesen sein, sich in der glühenden Hitze den ganzen Tag zu verstecken und dem Suchtrupp zu entkommen.

Ich stelle die Taschenlampe neben seiner Pistole auf dem Nachttisch ab, sodass der Lichtstrahl an die Decke zeigt und den Raum sanft erhellt. Eingehend betrachte ich Ice' Gesicht. Er hat die Lider geschlossen, seine Wimpern gleichen schwarzen Halbmonden. Ich streiche über den langen, geraden Nasenrücken, fahre die Konturen seiner Lippen nach und kraule ihn an seiner stoppelbärtigen Wange.

Ice seufzt zufrieden und dreht mir den Kopf zu.

Meine Finger lasse ich in sein weiches Haar gleiten und ich betrachte seine Ohren. Am oberen Bogen besitzt die Muschel einen Knick und lässt sie ein wenig spitzer wirken. Er hat süße Ohren.

Ich fahre seinen Hals entlang und bewundere die kräftigen Muskelstränge, die zu seinen Schultern führen. Sie sind steinhart. »Soll ich dich massieren?«

Er reißt die Augen auf. »Ernsthaft?«

»Ja«, antworte ich grinsend. »Du siehst aus, als könntest du eine Massage vertragen.«

»Baby, ich könnte noch viel mehr vertragen.« Er lächelt verrucht, seine Augen blitzen selbst im schwachen Lichtschein.

»Okay«, sage ich heiser und kicke die Schuhe von meinen Füßen. Dann setze ich mich auf seinen Schoß. Ich habe große Lust auf ihn, möchte aber nicht, dass er sich noch mehr verausgaben muss. Allerdings wirkt er auf einmal überhaupt nicht müde.

Er fasst an meine Pobacken und streichelt sie durch die Hose, während ich seine Brustmuskeln durchknete. Sofort richten sich seine Nippel auf, und nicht nur die, etwas anderes drückt gegen meinen Schritt.

»Du hast zu viel Stoff auf deiner Haut, da sollte Luft dran«, raunt er und ich lache.

»Ich hätte lieber deine Hände auf mir.«

»Kannst du haben«, erwidert er rau.

Ich rutsche von seinem Schoß und stelle mich neben das Bett. Ice betrachtet mich mit gierigem Blick, während ich mir langsam das Shirt über den Kopf ziehe. Dann folgt die Hose, sodass ich nur noch in meiner Unterwäsche vor ihm stehe.

Er stützt sich auf die Unterarme und mustert mich. »Du bist wunderschön.«

Seine Worte treiben mir Hitze ins Gesicht. An Komplimente bin ich nicht gewöhnt. Ich räuspere mich. »Soll ich deine Hose ausziehen? Sie sieht ein wenig eng aus.« Mittlerweile ist die Beule im Stoff riesig.

»Du darfst mich immer ausziehen.« Grinsend lässt er sich zurücksinken.

Meine Finger zittern leicht, als ich seine Hose öffne. Es kommen enge schwarze Shorts zum Vorschein, die komplett ausgefüllt sind.

Ice hebt den Po, und ich kann ihm die Einsatzhose herunterziehen.

Himmel, er ist so was von heiß! Jeder Zentimeter pure Kraft, kein Gramm Fett, nur gut definierte Muskeln. Allein deshalb fühle ich mich bei ihm sicher, weil er aussieht, als könnte er es mit der ganzen Welt aufnehmen.

Als ich die Finger an den Bund seiner Unterhose lege, greift er zur Taschenlampe, um sie auszuschalten, und befiehlt mir, still zu sein.

Mit rasendem Herzen lausche ich in die Dunkelheit, und nach ein paar Sekunden höre ich mehrere Leute an uns vorbeilaufen. Der Suchtrupp?

Als Ice das Licht wieder anmacht, hält er seine Waffe in der Hand, doch er legt sie zurück auf den Nachttisch. »Alles gut, sie denken, wir befinden uns auf dem Weg zurück nach White City. Hier werden sie wohl erst mal nicht nach uns suchen.«

»Haben sie das gesagt?«, wispere ich.

Er nickt.

Puh. Erleichtert lasse ich mich auf ihn sinken. Seine Erektion ist fast verschwunden, und auch meine Lust hat sich verflüchtigt. Ich hatte für einen Moment tatsächlich vergessen, dass Ice gesucht wird und wir uns nicht mehr in unserer Welt befinden. Wenn ich mit ihm zusammen bin, scheine ich alles um mich herum zu vergessen.

»Willst du schlafen?«, fragt er. »Ich pass auf dich auf.«

»Du solltest schlafen. Du siehst müde aus.« Ich lege mich neben ihn in seine Armbeuge und streichle seine Brust. Sein warmer Körper riecht so gut, dass ich am liebsten meine Nase darüberwandern lassen würde.

»Ich bin viel zu aufgewühlt«, murmelt er.

»Brauchst du etwas Entspannung?« Ich lasse meine Hand tiefer gleiten und streiche über seinen Schritt.

»Ausgerechnet ich bin der Bodyguard des größten Luders von

White City«, raunt er. »Was für ein Glück ich doch habe.« Sein Kuss ist so stürmisch, dass mein Kopf ins Kissen gedrückt wird.

»Hey!«, sage ich grinsend und presse meine Hände gegen seine Brust. »Ich wollte dich entspannen, also bleib mal locker, Krieger.«

Schmunzelnd dreht er sich wieder auf den Rücken. »Bei mir ist alles hart.«

»Noch nicht ganz«, erwidere ich und ziehe ihm den Slip über die Beine. Dann nehme ich frech die Spitze seiner halb weichen Erektion in den Mund und sauge behutsam daran. Sofort bäumt sich sein Penis auf, und mit ihm Ice, der mir stöhnend die Hüften entgegendrückt, sodass sein Geschlecht tiefer in meinen Mund gleitet. Dabei ist er so vorsichtig wie möglich, das spüre ich.

Bei seiner Größe muss ich ernsthaft Angst haben, dass er mir den Kiefer ausrenkt. Der Gedanke bringt mich fast zum Glucksen, doch ich möchte keine Witze darüber machen. Bestimmt leidet er genug darunter. Ich will, dass er ohne Angst, einer Frau wehzutun, Sex haben kann. Er soll ihn genauso genießen wie ich.

Ich züngle über den geäderten Schaft und kitzele die pralle Eichel, bis Ice schwer atmet.

»Zieh dich ganz aus«, sagt er heiser. »Und langsam.«

Irgendwie mag ich es, wenn er mir sagt, was ich tun soll. Das turnt mich an. Also begebe ich mich vors Bett und öffne den Verschluss meines BHs. Langsam streife ich ihn ab, wobei ich mich in Ice' glühendem Blick sonne. Er fixiert meine harten Nippel und leckt sich über die Lippen.

Dann drehe ich mich um. Ebenso bedächtig ziehe ich den Slip über meinen Po, wobei ich Ice mein Gesäß so sehr entgegenstrecke, dass er alles sehen kann.

Der Puls trommelt in meinen Adern. Ich fühle mich verrucht. Und ich liebe es, mich ihm zu präsentieren.

Als plötzlich sein Arm hervorschießt und er mich zurück aufs Bett zieht, unterdrücke ich einen Schrei. Sein Blick ist düster und wild, während er mich unter sich platziert als wäre ich eine Puppe.

Ich habe ihm nichts entgegenzusetzen und doch vertraue ich ihm.

Schon presst er meine Beine an den Kniekehlen gegen meinen Bauch, um mich von vorne bis hinten auszulecken.

Ich lache. »Du kitzelst mich!« Ich liebe seine Zunge an meiner intimsten Stelle, sie klopft im Rhythmus meines schnell schlagenden Herzens.

Er drückt meine Beine auseinander, dann betrachtet und leckt er mich abwechselnd.

Meine Klit lechzt nach seinen Zungenschlägen und pocht hart, und auch meine Brüste werden nicht verschont. Ice saugt meine Nippel ein, bis sie schmerzen, doch dieser Schmerz stachelt meine Lust weiter an.

»Ich will in deine Pussy. Jetzt.« Seine Stimme klingt kehlig und er kommt mir ein wenig wie ein Urmensch vor, nur auf seine archaischen Bedürfnisse ausgerichtet. Ich freue mich, dass er solche Lust verspürt. Sex ist auch mein Bedürfnis. Ich brauche ihn, brauche Ice wie alles andere, was mein Körper braucht, um zu überleben. Mein Unterleib brennt vor Verlangen, ich will, dass er mich endlich nimmt.

»Ice …«, wispere ich hilflos. »Fick mich.«

»Wenn du das sagst, könnte ich sofort abspritzen.« Stöhnend kneift er die Lider zusammen.

Ich habe ihn allein mit Worten in der Hand, unglaublich. »Fick meine gierige Pussy, zeig's dem kleinen Luder.« Hilfe, habe ich das eben gesagt?

Ice reißt die Augen auf und grinst bis über beide Ohren. »Dein Wunsch ist mir Befehl.« Er hält seinen Penis fest und drängt gegen meinen Eingang. Diesmal schreitet er forscher zur Tat und versenkt die pralle Spitze mit einem Stoß in meiner Hitze.

Als ich aufschreie, drückt er mir die Hand auf den Mund. »Sorry, Baby, ich war zu brutal.«

Wimmernd schüttele ich den Kopf.

Seine Augen nehmen einen verklärten Ausdruck an. »Du hältst das aus?«

»Will mehr«, murmele ich gegen seine Finger und genieße die extreme Dehnung. Mein Eingang pulsiert um seinen riesigen Schaft. Allein das Wissen, dass er in mir steckt, lässt mich beinahe kommen.

»Du bist einfach perfekt«, raunt er und stößt ein zweites Mal zu.

Ich drücke die Hacken in seine Oberschenkel und bin froh, dass er mir immer noch den Mund zuhält. Ich kann nicht leise sein, muss meine Lust hinauslassen. Gierig nach mehr stöhne ich gegen seine Finger, während er sich in mir bewegt. Sein Gesicht drückt Unglauben, Freude und Ekstase zur selben Zeit aus.

Mit jeder Bewegung weitet er mich, und doch schmiegen sich meine Scheidenwände eng an ihn. Ice passt für mich, er massiert meine inneren Lustzonen, wie es kein anderer könnte. Tief in mir berührt er zusätzlich einen Punkt, den ich niemals zuvor wahrgenommen habe. Ich kann den Orgasmus nicht länger zurückhalten, kralle die Finger in sein Haar und ziehe ihn zu mir, damit er mich küsst. Ich will ihm so nah sein wie möglich, will alles von ihm, während die köstliche Pein durch meinen Schoß rast und tief in mir jeden Nerv zum Schwingen bringt. Er nimmt die Hand weg, und wie von Sinnen stöhne ich in seinen Mund, der meine Lustschreie dämpft. Dabei rammt er sich regelrecht in mich, nimmt keine Rücksicht mehr. Doch ich bin weich für ihn und kann ihn aufnehmen. Endlich kann er sich fallenlassen.

Als mein Höhepunkt längst abgeklungen ist, stößt er immer noch zu. »Ich will dich von hinten«, raunt er und zieht sich zurück.

Ich drehe mich um und gehe auf alle viere, schon spüre ich ihn wieder bei mir. Er kniet hinter mir, um meine Pobacken zu kneten. »Was für ein Anblick. Ich liebe deinen Arsch.«

Als er über meinen sternförmigen Eingang züngelt, möchte ich zurückzucken. Das ist so verdorben! Aber es macht Lust.

In dieser Position dringt er in mich ein, drängt meine Schamlippen zur Seite. Langsamer als zuvor, denn es geht schwerer. Trotzdem giert mein Schoß nach ihm, zuckt und pulsiert um ihn herum.

Stöhnend packt er meine Hüften und versenkt seinen Penis bis zum Anschlag. Diesmal scheint er noch tiefer in mir zu sein, jeden Millimeter auszufüllen. Er ist so hart und dick, dass er mich beinahe aufspaltet. Der süße Schmerz bringt mich erneut auf Hochtouren.

»Davon träume ich schon so lange, Baby.« Er zieht sich zurück, um kurz darauf wieder zuzustoßen. Dabei beugt er sich über mich, um meine Brüste zu kneten. Ab und zu zupft er an meinen geschwollenen Nippeln.

»Gefällt dir das?«, fragt er rau.

»Jaaa …«, bringe ich halb stöhnend hervor, denn als er an meinem Kitzler reibt, komme ich ein zweites Mal. Und diesmal erreichen wir gemeinsam den Höhepunkt.

💜 💜 💜

Ein paar Minuten später wandert zuerst Ice, anschließend ich mit der Taschenlampe ins karge Badezimmer, um die Spuren unserer Vereinigung zu entfernen. Mein Schoß ist noch immer heiß, und ich zucke zusammen, als das kühle Wasser auf meine geschwollenen Schamlippen trifft. Ich bin überglücklich, dass Ice bei mir ist – alles andere ist mir im Moment ziemlich gleichgültig. Ich darf nur nicht darüber nachdenken, dass er statt Storm jetzt auf der Krankenstation liegen könnte. Mark muss sich schrecklich fühlen.

Als ich zurückkomme, nackt ins Bett krieche und die Lampe lösche, zieht mich Ice in seine Arme, und wir liegen in Löffelchenstellung beisammen. Eine Weile lausche ich in die Dunkelheit und vernehme bloß seinen Atem. Dabei genieße ich die Streicheleinheiten und den großen warmen Körper in meinem Rücken. Ich liebe seine Berührungen. Und ich liebe ihn. Ob ich ihn fragen soll, was er für mich empfindet?

»Machst du dir Gedanken, wo wir hingehen könnten?«, frage ich schließlich in die Stille.

»Hm«, brummt er. »Ich hab nicht die geringste Ahnung, was wir machen sollen. Zu Fuß durch die Wüste wird ein Albtraum, sogar für mich. Wir könnten nachts gehen, ich kann uns führen, aber wenn wir keinen Ort finden, an dem wir uns tagsüber verstecken können ... Die Sonne ist gnadenlos. Außerdem habe ich keine Karte, nichts, ich wüsste nicht, wo der nächste Ort liegt und ob überhaupt einer in der Nähe ist.«

»Obendrein gibt es Sandstürme und giftige Tiere, hat mir Miraja erklärt. Spinnen und Schlangen. Ein einziger Biss ist tödlich, sogar für einen Warrior.« Darüber hinaus brauchen mich die Menschen hier, ich bin doch ihre einzige Hoffnung, damit der Konflikt zwischen Resur und White City endlich gelöst wird. Kann ich sie im Stich lassen?

Ice seufzt hörbar. »Lass uns erst mal schlafen, vielleicht habe ich ja im Traum eine Erleuchtung. Wie wir den Transporter stehlen könnten, zum Beispiel. Er steht gleich in der Nähe, hinter der Pyramide, wird jedoch bewacht.«

Ich werde nur von dir träumen, denke ich und gähne. *Und von einem paradiesischen Ort, an dem wir für immer zusammen sein können.* Meine Müdigkeit macht mich wagemutig, und ich traue mich endlich zu fragen: »Ice, warum tust du das? Wieso willst du mit mir fliehen?«

»Weil ich dein Beschützer bin, Baby. Ich will nicht, dass dir etwas passiert.« Er drückt seine Nase in mein Haar, atmet tief ein und setzt mit einem Lächeln in der Stimme hinzu: »Und weil ich doch nie wieder eine Frau finde, die so perfekt zu mir passt.«

Er denkt wie ein Bodyguard, denn das Beschützen liegt in den Genen der Warrior. Und es geht ihm um Sex. Das war nicht direkt das, was ich hören wollte, aber darauf lässt sich aufbauen. Ich werde ihm zeigen, dass ich Perfektion in Reinform bin und er nur noch mich will, für den Rest unseres Lebens.

»Warum grinst du so?«, fragt er in die Dunkelheit.

»Hey, hör auf, mich zu beobachten, das ist unfair.« Ich drehe mich in seinen Armen um und knuffe ihn in die Seite.

»Ich will aber wissen, woran du denkst.«

»Ich bin nur glücklich, du neugieriger Kerl«, antworte ich lächelnd – und wenn ich mir für einen Moment all unsere Sorgen wegdenke, bin ich das wirklich.

♥ ♥ ♥

Irgendwann nachts wache ich auf. Ice kann wohl nicht schlafen. Ab und zu seufzt er in mein Haar und streichelt über meinen Rücken.

»Wie sieht es eigentlich in New World City außerhalb der Kuppel aus?«, frage ich leise in der Finsternis und schmiege mich an seine Brust. Ich weiß noch so wenig von Ice und seinem Leben in der anderen Stadt. »Du hattest Klippen erwähnt, und ich habe gehört, dass die Kuppel auf einer Insel errichtet wurde.« Da bei den Shuttleflügen keine Sicht nach draußen erlaubt ist und auch Mutter sowie meine Schwester Melissa keine Ahnung haben, wie es außerhalb aussieht, würde mich das brennend interessieren. »Ist dort auch alles Wüste?«

»Im Gegenteil. Dort gibt es viel Dschungel. Es ist warm und feucht, da es oft regnet. Im Norden, vor der Kuppel, stürzen sich Klippen ins Meer, dahinter erstrecken sich Berge. Es gibt riesige Wasserfälle, unendliche Wälder, Sandstrände und drumherum nur Ozean.«

»Das klingt nach dem Paradies.«

»Eigentlich ist es das wirklich«, sagt er und klingt wehmütig.

»Wie gelangt ihr aus der Kuppel nach draußen?«

»Ich schätze mal so wie eure Warrior, über die Notfallschleusen.«

»Ja, diese Notausgänge haben wir auch, vier Stück. Falls mal ein größeres Feuer ausbricht.« Wir könnten unter der Kuppel ersticken. Zwar kann im Notfall die Shuttleschleuse geöffnet werden, aber bei einer starken Rauchentwicklung bringt das auch nichts mehr. Zum Glück kam es noch nie zu einer Evakuierung.

»Habt ihr um eure Kuppel auch noch eine Zusatzmauer?« Unsere Ausgänge führen in eine Zone, die sich »innerer Zirkel« oder »Todesstreifen« nennt. Sie ist mit einer zusätzlichen zehn Meter hohen

Mauer umgeben. Dort patrouillieren die Warrior, außerdem gibt es automatische Schussanlagen. Schrecklich. So viele Menschen haben dort bereits ihr Leben verloren. Immer wieder dringen Outsider ein, die es schaffen, die Mauer zu überwinden, um Sonnenkollektoren oder andere Gegenstände zu entwenden, die sich außerhalb der Kuppel befinden.

»Wir haben keine Extramauer. Unsere Outsider sind nicht annähernd so fortschrittlich wie eure. Bei uns heißen sie Pfeilmenschen, tragen Lendenschurze und sie können sich hervorragend tarnen. Sie haben eine dunklere Haut als wir und malen sich mit Pflanzenfarben an. Ein seltsames Volk. Befremdlich.«

Ice erzählt mir, wie sehr er es geliebt hat, durch den Urwald zu streifen, frische Luft zu atmen und zu jagen.

»Ihr habt die Pfeilmenschen gejagt?«

»Nein … Ja, eigentlich sollten wir sie ausrotten, obwohl sie uns nicht wirklich gefährlich werden können. Wir hatten den Auftrag, jeglichen Fortschritt im Keim zu ersticken und jeden Pfeilmensch, der uns vor den Lauf kommt, zu erschießen. Aber diese Eingeborenen sind scheu und haben Angst vor uns, daher hatten wir oft nicht viel zu tun und haben draußen eher Übungen abgehalten oder Tiere gejagt. Ich bin echt gut darin, einen Vogel zuzubereiten und …«

Ich höre ihm kaum noch zu, da sich meine Gedanken überschlagen. »Wieso habt ihr dann so eine harte Ausbildung? Das passt doch nicht zusammen?« Ich erschaudere, als ich daran denke, wie man ihn als Junge an einen Pfahl gebunden hat.

»Gut aufgemerkt«, sagt er mit einem Schmunzeln in der Stimme und wird sofort wieder ernst. »Der Senat verkauft uns an andere Städte. Nicht alle züchten ihre eigenen Krieger, und die Warrior aus New World City sind sehr begehrt.«

Oh mein Gott, menschliche Ware … »Deshalb ordert Vater die Truppen von dort.« Damit unsere Soldaten nicht verheizt werden?

»Wenn es um Kriegsführung geht, kann uns kaum jemand etwas vormachen. Aber auch als Jäger bin ich erstklassig.«

Ich lege meine Finger an seine Wange und spüre, dass er lächelt.

Er nimmt meine Hand, wobei er plötzlich bedrückt klingt. »Ich hab es vermisst, nicht mehr nach draußen zu können, daher hab ich das Regime noch mehr gehasst.«

»Das kann ich so gut nachvollziehen«, sage ich und küsse ihn zärtlich.

Kapitel 9 – Ein riskanter Plan

Als ich am nächsten Morgen die Augen aufschlage, sehe ich in Ice' besorgtes Gesicht. Er reibt sich über eine Braue und mustert mich unentwegt.

Sofort setze ich mich auf, wobei sich alles vor mir dreht. Helligkeit dringt durch die Zimmertür in den Raum, denn das Brett befindet sich noch vor dem Fenster. Trotzdem kneife ich die Lider zusammen. »Was ist los?« Mein Kopf droht zu zerspringen, hinter meinen Schläfen hämmert es.

»Du hast erhöhte Temperatur.«

»Ganz toll, das kommt wirklich passend«, murmele ich und lasse mich zurücksinken. Meine Stirn und die Wangen fühlen sich tatsächlich heiß an. »Bis heute Abend geht es mir bestimmt besser.« Mein Hals kratzt auch, mein Herz rast und ich fühle mich schlapp. Liegt wohl an der kurzen Nacht.

Ice nimmt meine Hand. »Deine Verletzung sieht nicht gut aus. Der Wundrand hat sich entzündet.«

Ich betrachte den Kratzer genauer. Das Gewebe ist angeschwollen und pocht.

Ice springt aus dem Bett und zieht sich hastig an. »Das könnte eine Blutvergiftung sein! Du musst sofort zurück, da zählt jede Stunde!«

Ich drehe mich auf die Seite, weil ich noch mindestens eine Stunde schlafen möchte. Blutvergiftung, Quatsch! »Nein, lieber sterbe ich in Freiheit«, murmele ich. Vater würde uns töten, wenn wir in White City aufkreuzen, bestimmt. Ich muss immer an Andrews Mutter denken ... »Ist doch nur ein Kratzer, wird bald besser.«

Er wirft meine Kleidungsstücke aufs Bett. »Ich kenne die Symptome, die wurden uns eingetrichtert. Alle Warrior haben zwar ein hervorragendes Immunsystem und werden so gut wie nie krank, trotzdem kann eine Sepsis auch uns niederstrecken. Sie kann uns als Einziges wirklich gefährlich werden, zumindest in den Kuppelstädten, daher nehme ich das sehr ernst!«

Er hört sich so alarmiert an, dass ich hellhörig werde und hastig meinen BH anziehe. »Meinst du echt, das könnte eine Blutvergiftung sein?«

Er fährt sich über das Gesicht und atmet tief durch. »Ich will nicht warten, um es herauszufinden.«

Zügig schlüpfe ich in mein T-Shirt, dann stehe ich auf. »Na gut, ich gehe zum Arzt. In der Pyramide gibt es eine Krankenstation. Du bleibst solange hier und ...«

»Ich komme mit.«

»Auf keinen Fall! Sie werden dich gefangen nehmen!«

»Das ist mir klar.« Energisch steigt er in seine Stiefel und wartet, bis ich mich komplett angezogen habe. Anschließend hebt er mich auf seine Arme.

»Mir geht es gut, ich kann laufen.«

»Bei einer Sepsis kann sich der Zustand innerhalb von Minuten drastisch verschlimmern. Ich gehe kein Risiko ein.«

Tränen verschwimmen meine Sicht. »Verdammt, ich will nicht, dass du meinetwegen ... Nur weil ich einen Kratzer habe!« Da er mich hält, kann ich ihm nicht den Weg versperren – was ich halbe Portion ohnehin nicht könnte.

Resolut marschiert er zur Tür hinaus. »Ich gehe kein Risiko ein, das war mein letztes Wort.«

Ich klammere mich an seinem Hals fest und schmiege den Kopf an ihn. Sind alle Warrior so stur? Es imponiert mir, dass er mein Wohl vor seines stellt, aber wie soll ich denn damit leben, wenn sie ihn einsperren?

Das Sonnenlicht kitzelt meine Nase, als Ice mit mir über das Feld auf die Pyramide zuläuft. Ich erkenne drei Wachmänner vor dem Hintereingang des Gebäudes, wo auch das gestohlene Shuttle steht, und blinzle gegen die Sonne an. Einer dieser Männer setzt einen

Funkspruch ab, dann richten alle ihre Gewehre auf uns.

»Stehen bleiben!«, ruft kurz darauf jemand hinter uns.

Ich drehe den Kopf. »Crome!« Anscheinend kommt er gerade von zu Hause. »Bitte tu Ice nichts, er ist unbewaffnet und bringt mich zum Arzt.« Ice hat all seine Waffen zurückgelassen. Nicht mal ein Messer trägt er bei sich.

Crome – in voller Kampfmontur und mit einer Pistole in der Hand – stellt sich vor uns, doch Ice drückt sich an ihm vorbei. »Aus dem Weg, sie ist krank.«

Ich umarme Ice ganz fest, damit bloß niemand auf die Idee kommt, auf uns zu schießen. Mich brauchen sie schließlich noch.

Crome und die Wachmänner laufen neben uns her, während ich Ice zeige, wo er hin muss. »In den Aufzug, fünfter Stock.«

Die Besucher des Basars, der hier täglich stattfindet, weichen erschrocken zurück, als wir an ihnen vorbeieilen.

Crome drängt sich zu uns in die Kabine und befiehlt den anderen, die Treppen zu nehmen. Dabei hält er Ice den Lauf der Waffe an die Schläfe.

Ich sehe Mirajas Gefährten böse an. »Kannst du das Ding nicht wegtun?«

Seine Hand verharrt, wo sie ist. »Hat er dich entführt? Wir haben die ganze Nacht nach euch gesucht.«

»Nein, ich bin freiwillig mit ihm gegangen, ich konnte Miraja leider keine Nachricht mehr schreiben, das wollte ich jedoch nachholen. Er ist auf eurer Seite. Auf unserer.« Crome muss ja nicht die komplette Wahrheit erfahren, doch ich bin mir sicher, dass Ice niemandem etwas tun würde. Jetzt nicht mehr. Weil ich es so will. Er trägt mich auf Händen und möchte all meine Wünsche erfüllen. Er riskiert sogar sein Leben, nur um mich versorgt zu wissen.

Crome lässt die Pistole nicht sinken. »Ich traue ihm nicht.«

»Aber ich. Ich vertraue ihm mein Leben an.«

Ice sagt die ganze Zeit nichts, aber er drückt mich noch fester an sich. Als sich die Aufzugtür endlich öffnet, läuft er in den Gang und brüllt: »Ich brauche einen Arzt!«

Mark betritt den Flur. Er sieht müde aus, Schatten hängen unter seinen Augen.

»Wie geht es Storm?«, frage ich schnell.

»Er hat eine Lungenembolie, zu allem Unglück im gesunden Lungenflügel, der im Moment allein arbeitet«, antwortet er monoton. »Was ist mit Ihnen, Veronica?« Mit argwöhnisch erhobenen Brauen mustert er meinen Träger.

Noch bevor ich den Mund öffnen kann, erwidert Ice: »Womöglich eine Blutvergiftung.«

»Was?« Samantha erscheint hinter Mark und zeigt uns ein freies Bett in einem winzigen Zimmer ohne Fenster, das wie eine Rumpelkammer aussieht.

Sofort entschuldigt sie sich bei mir. »Leider haben wir gerade nichts anderes frei.«

»Schon gut, ich glaube ohnehin nicht, dass ich etwas Ernstes habe.«

Ich ernte einen bösen Blick von Ice. Behutsam legt er mich aufs Bett und zeigt Samantha die Wunde. Außerdem erklärt er, welche Symptome ich habe.

»Und?« Erwartungsvoll schaue ich sie an, während sie den Riss mit einem Mittel aus einer Sprühflasche desinfiziert.

»Ich muss Blut abnehmen, erst dann haben wir Gewissheit. Die Symptome könnten auch auf andere Krankheiten hinweisen, aber sicher sein kann ich nicht. Und falls es eine Sepsis ist ...« Sie senkt den Blick und spricht leiser weiter. »Es tut mir leid, wir haben hier kaum Antibiotika und auch nicht das richtige.«

»Also wenn es eine Blutvergiftung ist, können Sie nichts für sie tun?«, ruft Ice so laut, dass fast alle, bis auf Crome, zusammenzucken. Der Warrior richtet auch sofort wieder seine Waffe auf Ice.

Mit traurigem Blick schüttelt Samantha den Kopf. »Leider nein. Ich kann nur Hausmittelchen nutzen, um das Fieber zu senken und gegen die Entzündung zu kämpfen. Ich bin zwar dabei, Antibiotika zu züchten, doch ich stehe noch am Anfang des Projektes. Mark wird mich mit seinem Wissen unterstützen, aber es dauert womöglich noch Wochen, bis wir ein wirksames Mittel entwickelt haben.«

Ice stellt sich neben mein Bett und ergreift meine gesunde Hand. »Ich gehe zu deinem Vater und hole die Medikamente.«

Hastig richte ich mich auf. »Er wird sich fragen, warum du mich nicht mitgenommen hast. Er wird dich töten und einen anderen schicken, der hier wirklich alles in die Luft sprengt.«

»Was?« Crome drückt die Pistole hart an Ice' Schläfe.

»Das war Senator Muranos Plan, nicht meiner oder der von Storm«, erklärt Ice ungehalten. »Storm kam nur mit, um sich bei Mark zu entschuldigen.«

Der blonde Arzt reißt die Augen auf. »Wir holen das Antibiotika direkt aus dem Krankenhaus in White City. Storm braucht auch spezielle Medikamente, Blutverdünner, die wir hier nicht haben. Ohne die wird er sterben.«

Jax kommt in den Raum, ebenfalls in Kampfmontur, gerade als Samantha zu ihrem Kollegen sagt: »Das ist viel zu riskant!«

»Was ist hier los?«, ruft der Anführer der Warrior, und auch seine Waffe richtet sich auf Ice.

Samantha geht zu ihm, um seinen Arm herunterzudrücken. »Könntet ihr Kerle mal euer Testosteron im Zaum halten? Wir sind auf einer Krankenstation, und Ice ist nicht bewaffnet.«

»Genau«, sage ich leise, und plötzlich habe ich eine Idee. »Wie wäre es, wenn wir eine Übertragung nach White City starten? Geht das vom Transporter aus?«

Mark nickt. »Ich kann mich im Shuttle in den Satelliten hacken.«

»Ihr könntet so tun, als würde ich im Sterben liegen.«

Ice schaut mich an, als dürfte ich damit keine Scherze machen.

»Ich bin so krank, dass ich dringend Medikamente brauche. Ich bin die Tochter eines Senators, die werden mich bestimmt nicht sterben lassen.«

Schweigen breitet sich aus.

»Oder?«, frage ich kleinlaut. »Und falls doch – ich gehe nicht zurück.« Ich bin mir ziemlich sicher, dass ich keine Blutvergiftung habe. Ich fühle mich auch schon viel besser.

»Einen Versuch wäre es wert«, sagt Bürgermeister Forster, der unserem Gespräch offensichtlich gefolgt ist. Ich habe nicht mitbekommen, wann er den Raum betreten hat. Andrew ist ebenfalls hier.

Er eilt an die andere Seite des Bettes und berührt mich an der Schulter. »Fehlt dir etwas?«

»Bestimmt nicht, Ice meint bloß, ich hätte eine Blutvergiftung.«

»Bloß?« Während Andrew die Augen aufreißt, ruft Ice: »Wir haben keine Zeit zu verlieren!« Er wirkt plötzlich sehr nervös, und Crome zeigt erneut mit der Waffe auf ihn.

»Du kommst solange in Verwahrung.«

Ich blicke Ice flehentlich an, damit er keine Scherereien macht, doch er bewegt sich nicht von der Stelle und schaut nur mich an. »Ich muss wissen, was mit dir ist.«

»Er hat den Blick«, flüstert Samantha Jax zu. Ich habe jedes Wort gehört, weil sie direkt neben mir steht.

»Welchen Blick?«, frage ich.

Sofort wird sie rot um die Nase und lächelt schief. »Ist ein Insider-Gag.«

Crome lässt die Waffe sinken. »Eine falsche Bewegung und du hast ein Loch im Kopf.«

Ice' Lider verengen sich, seine Nasenflügel beben. Er steht kurz vor der Explosion.

»So, Jungs, jetzt lasst uns mal keine Zeit verlieren.« Samantha klatscht in die Hände und eilt von einer Ecke zur anderen. »Wir brauchen eine Kamera!« Ich werde bis zum Hals zugedeckt, ein Ständer mit einem Infusionsbeutel wird herangeschoben, Schläuche an mir befestigt.

»Wir tun so, als würde Veronica im Sterben liegen, dann müssen sie hoffentlich reagieren.«

Wenige Minuten später macht Mark eine kurze Aufnahme mit einem Tablet-PC. Der Film zeigt mich reglos und mit geschlossenen Augen. Anschließend eilen Mark, der Bürgermeister und Andrew nach unten zum Shuttle. Ich bleibe aufgeregt mit Samantha, Jax, Crome und Ice zurück.

♥ ♥ ♥

Als die drei zurückkommen, lassen sie die Schultern hängen und schütteln den Kopf. Mein Magen zieht sich zusammen, während mir Mark die Aufzeichnung zeigt. Ich sehe meinen Vater, dahinter stehen andere Senatoren. Freeman, Pearson – Andrews Vater – und Tony Greer, Freemans Berater. Vier Leute fehlen, aber es müssen nicht immer alle sieben Ratsmitglieder anwesend sein. Diese drei haben ohnehin am meisten zu sagen, und Vater ist so etwas wie ihr Anführer. Er hat neben Freeman die größte Macht.

»Ihr habt ein Shuttle«, sagt er. »Bringt meine Tochter zurück! Oder ihr habt sie auf dem Gewissen. Wir werden uns euch nicht beugen.«

»Aber Ihre Tochter ist nicht transportfähig«, wirft Bürgermeister Forster ein.

»Euer Pech, dann ist eure Erpressung eben wirkungslos geworden.«

»Sie ist Ihre Tochter, Senator!«, ruft Forster. »Ist sie Ihnen egal?«

Vaters Blick flackert und ich glaube, eine Gefühlsregung zu erkennen, doch er sagt streng: »Wir müssen alle Opfer bringen. Also macht euch bereit auf viele Opfer.«

Stille breitet sich im Raum aus, nur Ice tigert hin und her.

Der Plan ging nicht auf. Ich bedeute Vater nichts. Oder war er lediglich im Zugzwang?

Nein, er hat mich geopfert, ich bin ihm gleichgültig.

Mühsam unterdrücke ich meine Tränen und balle die Hände zu Fäusten. »Ich werde alles tun, um euch zu helfen.«

Jax wirft einen Blick auf Mark. »Vermutlich wird White City bald angreifen. Verflucht, dass wir dich nicht mehr da drin haben. Wir haben niemanden mehr, der uns mit aktuellen Informationen versorgen kann. Wir wissen nicht, ob wir nur Stunden oder vielleicht noch Tage haben.«

»Wir müssen sofort evakuieren«, sagt Forster.

Mark fährt sich mit zitternder Hand durch sein blondes Haar. »Ich werde zurückgehen, um die Medikamente zu holen. Egal, ob ihr das wollt oder nicht, aber ich lasse Storm nicht sterben, wenn es noch eine Chance für ihn gibt.«

Ich sehe ihm an, wie viel Angst er hat, in die Höhle des Löwen zurückzukehren, doch seine Liebe zu dem jungen Krieger scheint ihm Kraft zu schenken.

Ice stellt sich neben ihn. »Ich komme mit.« Sein strenger Blick duldet keine Widerrede.

Ich wünschte, er würde bleiben – ich fühle mich immer noch nicht schlechter.

Jax sieht die beiden stirnrunzelnd an. Offensichtlich überlegt er, ob er Mark gehen lassen will. Um Ice scheint es ihm weniger leid zu tun.

Ich kann Jax ja verstehen, schließlich sind Ice und Storm mit Sprengladungen hier eingetroffen. Mein Herz schlägt jedoch wild für meinen Beschützer, der sein Leben riskieren möchte, nur um mich gesund zu wissen.

Marks Augen werden groß. »Dann kann ich auch gleich die abhörsicheren Leitungen anzapfen. Das kann ich nicht vom Shuttle aus, dazu muss ich an das Hauptkabel des Zentralrechners, das unter dem Regierungsgebäude liegt.«

»Okay, Okay!« Jax hebt beide Hände und sagt zu Mark: »Ich hab einen Plan. Ich war dabei, als du das schon mal gemacht hast, um an die Videoaufzeichnungen über den Mord an meinen Bruder zu kommen. Ich kenne die Kanalisation wie kein anderer und bringe euch unters Krankenhaus, danach laufe ich weiter zum Regierungsgebäude. Das liegt ja in der Nähe. Mark, du musst mir nur zeigen, was genau ich zu tun habe. Du nimmst Ice mit und schleust dich ins Krankenhaus ein, um die Medis zu holen.« Jax dreht sich und deutet auf Crome. »Schnapp dir Rock. Ihr beide sorgt dafür, dass die Armee bereit ist. Bürgermeister, Sie arbeiten einen Evakuierungsplan aus. Vielleicht können die meisten in Ruinen untertauchen, die möglichst weit von der Pyramide entfernt sind.«

Während Jax Aufgaben verteilt und mir vorkommt, als wäre er hier der Chef von allem, spricht Samanthas sorgenvoller Blick Bände. Sie hat Angst um ihren Krieger, doch sie hält ihn nicht auf. Das kann sie nicht, genauso wenig wie ich Ice abhalten kann, zurückzugehen. Wenn sich diese Kerle etwas in den Kopf gesetzt haben, gibt es kein Halten. Gut, wenn man sie zum Freund hat und nicht zum Feind.

Ich springe aus dem Bett und wanke leicht, schon fängt Ice mich auf. »Du musst liegen bleiben.«

»Ist nur mein Kreislauf, vor lauter Liegen und getragen werden kommt der ja nicht in die Gänge.«

»Du solltest dich wirklich lieber ausruhen«, meint auch Samantha.

Ich blicke in die Runde. »Darf ich fünf Minuten mit Ice haben? Ich würde mich gerne von ihm verabschieden.«

Jax besteht darauf, im Raum zu bleiben, aber Samantha zieht ihn nach draußen. Sobald die Tür zufällt, werfe ich mich in Ice' Arme. »Ich will nicht, dass du gehst. Mir geht es gut. Ich habe keine Blutvergiftung.«

Vorsichtig, als wäre ich plötzlich aus Glas, drückt er mich an seinen großen Körper. »Solange mir keiner der Ärzte das Gegenteil bestätigen kann, werde ich gehen. Außerdem kann ich den Resurern auf diese Weise meine Loyalität zeigen.«

Bedeutet das, er würde hier leben wollen? Mit mir? Oder tut er das nur, weil er weiß, dass er ohne mich nicht zurückgehen braucht? Vater würde ihn sicher töten lassen, daher möchte er hier bleiben.

Bevor ich ihn über seine wahren Absichten fragen kann, drückt er mir einen innigen Kuss auf den Mund, schaut mir tief in die Augen und wendet sich abrupt ab. »Ich muss los, wir haben schon zu viel Zeit vergeudet.«

»Ice! Ich liebe dich!«, rufe ich ihm nach. Oh Gott, ich habe es gesagt! Wie wird er reagieren?

Vor der Tür dreht er sich um und sieht mich gefühlte fünf Sekunden mit offenem Mund an. Dabei macht er einen Schritt zurück, als hätte ich ihn geschlagen, sodass er mit dem Rücken gegen die Tür knallt. »Und falls ich nicht zurückkomme«, sagt er stockend, »soll sich Andrew um dich kümmern. Er scheint wirklich in Ordnung zu sein.«

»Aber ...« Bevor ich protestieren kann, ist er weg.

❤ ❤ ❤

Ice, Jax und Mark sind mit einer Schienenbahn, die sich Monorail nennt, durch die Wüste gefahren, nur das letzte Stück bis zur Kuppel müssen sie zu Fuß zurücklegen. Ich sitze im Bett und versuche mich vom Nägelkauen abzuhalten. Die Männer sind kaum weg, und die Warterei zermürbt mich jetzt schon. Ich glaube, davon steigt meine Körpertemperatur, ansonsten fühle ich mich bloß leicht schlapp. Die Wunde juckt ein bisschen, das ist auch schon alles.

Miraja hockt bei mir im Krankenzimmer und hat ein Funkgerät dabei; Crome, der hinter der Pyramide die Armee zusammentrommelt, gibt ihr regelmäßig den Stand der Dinge durch, da er noch zu Jax Kontakt hat.

»Sobald sie in der Kanalisation sind, können wir sie nicht mehr anfunken«, erklärt mir Miraja. »Die Geräte funktionieren bei so viel Stahl und Beton nicht, und die Kuppel schirmt zusätzlich ab.«

Sie sind also völlig auf sich allein gestellt.

Miraja nimmt meine Hand, wobei sie mich sanft anlächelt. »Sie werden es schaffen, alle drei.«

Sie kann ja locker bleiben, immerhin ist ihr Warrior in der Nähe.

♥ ♥ ♥

Fünf Minuten nachdem die Verbindung zu Jax abgebrochen ist, betritt Samantha das Zimmer. »Ich kann Entwarnung geben, du hast keine Sepsis, deine Blutwerte sind normal.«

»Was!?« Wie von einer Klapperschlange gebissen, springe ich aus dem Bett. »Aber dann ist Ice völlig umsonst …« Nein, ist er nicht, es gibt schließlich jemanden, der wirklich Medikamente braucht, doch er hätte nicht mitgehen müssen! »Verdammt!«

Samantha sieht mich mitfühlend an. »Ich weiß genau, wie es dir geht. Ich stehe jedes Mal Todesängste aus, wenn sich Jax unter der Kuppel rumtreibt. Zum Glück habe ich einen Job, der mich ablenkt.«

Ich wünschte, den hätte ich auch. »Was habe ich denn für eine Krankheit?«

»Wahrscheinlich hast du gestern einfach nur zu viel Sonne abbekommen. Kuppelmenschen sind daran nicht gewöhnt. Die Symptome für einen Sonnenstich sind tatsächlich ähnlich: Schwindel, Kopfschmerzen, Übelkeit, Abgeschlagenheit, erhöhter Pulsschlag …«

Während sie mit mir redet, bemerke ich, dass sie mich plötzlich duzt. Dadurch fühle ich mich ihnen allen noch mehr zugehörig.

Ich erzähle Samantha von meinem Sender im Arm und dass ich ihn loshaben möchte, doch sie schlägt dasselbe vor wie Ice. »Wir lassen ihn lieber erst mal drin, aber ich muss den Bürgermeister darüber informieren.«

Ich nicke, und Miraja gibt die neuen Infos über das Sprechgerät weiter. Crome ist erleichtert, dass mir nichts fehlt.

Währenddessen fressen mich die Sorgen um Ice auf. »Wie haltet ihr das nur aus, wenn Jax und Crome unterwegs sind? Ich sterbe vor Angst!«

Die beiden Krieger lieben ihre Partnerinnen. Ich wünschte, Ice würde mehr für mich übrig haben als seinen Beschützerinstinkt und den Sexualtrieb.

»Das wird nie aufhören«, sagt Miraja.

Ich wende mich an Samantha, denn eine Sache interessiert mich brennend: »Was hast du vorhin gemeint, mit: Ice hat diesen Blick?«

Sie räuspert sich und senkt den Kopf. »Er hat dich angesehen wie Jax damals mich. Verliebt, besitzergreifend und beschützerisch.«

»Verliebt?« Mein Herz schlägt einen Salto. »Du meinst wirklich, er liebt mich?«

Samantha grinst. »Das sieht doch ein Blinder.«

Ich bin nicht so gut darin, das zu erkennen.

Miraja nickt. »Das ist mehr als offensichtlich. Außerdem riskiert er sein Leben – nur für dich.«

»Ich dachte, das liegt an seinem Beschützerinstinkt. Er hat mir niemals gesagt, dass er mich liebt. Und als ich ihm vorher diese drei kleinen Worte …« Ich schlucke hart und zwinkere mir eine Träne weg. »Ice wirkte ziemlich schockiert.«

Samantha seufzt. »Tja, daran musst du dich gewöhnen. Diese Männer können nur schwer über ihre Gefühle sprechen und oft wissen sie gar nicht, was sie wirklich empfinden. Oder wollen es nicht wahrhaben. Zumindest Jax ist ein solcher Kandidat.« Samantha lächelt mich verschwörerisch an. »Er zeigt es mir mit Taten, nicht mit Worten.«

Er liebt mich … Das wäre zu schön, um wahr zu sein. Sofort male ich mir eine gemeinsame Zukunft mit ihm aus, hier in Resur. Ob wir in dem Haus am Ende der Straße wohnen könnten? Wenn Ice als Held zurückkehrt, werden ihn die Resurer in ihre Gemeinschaft aufnehmen? Falls nicht, werde ich mit ihm gehen, wohin er möchte.

Jetzt kann ich es noch viel weniger erwarten, ihn endlich zurück zu haben.

❤ ❤ ❤

Es ist Nachmittag, und ich sitze mit Miraja in ihrer Küche, da ich das Krankenhaus verlassen durfte. Mir fehlt tatsächlich nichts – nur Ice.

»Sie sind zurück!«, ruft Crome in Mirajas Funkgerät. »Die Späher haben ihre Truppe in der Nähe der Monorail ausgemacht.«

»Gott sei Dank!« Ich könnte schreien vor Freude.

Sofort nehmen wir unsere Beine in die Hand und laufen zur Bahnstation, die sich in der Nähe der Pyramide befindet. Crome und ein riesiger glatzköpfiger Warrior – ich glaube, er heißt Rock – erwarten uns bereits, außerdem sind der Bürgermeister sowie mindestens ein Dutzend Männer der Stadtwache anwesend. Werden sie Ice gleich verhaften?

Darüber kann ich mir später den Kopf zerbrechen, im Moment bin ich einfach nur glücklich, dass er wieder da ist.

Als der Zug einfährt, vibriert die schwebende Schiene vor dem Bahnsteig. Ich habe noch nie so ein Gefährt in echt gesehen. Offensichtlich stammt es aus der Zeit vor der Bombe. Ich nehme die Sonnenbrille ab und erkenne die Silhouette einer großen Person im düsteren Führerhaus, da die Fenster fehlen. Ist es Ice? Nein, es ist Jax.

Als der Wagen vor uns hält, fällt mir auf, dass die meisten Sitzbänke nur polsterlose Gestelle sind. Außerdem ist Farbe abgesplittert. Früher war die Bahn gelb lackiert.

Mark stürmt als Erster aus der Monorail und schenkt uns kaum einen Blick. Vermutlich kann er sich denken, dass ich außer Gefahr bin, weil ich am Bahnsteig stehe.

Jax steigt als Nächster aus, und ich verrenke mir den Hals, weil ich Ice nicht entdecken kann. Die Hitze flimmert auf dem Dach, und ich muss trotz Sonnenhut die Augen abschirmen und die Lider zusammenkneifen, um ins düstere Wageninnere blicken zu können.

»Ice?«, rufe ich in den Wagon.

»Wo ist er?«, fragt Crome neben mir Jax.

Als ich zu ihnen schaue, schüttelt Jax den Kopf.

»Was ist passiert?« Auf einmal fühle ich mich kraftlos. Es steht in ihren Gesichtern geschrieben, dass etwas passiert ist.

Miraja nimmt meine Hand, während Jax erzählt.

»In White City herrschen Unruhen, die Sicherheitsvorkehrungen wurden verstärkt, überall wimmelt es vor Soldaten und auch die Überwachungskameras haben unsere Profile gespeichert. Sie melden sofort Alarm, sobald sie ein Gesicht erkennen. Mark hatte bereits die Medis und war auf dem Rückweg, als ein Trupp die Kanalisation stürmte. Sie müssen Mark wohl im Krankenhaus erkannt oder gescannt haben. Ice hat zu ihm gesagt, er solle zurückgehen, um zwei Leben zu retten, er wird die Meute aufhalten und später nachkommen. Ich war noch nicht fertig mit der Datenübertragung, daher waren Mark und Ice allein.«

Ich stoße die Luft aus. Also besteht noch Hoffnung. »Dann fahr ich mit diesem Ding zur Kuppel und werde dort auf ihn warten.« Ich habe solche schlimmen Schuldgefühle, weil mir schließlich nichts gefehlt hat, dass ich verrückt werden würde, wenn ihm etwas passiert ist.

»Veronica, er hat sich geopfert, damit wir es zurückschaffen«, sagt Jax vorsichtig.

»Was redest du da?«

»Bei der Rückfahrt haben uns Mark und ich die Aufzeichnungen angesehen, die ich vom Zentralrechner geholt habe. Ganz am Ende war der Funkspruch gespeichert, den ein Warrior an den Senat geschickt hat. Moment, du kannst ihn selbst anhören.« Jax zieht einen kleinen Tablet-PC aus seinem Rucksack, tippt auf dem Display herum und kurz darauf ist eine Stimme zu hören: »Einheit zwei hat Mr. Trent gefasst, Sir. Er hat dem entflohenen Arzt geholfen, Medikamente zu stehlen, angeblich für Ihre Tochter, Sir. Leider ist uns der Arzt entkommen.«

»Behandeln Sie die Information mit den Medikamenten vertraulich, das soll die Öffentlichkeit nicht erfahren!«

»Sehr wohl, Sir. Was sollen wir mit dem ehemaligen Bodyguard Ihrer Tochter machen?«

»In die Arrestzelle mit ihm. Ich brauche ihn, um ein Exempel zu statuieren. Morgen Mittag wird er öffentlich hingerichtet ...«

Mit geschlossenen Augen weiche ich zurück. Hätte Miraja nicht den Arm um mich gelegt, würde ich wohl fallen, denn ich fühle mich, als würde mir jemand die Beine wegreißen. Ich stürze in einen tiefen schwarzen Abgrund und wünsche mir eine Ohnmacht, aber das wird nicht passieren. Ich bin noch nie ohnmächtig geworden. Da gibt es nur diese Schwärze und den grausamen Schmerz in meinem Herzen.

Ice ... hingerichtet? Auf Befehl meines Vaters?

Ich bekomme kaum Luft und versuche zu atmen, aber mein Hals ist wie zugeschnürt. Vater will allen zeigen, was mit Soldaten und Bürgern passiert, die sich nicht den Gesetzen beugen. Ice wird keine Anhörung erhalten.

Und alles meinetwegen, nur wegen dieses blöden Kratzers ... Hätte ich ihn doch aufhalten können!

»Veronica ...«, dringt Mirajas Stimme aus weiter Ferne an mein Ohr. »Veronica!«

Ich sehe Ice vor meinem geistigen Auge. Er steht auf dem Platz vor dem Turm auf einem Podest, damit ihn jeder erkennen kann. Seine Augen sind verbunden, seine Hände und Füße gefesselt. Als ich ein kleines Kind war, gab es die einzige öffentliche Hinrichtung, an die ich mich erinnern kann: die von Andrews Mutter. Ein Warrior hat sie vor den Augen des Volkes erschossen, ihr eine Kugel genau ins Herz gejagt. Dasselbe wird Ice auch blühen.

Vielleicht ... ganz vielleicht habe ich eine Chance, ihn zu retten. In meinem Kopf spiele ich verschiedene Möglichkeiten durch. Irgendeine von meinen Ideen muss doch klappen, ich muss mich nur erst sammeln, dann überlege ich mir einen genauen Plan. Ich bin die Tochter meines Vaters, ich habe einen kühlen Verstand, genau wie er. Mir wird etwas einfallen!

Ich atme tief durch, balle die Hände zu Fäusten und öffne die Augen. »Ich werde nach White City zurückgehen und ihn dort rausholen.« Ja, das werde ich, und sollte mein Plan nicht klappen und ich dabei sterben, bin ich nicht allein im Himmel – falls es so etwas überhaupt gibt.

Kapitel 10 – Zurück in White City

»Vater, ich konnte entkommen«, sage ich schwer atmend, als ich vor seinen Füßen zusammenbreche. Der Portier hat mich nach oben in die Wohnung gebracht, und Vater schickt ihn hastig davon. Als wir allein sind, zieht er mich auf die Beine.

Noch bevor er sprechen, noch bevor er an meiner Loyalität zweifeln kann, erzähle ich schnell weiter. »Ich habe gehört, wie sich Bürger über eine Exekution unterhalten haben. Stimmt es, wird mein Bodyguard heute Mittag hingerichtet?«

Er nickt stumm.

»Bitte, lass mich ihn erschießen, ich will mich an dem Bastard rächen, dafür dass er meine Einsamkeit ausgenutzt und sich an mir vergriffen hat.« Ich kann mit einer Waffe umgehen, weil Vater mich regelmäßig mit auf den Schießstand genommen hat, damit ich bei einem Notfall gerüstet bin. Das war auch sein Plan, sollte einmal etwas aus dem Ruder laufen. Allerdings glaubte er daran, dass es in White City immer so weitergehen würde.

»Ich hasse ihn, ich will dieses Schwein tot sehen!« Tränen laufen über meine Wangen. Hoffentlich denkt er, es sind Zornestränen, doch tatsächlich vergieße ich sie, weil jedes Wort eine Lüge ist und ich Ice in Wahrheit so sehr liebe, dass es mir fast das Herz zerreißt.

»Wie bist du entkommen?«, fragt er gewohnt kühl. Er klingt kein bisschen aufgeregt oder erfreut, weil er mich sieht.

»Ich habe ihnen etwas vorgespielt, so getan, als sei ich schwer krank. Daraufhin haben sie mich ins Krankenhaus gesteckt und kaum noch bewacht. Als mein Aufpasser eingeschlafen ist, bin ich geflohen. Ich weiß, was sie vorhaben, wann sie kommen werden. Ich will diese Mutanten tot sehen! Ich kann dir alles verraten, all ihre Pläne.«

»Das ist meine Tochter.« Vater umarmt mich lächelnd und streicht über meinen Rücken …

Mirajas Stimme dringt in meine Gedankenwelt vor. »Veronica, du stellst dir das zu einfach vor. Wenn du statt auf Ice auf seine Fesseln oder einen Senator schießt, falls dir das überhaupt gelingen sollte, wird der nächstbeste Wärter dich töten.«

Als ich meine Augen öffne, hält Miraja mich fest. Wir befinden uns wieder in dem Verhandlungszimmer im Keller der Pyramide. Der Bürgermeister ist da, Andrew, Jax, Crome und alle, die etwas zu sagen haben.

Ich habe ihnen mehrere meiner Ideen erzählt, doch keine scheint ihnen recht zu gefallen. Nur bei einer Sache sind sich alle einig: Sie wollen den Trubel am Tag der Exekution nutzen, um White City zu stürzen. Eine friedliche Lösung liegt nicht mehr in Sicht, es wird Krieg geben, außer Jax und seine Armee können die Stadt zuvor unter ihre Gewalt bringen.

Miraja lässt mich los und ich lehne mich seufzend im Stuhl zurück. Im Moment erscheint alles aussichtslos.

Jax hat einen Vorschlag. »Wir könnten die allgemeine Aufregung nutzen, um endlich unsere Brüder auf die richtige Seite zu ziehen. Ihnen wird es nicht gefallen, dass ein Warrior öffentlich hingerichtet wird. So etwas ist niemals zuvor vorgekommen.«

Ich nicke eifrig und überlege fieberhaft weiter, wie ich Ice retten kann. Die Warrior sind die Helden einer jeden Kuppelstadt, sie sorgen für Sicherheit. Ob Vater wirklich weiß, was er mit der Hinrichtung heraufbeschwören könnte? Offenbar steckt er so voller Hass und Verzweiflung, dass er nach dem letzten Strohhalm greift. »Wenn es zu einem Aufstand der Warrior kommt, wird Ice womöglich nicht erschossen. Vielleicht kann ich heimlich mit den Soldaten reden.«

»Du wirst auf jeden Fall hierbleiben«, sagt Andrew. »Erstens ist es zu gefährlich und zweitens ist das Risiko zu groß, dass man dich ausliefert und ebenfalls hinrichtet.«

»Ice hat sein Leben für mich riskiert, meinetwegen sitzt er in der Klemme. Ich lasse ihn nicht im Stich!« Ich schlage mit der Faust auf den Tisch, sodass mich alle mit großen Augen ansehen. »Außerdem könnte ich euch helfen. Was, wenn *ihr* entdeckt werdet? Ich könnte euer Notfallplan sein und so tun, als wäre ich euch entwischt und würde zu meinem Vater zurückkehren. Ich bin gut darin, ihn anzulügen. Das habe ich schon früh gelernt.« Nur einmal habe ich bisher versagt, als ich mich verdächtigt gemacht habe, dass mir etwas an Ice liegt. Meine starken Gefühle für diesen Mann hatten mich verwirrt. Das wird mir nicht mehr passieren, ich werde mich zusammenreißen. Ich muss Vater begreiflich machen, dass ich geglaubt habe, Ice zu lieben und ihn jetzt hasse …

Jax holt tief Luft. »Okay, da Mark bei Storm bleiben möchte und falls nötig bei der Evakuierung der Krankenstation helfen wird, muss Julius die Codes an den Aufgängen knacken, aber das ist das geringste Problem.«

Mark ist bei der Besprechung nicht anwesend, da er an Storms Bett ununterbrochen Wache hält. Ich hoffe so sehr, dass der junge Krieger aufwacht, damit Ice' Einsatz nicht völlig umsonst war.

Jax reibt sich über das Kinn. »Wenn die Einheiten nach Schichtwechsel in ihre Wohnungen zurückkehren, hängen wir uns an. Wenn wir es schaffen, ins Gebäude zu kommen, können wir uns je einen Soldaten einzeln vornehmen.«

»Es leben aber nicht alle Warrior in den Wohnblöcken, meist nur die Jungspunde«, erklärt Crome. »Und die sind wegen ihrer geringen Lebenserfahrung eher regimetreu. Bei den älteren werden wir bessere Chancen haben.«

Jax nickt. »Du hast recht, Crome. Zu welchem Bruder hattest du das beste Verhältnis?«

Cromes Stirn legt sich kurz in Falten. »Dean, würde ich sagen.«

»Dann wirst du ihn besuchen und dort Überzeugungsarbeit leisten. Rock kommt mit mir. Wir zeigen unseren Brüdern, was auf den Plantagen passiert ist, und vor allem: dass es sie wirklich gibt und dorthin viele ausgediente Soldaten abgeschoben werden oder solche, die Aufgaben für das Regime erledigt haben und anschließend ausrangiert wurden. Ich glaube, Rock kann ihnen einiges erzählen.

Haben wir genug Leute auf unserer Seite, werden wir uns die Senatoren vornehmen. Jul und Veronica werden sich unters Volk mischen und auf eine günstige Gelegenheit warten, um eine Ansprache zu halten, sobald die Senatoren festgenommen sind. Veronica sollte tatsächlich mitkommen, falls wir den Notfallplan aktivieren müssen – solange werdet ihr beide euch bedeckt halten.«

»Wir werden den Leuten sagen, dass sie keine Angst mehr vor dem Regime haben brauchen«, wirft Andrew ein. »Die Bürger werden in Zukunft mitentscheiden dürfen, so wie das in Resur auch läuft.« Seine Augen leuchten. »Wir läuten eine neue Ära ein, bauen eine neue Regierung auf. Das war schon immer mein größter Traum.«

Jax seufzt hörbar und fährt sich durchs Haar. »Okay, lasst uns ein wenig Ordnung in dieses Chaos bringen. Nach den letzten beiden Pleiten brauchen wir einige Alternativpläne …«

♥ ♥ ♥

Als ich das letzte Mal durch die Kanalisation gegangen bin, war ich betäubt. Jetzt bin ich live dabei, weshalb mir das Herz bis zum Hals klopft. Ständig müssen wir neue Wege einschlagen, da auch hier unten Einheiten patrouillieren. Doch dank der Chips in ihrem Nacken sind wir gewarnt, wenn sich uns ein Warrior nähert.

Mir kommt es vor wie Stunden, als wir uns endlich von der Gruppe trennen, um nach oben zu gehen. Jax und der Rest nehmen andere Aufgänge, damit wir nicht alle auf einmal geschnappt werden, sollte jemand entdeckt werden. Wir sind nur zwanzig Leute: Jax, Crome, Rock, Andrew und ein paar schwerbewaffnete Bürger der Stadtwache, die sich ebenfalls unters Volk mischen werden, um Informationen zu sammeln. Diese Männer sind am aufgeregtesten von uns allen, niemals zuvor waren sie in White City.

Als Andrew und ich aus dem Keller eines Hauses kommen und auf die Straße treten, ist die halbe Stadt in Aufruhr. In riesigen roten Lettern steht eine Ankündigung auf sämtlichen Screenern: Die Hinrichtung wurde vorgezogen.

»Verdammt, sie findet schon in einer halben Stunde statt!« Vater kann es wohl kaum erwarten, Ice endlich tot zu sehen. Wir hatten so gute Pläne – und jetzt sind sie alle hinfällig.

Ich wünschte, Miraja wäre bei mir, doch sie wollte in Resur bleiben, damit jemand da ist, wenn Kia zurückkehrt. Außerdem könnten die Warrior aus New World City immer noch in Resur einfallen, dann will sie bei der Evakuierung des Krankenhauses helfen. Die meisten Resurer haben sich bereits versteckt.

Damit wir nicht sofort erkannt werden, trage ich eine blonde Perücke. Die wilde Mähne verdeckt mein halbes Gesicht. Andrew hat sich einen Schnauzbart angeklebt, außerdem ein Käppi und eine modische Brille aufgesetzt. Wenn ich nicht wüsste, dass er hinter der Maske steckt, würde ich ihn auf den ersten Blick nicht erkennen.

Auch wir haben Pistolen dabei, versteckt unter unserer Kleidung. Der Gang durch die Kanalisation war die Hölle, doch die Kuppel über mir zu sehen, ist viel schlimmer. Ich fühle mich, als müsste ich ersticken, und mein Puls rast unkontrolliert.

Wir schließen uns dem Strom der Menschen an, die zum großen Platz vor dem Turm eilen. Dabei hält Andrew meine Hand, damit wir uns nicht verlieren. Ich kann nur beten, dass es Jax und die anderen schaffen, in möglichst kurzer Zeit viele Warrior auf ihre Seite zu bringen, um die Hinrichtung zu stoppen. Ich sehe jedoch schwarz, denn in den Straßen wimmelt es vor Soldaten, als ob heute alle Einheiten anwesend sind. Was Vater sicher beabsichtigt hat. Sie alle sollen live miterleben, wie mit Kriegern umgegangen wird, die sich gegen das Regime stellen.

Mein Herz klopft so schnell und fest, dass ich befürchte, jemand könne mir meine Angst ansehen. Was, wenn wir entdeckt werden? Und ich bange um Ice. Das treibt mich voran. So ähnlich muss sich wohl auch Mark gefühlt haben.

Als sich der riesige Turm vor uns auftut, erkenne ich davor ein hohes Podest, viel höher als die Rednerbühne der Senatoren. Damit auch wirklich alle Ice' Ermordung sehen können. Zwei Metallpfosten im Abstand von eineinhalb Metern sind darauf montiert, jeder über zwei Meter hoch und dick wie ein Oberschenkel. Dazwischen werden sie ihn festketten ... Und was ist das davor? Eine automatische Schießvorrichtung? Sieht fast aus wie ein Fernrohr auf einem Stativ, aber ich erkenne das Mordinstrument sofort. Man kann es über einen Computer steuern.

Der Senat hat an alles gedacht, Ice wird nicht von einem Warrior erschossen, der sich weigern könnte, einen seiner Brüder zu töten, sondern diesmal erledigen sie es selbst ...

Mein Magen rumort, mir wird schlecht und ich drücke Andrews Hand so fest, dass er zu mir sieht. »Tief durchatmen, Nica, wir schaffen das.« Leider klingt er nicht sehr überzeugend.

Wir? Ich will, dass es Ice schafft. Zu diesem denkbar ungünstigsten Zeitpunk fallen mir Vaters Worte ein, die sich leider in unserer Situation bewahrheiten: Wir müssen alle Opfer bringen.

Nein, ich werde Ice nicht opfern, auch nicht für solch eine große Sache! Es muss einen anderen Weg geben, die Warrior auf unsere Seite zu ziehen, es muss ausreichen, wenn sie sehen, dass der Senat einen ihrer Brüder umbringen will.

Zu allem Übel hat man rund um das Podest Panzerglas angebracht, und davor führt eine Gasse über den ganzen Platz bis zu einem der Häuser. Die Absperrung besteht ebenfalls aus zwei Meter hohem Panzerglas. Offenbar wird Ice dort hindurchlaufen, seinen letzten Auftritt vor Publikum haben. Wie makaber. Er hat die Show ohnehin gehasst. Ich darf nicht daran denken, was ich alles von ihm weiß, was er bereits alles durchlebt hat. Und nun soll er auf diese Weise sterben? Das hat er nicht verdient.

Mein Atem rast, alles dreht sich vor meinen Augen. Ich muss mich zusammenreißen, sonst kann ich nicht mehr klar denken!

Solange er durch den Gang schreitet oder sich auf dem Podest befindet, können wir ihm nicht helfen, es gibt kein Durchdringen. Auf dem oberen Rand der Scheiben ist ein Metallband angebracht, durch das sicher Strom fließt. Sollte Ice versuchen, über die durchsichtige Mauer zu entkommen, wird ein Stromstoß ihn töten. Eine Rettung ist aussichtslos. Ich kann nur hilflos zusehen!

Ruhig bleiben, Veronica, denk nach! »Meinst du, er ist schon in diesem Gebäude?«, frage ich Andrew und nicke zu dem Hochhaus, in das der Glasgang hineinführt.

»Vermutlich.«

»Dann ist das unsere einzige Chance, ihn dort herauszuholen.« Ich will zu dem Gebäude stürmen – oder besser gesagt: mich bis dorthin durchwühlen, da der Andrang immer stärker wird –, aber Andrew hält mich fest.

»Jax und die anderen kümmern sich darum, wir müssen uns solange bedeckt halten. Sie brauchen uns zum Schluss, damit wir zum Volk sprechen können.«

Ich weiß das, doch es macht mich wahnsinnig, nichts tun zu können. Diese Warterei zermürbt mich! Und was, wenn die Bürger uns ebenfalls hassen? Immerhin sind wir die Kinder der Tyrannen …

Wir drängen uns ganz nach vorne, wo der Gang endet und sich das Podium anschließt. Kameras sind auf die Plattform gerichtet, damit auch die Menschen hinter dem Turm und in den Nebenstraßen alles über die Screener verfolgen können. Andrew und ich müssen weiterhin höllisch aufpassen, nicht von einem Gesichtsscanner erfasst zu werden.

Als plötzlich Sirengeheul durch die Lautsprecher ertönt, erstarre ich. Nicht nur ich, alle Bürger scheinen wie gelähmt und wenden den Blick auf die Gasse.

Da ich förmlich an der Scheibe klebe, sehe ich trotz der Entfernung, dass sich in dem Gebäude etwas tut. Die Tür öffnet sich, und Ice tritt heraus, genau in dem Moment, in dem die Sirene verstummt.

»Nein, das ist zu früh!«, sage ich zu Andrew und kralle die Finger in sein Shirt.

Als ich Ice sehe, halte ich unweigerlich die Luft an. Er trägt dieselben Sachen, mit denen er Resur verlassen hat: seine Einsatzhose und das schwarze T-Shirt. Bloß die Stiefel hat man ihm genommen.

Nein, das Shirt muss doch ein anderes sein, es ist größer, denn es liegt nicht so eng an seinem Körper an, dass man jeden seiner imposanten Muskeln erahnen kann.

Ich drücke mir die Nase an der Scheibe platt, um ihn besser erkennen zu können, wobei mir der Puls bis unter die Kopfhaut schlägt.

Zwischen seinen nackten Füßen ist eine kurze Eisenkette befestigt, sodass er nur kleine Schritte machen kann, seine Hände sind anscheinend auf dem Rücken gefesselt. Den Mund hat man ihm mit Klebeband zugeklebt.

Damit er niemandem die Wahrheit erzählen kann ...

Oh Gott, Ice! Sein Anblick erschüttert mich zutiefst.

Den Kopf erhoben und den Blick starr geradeaus gerichtet, marschiert er den Todesgang entlang. Zwei bewaffnete Warrior, die ihre Gewehre auf ihn richten, folgen ihm.

Als er an uns vorbeiläuft, unterdrücke ich mit aller Kraft den Wunsch, gegen die Scheibe zu trommeln, damit er mich ansieht. Das würde sämtliche Aufmerksamkeit auf uns lenken, da die anderen Bürger immer noch stillschweigend und beinahe reglos an ihren Plätzen stehen.

Trotzdem flüstere ich: »Ice«, und als er auf unserer Höhe ist, schaut er mich direkt an.

Mein Atem stockt erneut. Hilflos drücke ich die Hände an die durchsichtige Wand und starre ihn an. Seine Augen werden groß, und er schüttelt leicht den Kopf, solange wir Blickkontakt halten. Er hat nicht damit gerechnet, dass ich in White City auftauche, er dachte sicher, ich liege schwerkrank im Bett. Ich merke ihm an, wie schockiert er ist, mich hier zu sehen.

Ohne nachzudenken, forme ich mit den Lippen die Worte »Ich liebe dich«. Doch er hat den Kopf längst wieder abgewendet, wahrscheinlich, um mich mit seiner Reaktion nicht zu gefährden.

Dann ist der kurze Moment vorbei, ich erkenne ihn und die Warrior nur noch von hinten, wie sie die wenigen Stufen auf das Podest steigen.

Ich sinke gegen Andrew und kann meine Tränen nicht mehr zurückhalten. »Er wird sterben«, wispere ich. »Und ich kann gar nichts tun.«

»Er würde wollen, dass du nichts tust, um nicht aufzufallen. Er hat sehr erschrocken gewirkt.«

Mir wird heiß und kalt, unter meiner Perücke sammelt sich Schweiß und ich zittere so sehr, dass meine Zähne klappern. Vehement unterdrücke ich den Drang, mich nicht auf Andrew zu übergeben.

Da ich mir nun sicher bin, dass Ice mich liebt, ist die Situation noch schwerer zu ertragen. Wäre er nicht nach White City gegangen, hätten wir eine gemeinsame Zukunft haben können … Doch noch ist nichts entschieden, Ice ist am Leben!

Ständig schaue ich zum Gebäude zurück, in der Hoffnung, Jax und die anderen würden jede Sekunde herausstürmen und Ice befreien. Aber warum sollten sie das tun? Mir zuliebe? Ice ist als Feind nach Resur gekommen, er hatte Sprengstoff dabei … und jetzt kann seine Hinrichtung den entscheidenden Faktor bieten, damit das Volk endlich gegen das Regime aufbegehrt.

Die Warrior ketten ihn an die Eisenstangen, sodass seine Arme an je einem Pfosten befestigt sind. Ice wehrt sich nicht, sein Blick schweift immer wieder in meine Richtung. Unter seinen Armen haben sich Schweißflecken gebildet, seine Nasenflügel blähen sich. Er atmet heftig, das erkenne ich aus den wenigen Metern Entfernung. Er hat Angst, und seinem panischen Blick nach zu urteilen, gilt seine Angst nicht dem baldigen Tod, sondern mir.

Langsam erwachen einige Bürger aus ihrer Trance. Gemurmel kommt auf, dann Rufe. »Das könnt ihr nicht machen! Er hat nichts verbrochen!«

Die beiden Krieger, die Ice festgekettet haben, stellen sich zu beiden Seiten ganz an den Rand der Plattform und warten gehorsam. Sie zeigen keine Regung, keine Unsicherheit, sie stehen voll und ganz hinter dem Regime. Das darf nicht sein! Sehen sie nicht, was hier passiert? Sie könnten die nächsten sein!

»Bürger von White City!«, dringt plötzlich Vaters Stimme an unsere Ohren.

Als ich ihn höre, verkrampft sich mein Magen und ich zucke so stark zusammen, dass ich befürchte, entdeckt worden zu sein, aber alle blicken auf zum nächsten Screener, der genau über Ice' Kopf angebracht ist. Hektisch scanne ich mit den Augen den Platz. Kein einziger Senator ist anwesend. Die Feiglinge sind nicht persönlich gekommen!

»Endlich ist es uns gelungen, einen dieser Verräter zu verhaften, der sich auf die Seite der Rebellen geschlagen hat. Anstatt meine Tochter aus den Outlands zu holen, hat er sich mit diesem Pack verbündet und Medikamente aus unserem Krankenhaus gestohlen. Dafür wird er seine gerechte Strafe erhalten!«

Er hat das nur getan, um mich zu retten, will ich rufen – und mir wird erneut klar, warum sie Ice den Mund verbunden haben.

Ein leises Summen ertönt, und ich schnappe nach Luft. Der Lauf der automatischen Schussanlage richtet sich auf Ice' Brust.

Oh Gott, wo bleiben Jax und die anderen?

»Dieser Mann wird sterben, weil er unsere Gesetze gebrochen hat!« Vaters Miene ist wie immer ausdruckslos. Er hat keinerlei Gefühle für Ice. »Jedem, der sich uns fortan in den Weg stellt, wird dasselbe Schicksal blühen.«

»Ne…« Nein! Ich will schreien, doch Andrew hält mir den Mund zu und drückt mein Gesicht an seine Brust.

»Schau nicht hin, Nica, bitte.«

Ich klammere mich an sein Shirt, aber ich will nicht wegschauen, ich will Ice ansehen!

»Waren wir nicht gut zu euch?«, hallt Vaters Stimme über den Platz. Sein bleiches Gesicht ist erhitzt und voll roter Flecken. »Wir haben mit Spielen für euer Vergnügen gesorgt, wir haben diese Stadt frei von Mutanten gehalten. Wir haben euch Schutz vor der

Verstrahlung geboten und saubere Luft bereitgestellt. Wir forschen daran, Krankheiten auszurotten, und tun alles, damit es euch gut-geht! Ich glaube, wir haben euch zu sehr verwöhnt. Aber damit ist nun Schluss, wenn es uns auf diese Weise gedankt wird!«

Während sich Vater in Rage redet, flackern die Bilder auf den Screenern vor meinen Augen. Ich versuche, Ice nicht aus dem Blick zu lassen, ich will jedes Detail von ihm aufnehmen, bevor er nicht mehr da ist. Wenn ich doch noch ein Mal mit ihm sprechen könnte!

Ich verliere mich im herrlichen Grau seiner Iriden, bewundere seine muskulöse Gestalt und wünsche mir, er würde mit seiner Kraft die Ketten sprengen. Er ist doch ein Krieger, er ist stark und mutig. Warum hat er sich nicht gewehrt? Wieso nimmt er seinen Tod hin? Vielleicht hätte er einen der Wächter überwältigen und eine Waffe an sich nehmen können? Weshalb hat er nicht gekämpft? Haben sie ihm etwas gespritzt, damit er sich nicht wehrt? Damit ihm alles gleichgültig ist?

Er atmet schneller, sein Brustkorb hebt und senkt sich rasch. Schweiß glitzert auf seiner Stirn.

Nein, er ist bei vollem Bewusstsein, ich sehe förmlich, wie es in seinem Kopf arbeitet, immer, wenn sich unsere Blicke ineinander verhaken.

Ich erkenne Ice kaum noch, weil mir die Tränen in Strömen aus den Augen laufen. Andrew hält mich fest im Arm, ich spüre sein Herz hart gegen meinen Rücken schlagen.

Wo sind denn Jax und die anderen? Kann denn keiner die Funk-übertragung der automatischen Schießanlage deaktivieren?

Ich verfluche Andrew und seinen Tablet-PC, den er zuletzt Jax gegeben hat, damit er und seine Leute durch einen anderen Auf-gang in die Stadt kommen konnten. Wir haben nichts, aber auch gar nichts hier, um das Unglück abzuwenden.

Als Vater sagt: »Stirb, du Verräter!«, drückt mir Andrew erneut die Hand auf den Mund. Wie in Zeitlupe bewegt sich der Lauf der auto-matischen Waffe in die endgültige Position, ich erkenne einen winzigen Blitz, dann zeichnet sich auf Ice' Shirt ein kleines Loch ab. Genau an der Stelle, wo sein Herz liegt.

Für den Bruchteil einer Sekunde starrt er mir direkt in die Augen, dann sackt sein Körper nach vorne und er hängt reglos in den Ketten.

Nein! Nein! Nein!!!

Andrew dreht mich herum und presst mich an seinen Oberkörper, sodass ich kaum atmen kann. Ich schluchze so lautlos wie möglich, denn es herrscht Totenstille. Keiner jubelt. Alle wirken wie erstarrt.

Man hat einen ihrer Helden gerichtet.

Auch wenn Ice nicht aus dieser Stadt war, so steht er als Symbol für alle Warrior.

Der Schuss war nicht laut, doch der dumpfe Knall hallt immer noch in meinen Ohren nach.

Ich träume, das ist lediglich ein Albtraum. Gleich werde ich neben Ice erwachen und alles ist gut.

Langsam wende ich den Kopf, aber Ice hängt immer noch schlaff in den Ketten. Blut tropft auf den Boden des Podestes, und es ist so still, dass ich glaube, das schaurige, platschende Geräusch trotz der Scheiben zu hören.

Nein, das ist nicht real ...

»Dr. Norton, ich will einen Bericht!«, tönt es durch die Lautsprecher. Vater und die anderen Ratsmitglieder sind weiterhin anwesend, wenn auch nicht direkt.

Sofort läuft ein großer, hagerer Mann im weißen Kittel durch den Todesgang auf Ice zu. Ständig sieht er sich um, als hätte er Angst, verfolgt zu werden. Auch die beiden Warrior, die sich immer noch auf der Bühne befinden, mustert er mit hektischem Blick.

Bei Ice angekommen, kontrolliert der Arzt die Vitalzeichen. Dr. Norton schüttelt den Kopf und sagt kaum hörbar: »Er ist tot.«

Tot, tot, tot ... hallt das grausame Wort durch meinen Kopf, während Vaters Stimme höhnisch über den Platz schallt. »Seht genau hin! Dieses Schicksal wird jedem drohen, der sich nicht an die Regeln hält. Jedem Bürger. Jedem Krieger.«

In mir ist alles leer und kalt, meine Ohren fühlen sich taub an, mein Körper gehört nicht mehr mir. Ich bekomme kaum mit, dass Andrew mir ständig über den Rücken streichelt und beruhigende Worte flüstert, ich schwebe irgendwie außerhalb meines Körpers.

Ob Ice' Seele in diesem Moment zum Himmel aufsteigt? Falls ja: Kann sie die Kuppel verlassen? Gibt es überhaupt eine Seele? Blickt Ice in diesem Moment auf mich herab?

Ich sehe nach oben, in der Hoffnung, eine geisterhafte Erscheinung zu erkennen, einen Schatten, eine Wolke, irgendetwas … Mein Verstand will nicht akzeptieren, dass nichts mehr von ihm übrig ist außer seiner Hülle.

Die Warrior machen ihn los, packen ihn unter den Achseln und zerren ihn durch die Gasse zurück. Dabei schleifen seine nackten Füße über den Boden und mit ihm die Eisenkette, die dazwischen hängt.

Passt doch auf, will ich rufen, *ihr tut ihm weh!*

Aber ihm tut nichts mehr weh, nie wieder.

Als sie ihn an mir vorbeitragen, hoffe ich, er würde den Kopf heben und mir zuzwinkern. Und später würde er zu mir kommen und sagen: »Baby, das war alles nur Show.«

Stattdessen sehe ich seinen reglosen Körper und die Blutspur, die er auf dem Boden hinterlässt.

Andrew zieht mich von der Scheibe weg. »Komm, Nica, wir müssen zum Treffpunkt.«

In mir ist alles tot und kalt und dumpf. Als hätte man mich betäubt.

Ice ist nicht tot, so einen starken Kerl bringt nichts um …

Um uns herum wird es unruhiger, die Leute buhen die Senatoren aus. »Lassen wir uns das gefallen?«, ruft einer. »Dass sie nun schon unsere Krieger richten?«

»Er war ein Verräter!«, ruft ein anderer.

»Du bist ein Verräter, die Senatoren sind Verräter!«

»Was, wenn an dem Video doch etwas dran ist und die Menschen da draußen normal sind? Wenn sogar der Sohn eines Senators überläuft …«

Das Stimmengewirr nimmt zu, es wird geschimpft und diskutiert, Andrew zerrt mich durch die Menschenmenge.

Die Screener sind schwarz, die Show ist vorüber.

Ice ist tot?

Ständig werfe ich einen Blick über meine Schulter zurück auf die Bühne und den gläsernen Gang.

Kein Ice …

Plötzlich höre ich ein Klirren – jemand hat einen Gegenstand auf einen Screener geworfen und die Bildfläche zerstört.

Ich zwinkere. In diesem Zustand habe ich die Bürger niemals zuvor gesehen. Natürlich gibt es immer welche, die sich auflehnen, doch jetzt sind es so viele.

Andrew zieht mich an der Hand hinter sich her in eine enge, düstere Gasse zwischen zwei Hochhäusern. Dort gibt es eine der zahlreichen Eisentüren, die in den Untergrund führt. Hier sollen wir Jax treffen.

Ich will ihn hassen, weil er nicht gekommen ist und Ice gerettet hat, doch in mir ist alles leer, so leer … Nur der Hass auf meinen Vater züngelt in mir – eine winzige Flamme, die sich bald zu einem Flächenbrand ausbreiten wird.

»Nica …« Andrew umarmt mich fest, und erst jetzt merke ich, dass ich mit den Zähnen klappere und heule wie ein kleines Kind. Am liebsten würde ich all meinen Kummer, all meine Wut hinausschreien.

Ich klammere mich an Andrew, als würde ich ertrinken. Ich bin so froh, dass er hier ist und mich hält. Ohne ihn würde ich in das tiefe schwarze Loch fallen, das sich vor meinen Zehenspitzen aufgetan hat.

»Du hast ihn sehr geliebt, nicht wahr?«, flüstert er mir ins Ohr.

Ich nicke, weil ich vor lauter Schluchzern nicht sprechen kann. Seine Nähe, seine Körperwärme – all das erinnert mich an das, was ich mit Ice hatte. Was ich nie wieder mit ihm haben werde.

»Ich weiß, wie du dich fühlst. So ging es mir, als mein Vater meine Mutter hat töten lassen. Ich habe ihn so sehr dafür gehasst und tu das heute noch. Aber ich habe mir nichts anmerken lassen, damit ich mich eines Tages an ihm rächen kann. Und nun stehe ich kurz davor.«

»Wie hast du das überlebt?«, frage ich stockend.

»Ich habe mich in einen eisigen Kokon gehüllt, der all meine wahren Emotionen vor meinem Vater abgeschirmt hat.«

Plötzlich drückt mich Andrew gegen die Wand hinter einem Müllcontainer. »Wir sind nicht mehr allein!«

Ein Warrior ist fünf Meter von uns entfernt durch die Eisentür gekommen. Es ist keiner, den wir kennen.

Andrew zieht sofort seine Waffe, während mir im ersten Moment egal ist, was der Kerl mit uns anstellt. Der Soldat ist etwas kleiner als seine Brüder, aber breit wie ein Schrank. Er besitzt ein rundlicheres Gesicht und erinnert mich ein wenig an einen Teddybär.

Ich glucke bei dem Vergleich, obwohl ich das Gefühl habe, als würden sich Nadeln in meine Organe bohren. Jetzt drehe ich durch.

»Jax hat mich geschickt«, sagt der Krieger, der seine Waffe ebenfalls auf Andrew richtet.

Jax? Nun ist es zu spät.

Andrew sieht mich scharf an. »Du bleibst hier, Nica, ich spreche mit ihm!«

»Pass auf dich auf«, sage ich matt. Der Schmerz in meiner Brust frisst mich Stück für Stück auf und nagt an meiner Seele wie eine Ratte. Ich habe solch ein grässliches Vieh in der Kanalisation gesehen, mit dem langen nackten Schwanz und den funkelnden Augen. Ja, so ein hässliches Monster hat sich in meinem Herzen eingenistet, um es aufzufressen. Wie hat Andrew das überstanden? Hass und der Verlust einer Liebe – zwei mächtige Gefühle.

Mit geschlossenen Lidern lehne ich mich gegen die Wand und höre nur das Klopfen meines Pulses in den Ohren. Ich sehe Ice vor mir, sein verwegenes Lächeln, wenn er mich »Baby« nennt, die breiten Schultern, seinen perfekten Körper, wie aus Stein gemeißelt … stelle mir noch einmal unsere erste Begegnung vor, als ich ihn nackt im Badezimmer entdeckt habe und ihn während des Entzuges gepflegt habe … Ich vermisse ihn so sehr, wie soll ich ohne ihn weiterleben?

»Nica …« Als ich die Lider öffne, steht Andrew vor mir. Ich lese in seinem Gesicht, dass er keine guten Nachrichten hat.

»Ist etwas mit Jax und den anderen?«

»Nein, denen geht es laut Dean gut.« Er nickt zu dem Warrior. »Er ist ein alter Kumpel von Crome und hat sich schon länger überlegt, die Seiten zu wechseln. Jax hat ihn geschickt, da sich unsere Leute hier oben nicht blicken lassen sollten. Es gibt einige Neuigkeiten, die ich dir jetzt nicht verraten kann, da wir keine Zeit verlieren dürfen und deine Hilfe brauchen.«

Wieso sieht er nur so gequält aus?

»Was kann ich tun?«, frage ich matt.

»Dein Vater und die anderen Senatoren sind weder zuhause noch im Regierungsgebäude. Wo könnten sie sein? Mein Vater hat mich leider auch nicht in alle Geheimnisse eingeweiht.«

»Es gibt einen geheimen Unterschlupf für Notfälle.«

»Wo ist er? Jax muss es wissen, oder es war alles umsonst!«

Alles umsonst, wir sind gescheitert …

»Nica!« Andrew rüttelt mich an den Schultern. »Noch ist nichts verloren, wir haben eine Chance. *Du* bist unsere Chance! Du musst jetzt stark sein. Bitte! Denk an all die Leben, die du retten kannst.«

Ice konnte ich nicht retten.

»Wo sind die Senatoren? Das Volk rebelliert, das müssen wir ausnutzen. Wenn wir den Senat haben, braucht sich niemand mehr vor ihnen fürchten. Soweit ich mich erinnern kann, sieht der Notfallplan des Regimes vor, die Schotten dicht zu machen und die Bürger sich selbst zu überlassen. Oder?«

Die Schotten dichtmachen ...

»Nica, hörst du mir überhaupt zu?«

Ich nicke. Andrew hat recht, ich muss mich zusammenreißen. Das Leben unzähliger lieber Menschen steht auf dem Spiel. Miraja, ihre Ziehtochter, Samantha ... Aber auch die Bürger aus White City gilt es zu retten. »Sollte es zum äußersten Notfall kommen und ein Sturz nicht mehr abwendbar sein, verstecken sich die Senatoren und all ihre treuen Gefolgsleute in einem Bunker. Was dann passiert, weiß ich nicht, doch falls das Volk nicht mehr zu besänftigen ist, setzen sich die Regierungsmitglieder in einer der Partnerstädte ab.« Langsam schüttele ich den Kopf. »Aber ich kenne den geheimen Ort nicht. Dieses Wissen ist nur den Ratsmitgliedern vorbehalten.«

Andrew stößt einen Fluch aus. »Gibt es keine Möglichkeit, den Ort herauszufinden?«

»Vielleicht steht etwas in Vaters Computer? Dort sind die Grundsätze des Regimes gespeichert.«

Menschen rennen an der Gasse vorbei, die ganze Stadt scheint in Aufruhr. »Wo sind die feigen Schweine?«, höre ich einen Mann rufen. »Das lassen wir uns nicht mehr gefallen!« Ich zwinkere. Ein Warrior begleitet ihn?

»Nica!« Andrew drückt meinen Oberarm. »Du musst nach Hause zurückkehren, hörst du! Wir brauchen die Daten aus dem Computer. Wenn dein Vater jetzt ohnehin nicht daheim ist ...«

Ja, eigentlich keine schlechte Idee, vielleicht laufe ich ihm über den Weg. Dann lässt er mich auch töten. Hoffentlich geht es so schnell wie bei Ice. Er schien sofort tot gewesen zu sein und musste keine Schmerzen leiden, während mir der Schmerz zusetzt wie ein Folterknecht, der sein Opfer an den Rand des Todes treibt, es aber weiterleben lässt, nur damit es noch größere Pein erleidet.

Nein, hör auf, im Selbstmitleid zu ertrinken, Veronica! Das Leben geht weiter, es geht immer irgendwie weiter, und du hast Leben zu retten! Ich sollte Vater töten, immerhin hat er mir das Liebste genommen – wieder ein Mal. Zuerst hat er Mama weggeschickt, jetzt Ice getötet. Es wird Zeit zu kämpfen. Es wird Zeit, dass auch ich mir nicht mehr alles bieten lasse!

Ich strecke meinen Rücken durch und hebe den Kopf. »Was passiert mit Ice?«

»Er wird verbrannt, wie üblich.«

Ein neuer Stich rast durch mein Herz. »Kann ich ihn noch mal sehen?«

Der Warrior – Dean? – tritt zu uns. »Er wurde schon weggebracht. Wir haben auch keine Zeit mehr, wir sollten die allgemeine Unruhe nutzen.«

Ja, ich muss nach vorne blicken. Ich werde tun, was ich tun kann, um dem ganzen hier ein Ende zu setzen. In White City und draußen in Resur gibt es Menschen, die ein Leben haben. Die Kinder und Partner haben. Die glücklich sind. Für deren Zukunft werde ich kämpfen.

Kapitel 11 – Eine neue Ära

Andrew hat mich durch den Park begleitet und in die Nähe des Hochhauses gebracht, in dem Vater und ich wohnen. Als ich die vielen Stockwerke des gläsernen Gebäudes nach oben sehe, steigt erneut Übelkeit auf.

Andrew steht mit mir hinter einem Baum am Rande des Parks und schielt über die Straße zum Haupteingang. Ich erkenne den Pförtner in seiner bordeauxfarbenen Uniform. Der ältere Mann verweilt hinter den Glastüren und schaut nach draußen, aufgeregte Menschen laufen davor auf und ab.

Ich lehne mich an den Stamm und spähe ins Blätterdach. Früher habe ich diesen Park geliebt und fast jeden Tag einen Spaziergang gemacht, doch jetzt ist der winzige Flecken Grün nur noch ein Abklatsch dessen, was mich vor der Kuppel erwartet. Da draußen liegt die Freiheit, der blaue Himmel, die Sterne. Ob ich all das noch einmal erblicken werde?

»Werden wir uns wiedersehen, Andrew?« Ich strecke die Hand aus, um über seine Wange zu fahren. Er wirkt angespannt. Obwohl er nur wenig älter ist als ich, hat das Leben schon deutliche Spuren in seinem attraktiven Gesicht hinterlassen. Die Falten, die seine Augen umspielen und sich in seiner Stirn eingegraben haben, erzählen ihre Geschichten. Auch wenn meine Liebe auf Ewig Ice gelten wird, möchte ich Andrew als Freund nicht verlieren. Er bedeutet mir von allen, die mir geblieben sind, am meisten, dicht gefolgt von Miraja. Neben Mama und meiner Schwester, natürlich, doch an sie will ich jetzt nicht denken. Oder eigentlich sollte ich an sie denken, um stark zu bleiben. Mama würde vor Kummer sterben, sollte mir etwas passieren. Sie wird ohnehin vor Angst um mich vergehen, falls Vater ihr von meiner Entführung erzählt hat.

Andrew drückt meine Finger an seine Wange. »Natürlich werden wir uns wiedersehen, Nica. Wir werden zusammen regieren, Seite an Seite, wenn das alles vorbei ist. Wir werden es besser machen als unsere Eltern.«

Lächelnd zwinkere ich eine aufsteigende Träne weg, danach überreiche ich ihm meine Waffe. »Du warst schon immer ein Idealist.«

»Realist«, erwidert er grinsend.

Ich umarme ihn, wobei ich mir fest wünsche, ihn bald wiederzusehen. »Ich hab solche Angst.«

Er küsst meine Wange und flüstert in mein Ohr: »Ich weiß. Aber das brauchst du nicht. Du bist nicht allein.«

»Wie meinst du das?«, wispere ich an seinem Hals.

»Es wird alles gut, zumindest für dich. Vertrau mir einfach.« Ich glaube, er möchte mir noch etwas sagen, dann wendet er jedoch hastig den Blick ab.

Seufzend fahre ich durch sein Haar, bevor ich ihn loslasse und murmele: »Sag ich doch, Idealist.«

💜 💜 💜

Drei Minuten später klopfe ich an die Glastür des Hochhauses.

Der Pförtner schüttelt den Kopf und sagt durch die Sprechanlage: »Ich darf keinen reinlassen, der nicht hier wohnt.«

»Aber ich wohne hier!« Ich schiebe meine Haare vor dem Gesicht zur Seite.

Die Augen des alten Mannes werden groß. »Ms. Murano!« Sofort macht er die Tür auf und schließt sie hastig wieder hinter mir ab. »Sie leben?! Ich dachte, Sie wurden entführt?«

In der Eingangshalle ist es totenstill, niemand ist hier, dennoch lege ich einen Finger an meine Lippen. »Pst, niemand darf wissen, dass ich zurück bin.«

Der Portier nickt eifrig. »Geht es Ihnen gut? Was haben die Rebellen Ihnen angetan?«

»Mir geht es gut, aber ich kann jetzt nicht reden, ich muss zu meinem Vater. Ist er da?«

»Er ist vor wenigen Minuten angekommen. Er hat mich angewiesen, niemanden nach oben zu lassen, aber Sie hat er gewiss nicht gemeint.« Er begleitet mich zum Aufzug und drückt auf den Knopf. »Soll ich Sie raufbringen?«

Ich schlucke hart. Er ist hier ... »Nein, Danke, halten Sie hier die Stellung.«

»Da draußen braut sich was zusammen«, sagt er mit düsterem Gesicht, während sich die Lifttüren öffnen. »Vielleicht sollten Sie die Stadt verlassen, solange das noch geht.«

Ich weiß, dass der alte Mann mich mag, er hatte jeden Tag ein warmes Lächeln für mich übrig, wenn ich an der Rezeption vorbeigelaufen bin, um im Park eine Runde joggen zu gehen.

Ich bin hier, um das Unheil abzuwenden, möchte ich sagen, aber ich bezweifle, dass ich das schaffe.

💜 💜 💜

Ich lege den Daumen auf den Scanner an der Wohnungstür. Sie springt auf, und ich nehme all meinen Mut zusammen, bevor ich eintrete. Aber ich komme nicht weit, ein großes Ungetüm stürzt sich auf mich und begräbt mich unter seinem Körper, presst mir sämtliche Luft aus den Lungen. Das Ungetüm ist Vaters Bodyguard, der ehemalige Warrior mit der Adlernase! Als ich ihn erkenne, stoße ich hervor: »Was soll das? Ich will zu meinem Vater!«

»Ethan!«, höre ich seine Stimme. »Wer ist der Eindringling?«

Der Kleiderschrank geht von mir herunter, und ich bekomme endlich wieder Luft. Stöhnend strecke ich mich auf dem Rücken aus.

»Ist Ihre Tochter, Sir«, erklingt es ein wenig reumütig.

»Veronica?« Sofort reißt er mir die Perücke vom Kopf. Ich habe vergessen, dass ich sie trage. Nun fühle ich mich nackt und verwundbar, wie Vater auf mich herabsieht und mich mit skeptischen

Blick mustert. »Was machst du hier?«

Mein Herz rattert gegen meinen Brustkorb. »I-ich konnte flie-hen.«

Als er in die Hocke geht, mich plötzlich in die Arme reißt und an sich drückt, überrumpelt mich das. »Ich bin so glücklich, dass du wieder hier bist«, murmelt er.

Vater und glücklich? Zeigt er wirklich Gefühle oder ist das alles ein Spiel, um mich zu verunsichern?

Vorsichtig lege ich die Arme um seinen Rücken. Er ist der Mörder meines Liebsten, er hat Ice töten lassen! Obwohl ich das weiß und ich ihn hassen will, verwirrt mich seine Umarmung. Jahrelang habe ich darauf gewartet. Warum ausgerechnet jetzt? Freut er sich tatsächlich, mich zu sehen?

»Wie konntest du entkommen?«, will er wissen.

Ich habe mir den perfekten Text zurechtgelegt, bin ihn hundert Mal in meinem Kopf durchgegangen, trotzdem purzelt jetzt alles durcheinander. »Hab so getan, als wäre ich schwer krank und ich kam auf die Krankenstation. Dort wurde ich nicht mehr so streng bewacht und als mein Aufpasser eingeschlafen ist, bin ich davonge-laufen und …«

Er hilft mir auf die Beine, dann wird sein Blick wieder kühl und er lässt mich so hastig los, als hätte ich eine ansteckende Krankheit. »Lass uns später reden.«

Später, wenn er mich zu den anderen Senatoren bringt. Sie werden mich ausquetschen, das ist sicher. Vielleicht werden sie mich an einen Lügendetektor anschließen. Oh Gott, daran habe ich noch gar nicht gedacht!

Ich folge ihm in sein Arbeitszimmer, sein Bodyguard bleibt vor der Tür stehen. »Du wirst sofort packen und zu deiner Mutter flie-gen.«

Ich atme auf. Kein Lügendetektor. Und das Gespräch entwickelt sich besser als gedacht, meine Angst habe ich gut im Griff. »Wie geht es Mama? Ich muss ihr sagen, dass ich wieder hier bin.«

Vater schmeißt hastig Papiere in einen Aktenkoffer und lädt zwischendurch Daten von seinem Computer auf einen Stick. »Musst du nicht, sie hat nie erfahren, was geschehen ist.«

Er hat ihr nichts gesagt?

Offensichtlich bemerkt er meinen verwunderten Blick. »Stephen ist der Einzige, der in New World City weiß, was sich hier wirklich abspielt, der Senat dort hat nur erfahren, dass wir die Outsider vernichten wollen. Und so soll es erst mal bleiben, bis diese Stadt wieder unter Kontrolle ist. Danach nehmen wir uns Resur vor.«

»Was willst du tun?« Ich muss wissen, was er plant! »Ich kann dir alles über Resur erzählen, ich habe mir eingeprägt, so viel ich konnte.« Ich komme mir schäbig vor. Wie ein Doppelagent. Nur dass die sicher keine moralischen Bedenken haben.

Mit erhobenen Brauen sieht er mich an. »Du hast ihn geliebt, oder?«

Oh Gott, er spricht von Ice! Eiseskälte kriecht über meinen Rücken. Ich darf jetzt keinen Fehler machen. Konzentriere dich, Veronica!

So kühl wie möglich antworte ich: »Ja, das habe ich oder ich glaubte es zumindest. Bis er mein Leben zerstört hat, dieser Verräter.« Ich muss die Wütende spielen, um von meiner Trauer abzulenken. Dabei schaue ich Vater direkt in die Augen. Ein falscher Blick, eine falsche Bewegung könnte mich verraten. Am besten, ich bleibe dicht an der Wahrheit. »Ich habe mich von seinem Charme einwickeln lassen. Er hat mit mir gespielt, meine Unerfahrenheit und meine Sehnsucht nach Nähe ausgenutzt. Er hat mich so lange bedrängt, bis ich nachgegeben habe.« Ich balle die Hände zu Fäusten. »Ich war schwach und habe mich einsam gefühlt, aber jetzt will ich stark sein. Ich will diese Gefühle, die mich schwach machen, nie mehr zulassen.« Je mehr ich erzähle, desto lauter wird meine Stimme. »Ich wünschte, ich hätte ihn eigenhändig töten dürfen!« Ich bin kurz davor, mich zu übergeben, aber ich wundere mich über meine Stärke, über den winzigen Teil in mir, der tatsächlich kalt und berechenbar ist. Das liegt wohl am jahrelangen Training, weil Vater es hasst, wenn ich vor ihm Gefühle zeige. In seiner Nähe funktioniere ich wie eine Maschine.

Vaters Augen funkeln und sein Mundwinkel zuckt. »Das ist meine Tochter.« Als wäre ich sein Kumpel, klopft er mir auf den Rücken und packt weiter Dokumente ein. »Ich brauche jeden Verbündeten.«

Ich nicke. »Kann ich etwas tun?«

»Im Moment kannst du nur packen. Wir werden in einer Stunde abfliegen.«

»Wir? Du kommst mit?«

Er nickt. »Deine Entführung war eine Prüfung und ich bin stolz, wie du alles durchgestanden hast. Endlich hast du die Härte erreicht, die du für den Job brauchst. Hier wird etwas Neues entstehen, alles wird noch gewaltiger und besser.«

»Wie meinst du das?« Seine Augen haben einen dermaßen irren Glanz bekommen, dass ich mich plötzlich vor ihm fürchte.

Er hält kurz inne, während sein Rechner neue Dateien auf den Stick lädt. »Heute Morgen habe ich mich verflucht, da meine Rachsucht nach hinten losging, weil ich so von meinem Hass auf Trent verblendet war. Er hatte alles verbockt! Er hat dich nicht zurückgeholt und ist übergelaufen. Jetzt flippt auch noch das Volk aus, diese Schmarotzer! Aber vielleicht sollten wir ihnen dankbar sein. Endlich können wir das Gas testen.«

»Welches … Gas?«, frage ich vorsichtig.

»Es funktioniert wie eine Art Neurotransmitter und gelangt über die Atemwege in den Blutkreislauf und von dort ins Gehirn. Chemische Botenstoffe setzen sich an die Rezeptoren und programmieren das Gehirn quasi um. Wir haben es in unserer geheimen Forschungsabteilung über Jahre entwickelt und immer wieder an Gefangenen getestet. Es macht die Menschen gefügig, sie werden folgen wie dressierte Äffchen. Die Gastanks sind seit einem Monat in den Luftumwälzeranlagen installiert. Wenn sie heute Abend angehen, wird sich der Stoff in der ganzen Stadt verteilen.«

Er redet und redet, und ich kann nur schockiert zuhören. Sobald ich denke, es kann nicht schlimmer werden, erkenne ich, dass es immer schlimmer geht.

»Sie werden alle dieses Gas einatmen?«, frage ich möglichst gleichgültig.

»Nicht alle, etwa zweihundert Männer und Frauen werden soeben evakuiert und in den Schutzbunker gebracht. Ärzte, Forscher, loyale Anhänger unserer Sache. Wir können schließlich nicht den Verstand aller Menschen zerstören, wir brauchen unsere klugen Köpfe, da wir nicht genau wissen, was das Gas auf lange Sicht für Schäden auslösen wird.«

»Bunker?« Ich versuche, weiterzuatmen. Die Ratsmitglieder sind skrupelloser, als ich mir je in meinen finstersten Überlegungen ausgemalt habe.

»Ja, unter dem großen Turm, dort komme ich eben her. Da werden die anderen den Gasangriff aussitzen. Aber ich habe beschlossen, solange Stephen zu besuchen. Ich habe ohnehin genug mit ihm zu besprechen.«

»Das ist ein gewaltiges Vorhaben«, sage ich möglichst begeistert.

»Ja, und wenn alles glattgeht, können wir unsere Warrior mit der Armee aus New World City nach Resur schicken, ohne befürchten zu müssen, dass noch mal einer von ihnen überläuft, denn auch die werden wieder lammfromm sein. Das Gas ändert die Gehirnstrukturen, die Menschen werden umprogrammiert wie Roboter. Das Mittel wird uns reich machen! Wir werden es an alle anderen Kuppelstädte verkaufen. Mit den Einnahmen können wir eine neue Luftflotte aufbauen, um eines Tages Herrscher über sämtliche Städte zu werden.« Er lacht irre und kommt mir vor wie ein durchgeknallter Gott.

Aber das ist mein Vater. Und ich bin die Einzige, die ihn im Moment aufhalten kann.

♥ ♥ ♥

Wie ein Zombie schleiche ich durch meine Wohnung und fühle mich leer. Ich sollte längst gepackt haben, Vater wird bald rufen. Eine Dusche könnte ich auch vertragen, aber ich bin kraftlos und habe Lust auf nichts, weiß nichts, mein Kopf ist leer. Stattdessen schiebe ich die Terrassentür auf, um Luft hereinzulassen. Abgestandene Kuppelluft. Die Tür war nur angelehnt, verschließen brauchte ich sie nie. Wozu auch? Niemand kann hier oben einsteigen, und da es in White City kein Wetter gibt, muss ich nicht fürchten, dass es in mein Apartment hineinregnet.

Seit ich weiß, wie die Welt da draußen aussieht und duftet, will ich keine andere Luft mehr atmen und die prickelnden Sonnenstrahlen auf meiner Haut genießen, auch wenn sie mir offenbar nicht bekommen.

Ich bin müde, unendlich müde. Nicht nur, weil ich zu wenig geschlafen habe, sondern weil ich nicht weiß, wie es weitergehen soll. Ohne Ice und mit dem Wissen, dass den Menschen in White City bald etwas Furchtbares blüht. Und danach geht es den Resurern an den Kragen.

Erschöpft werfe ich mich auf mein Bett und drücke die Nase ins Laken. *Sein* Duft hängt immer noch im Stoff, tief atme ich ihn ein – was leider dazu führt, dass mein Herz noch mehr schmerzt. Ich wünsche mir, Ice wäre in meinem Badezimmer und würde jede Sekunde ins Schlafzimmer treten, nackt, mit diesem verruchten Lächeln, das er in meiner Gegenwart aufgelegt hat.

Tatsächlich glaube ich, seine Blicke auf mir zu fühlen und seinen Geruch nach Mann und Aftershave überall zu riechen.

Mein Gehirn spielt mir böse Streiche.

Nein, ich halte es hier nicht aus, alles erinnert mich an die wenigen schönen Stunden, die wir hatten.

Schwerfällig krieche ich aus dem Bett und trete auf die Dachterrasse. Es ist beinahe Mittag, doch statt der gewohnten Ruhe vernehme ich Rufe. Die Menschen sind immer noch in Aufruhr, offenbar geht niemand seiner Arbeit nach.

Ich sehe über die Brüstung nach unten, dort befinden sich Leute mit Plakaten. Demonstranten? Sie marschieren vor dem Gebäude auf und ab und rufen Parolen, die ich hier oben nicht verstehe. Doch eines wird klar: Sie wollen Gerechtigkeit, wollen eine Erklärung für all das, wollen sich nicht länger unterdrücken lassen.

Seufzend schließe ich die Augen und lehne mich ans Geländer. Bald werden sie alle tun, was der Senat von ihnen verlangt. Heute Abend leben hier wirklich Zombies.

Wie kann ich Andrew und die anderen warnen? Ich habe keinerlei Möglichkeit, mit ihnen in Kontakt zu treten. Ich weiß nicht einmal, wo sie alle stecken. Bis hierher war der Plan durchdacht, aber jetzt geht es nicht weiter.

Ich solle Andrew vertrauen, hat er gemeint. Ich habe ihm angesehen, dass er mir etwas verschweigt. Nur was und warum? Und wie soll alles gut werden? Nachdem ich weiß, was der Senat vorhat, wird auch Andrew dem Gas ausgesetzt sein.

Das darf ich nicht zulassen!

Soll ich Vater töten? Das wird mir nicht gelingen, dazu müsste ich an seinem Bodyguard vorbei. Vielleicht kann ich ihn ja austricksen. Und danach … muss ich unsere Leute suchen und ihnen alles erzählen.

Ja, das ist die einzige Möglichkeit. Ich muss Vater und seinen Aufpasser außer Gefecht setzen, ansonsten komme ich nicht aus dieser verdammten Wohnung heraus! Doch ich habe Andrew die Waffe gegeben, meine liegt in einem Tresor in Vaters Arbeitszimmer und ich kenne den Code nicht.

Ich lehne mich weiter vor, die Lider immer noch geschlossen. Wenn ich mich noch ein Stück über die Brüstung beuge, werde ich fallen. »Was soll ich nur tun?«, wispere ich.

Als sich plötzlich ein Arm um mich legt und eine warme Gestalt von hinten an mich schmiegt, reiße ich die Augen auf und versteife mich. Oh Gott, ist das Vaters Leibwächter?

»Jetzt wird alles gut, Baby«, murmelt er mir ins Ohr.

Unmöglich, ist das … »Ice?« Meine Stimme ist kaum mehr als ein Hauch.

Ich muss träumen, das kann nicht er sein. Ich wage nicht nach unten auf seine Hand zu blicken, wage nicht, mich umzudrehen, stattdessen berühre ich seine Finger. Derjenige, der mich hält, fühlt sich echt an. Lebendig. Ich zupfe an den feinen Härchen auf dem Handrücken und habe Ice' Hände vor Augen. Ja, sie waren leicht behaart.

»Bist du es wirklich?«, frage ich leise. Ich kann kaum sprechen, so sehr zittert meine Stimme.

»Dreh dich um, Baby, und schau mich an«, befiehlt er sanft.

Meine Beine bewegen sich, tun genau das, was er mir aufträgt, doch mein Verstand sträubt sich. Ich weiß, dass nicht er hinter mir stehen kann, das muss ein gemeiner Trick sein. Oder ich bin verrückt geworden.

Ich habe gesehen, wie er erschossen wurde, wie das Blut aus ihm lief und die beiden Warrior seinen reglosen Leib an mir vorbeigezerrt haben. Ist er vielleicht als Geist zurückgekommen?

Nachdem ich mich um hundertachtzig Grad gedreht habe und eine breite Brust in einem schwarzen T-Shirt vor mir sehe, keuche ich auf. Am meisten ängstigt mich das Loch im Stoff. Es liegt genau dort, wo die Kugel eingeschlagen ist.

Doch ein Geist?

Mein Atem geht schwerer, immer noch traue ich mich nicht, den Kopf in den Nacken zu legen. Stattdessen stecke ich den Finger in das Loch und fühle Haut. Wärme. Leben.

Hastig hebe ich das Shirt an. Ein Sixpack kommt zum Vorschein, an dem mir jede Vertiefung und jede Erhebung vertraut ist. Sanft lasse ich die Finger darüberstreichen. Dort, wo die Kugel hätte einschlagen müssen, ist nur ein blauer Fleck.

»Au«, sagt Ice mit einem Lächeln in der Stimme, als ich meinen Zeigefinger auf die Stelle drücke und am Rande wahrnehme, dass ein Holster an seinem Gürtel hängt, in dem eine Pistole steckt.

Ich drücke gleich noch einmal gegen den Fleck, bis er meinen Finger in seine Hand nimmt. Meine Augen schwimmen in Tränen, aber endlich traue ich mich zu ihm aufzuschauen.

»Gott ...« Er ist es wirklich!

»Für dich einfach Ice, Baby.« Sein Grinsen reicht fast bis hinter seine Ohren.

Ich strecke beide Arme aus, um sein Gesicht zu befühlen, lasse den Daumen über seine Unterlippe gleiten, fahre mit den Fingern in sein Haar. »Wie ist das möglich?«, wispere ich erstickt. Ich zittere so heftig, dass ich ihn kaum anfassen kann.

Er hält meine Finger und küsst sie. »Meine Hinrichtung war inszeniert. Ich habe eines dieser superdünnen Schutzgewebe aus Aramid unter meinem Shirt getragen, darüber war ein flacher Plastikbeutel mit Blut befestigt.« Er zeigt mir einen Schnitt an seinem Unterarm. Oh Gott, das war sein Blut?

»Deshalb ist die Kugel nicht in meinem Körper eingedrungen, aber sie hat meine Rippe angeknackst.«

»Scheiß auf die Rippe«, antworte ich tonlos, fasse in seinen Nacken und ziehe ihn zu mir.

Er drückt mich an seinen harten Körper, unsere Lippen treffen stürmisch aufeinander. Sofort findet seine Zunge den Weg in mich, dominiert mich, neckt mich. Ich koste ihn, spüre ihn, genieße die Zungenschläge und seine Hände auf meinem Po. Dabei pochen unsere Herzen aneinander, aufgewühlt und erregt.

Nie hat sich ein Kuss schöner angefühlt. Er schmeckt nach Leben. Nach Ice.

Das kalte Ziehen in meiner Brust weicht glühender Hitze, mein Körper steht von den Zehenspitzen bis zur Kopfhaut unter Strom. Lebenskraft kehrt in jede Zelle zurück. Ich könnte explodieren vor Freude.

»Ich war so sicher, dich verloren zu haben.« Immer noch laufen Tränen über meine Wangen, und Ice wischt sie mit dem Daumen weg. »Du hast so tot ausgesehen.«

Sein Lächeln wirkt gequält. »Als ich dich in der Menschenmenge entdeckt habe, ist mir fast das Herz aus der Brust gesprungen. Es tut mir leid, dass du nicht informiert warst. Wenn ich gewusst hätte, dass du kommst, hätte ich dir irgendeine Nachricht hinterlassen.«

Im ersten Moment möchte ich ihm zustimmen, vor allem, wenn ich an die schrecklichen Stunden zurückdenke, aber dann lasse ich es. »Nein, es war gut so wie es ist, sonst hätte Vater vielleicht herausgefunden, dass ich lüge. So konnte ich all meine Wut, meinen Hass und meine Trauer einsetzen, um ihn zu täuschen.«

»Das hast du gut gemacht«, raunt er, wobei er mich intensiv ansieht.

Himmel, ich kann immer noch nicht glauben, dass er vor mir steht. Ich streiche ihm über die Brust und reibe meine Nase an ihm. »Du bist aber auch ein eiskalter Schauspieler. Wie konntest du dich so verstellen?«

»Jahrelanges Training.«

Die harte Warrior-Ausbildung hat sich ausgezahlt. Außerdem hat er seinen Bodyguardjob gehasst, es aber niemals zugegeben. Ständig musste er sich verstellen.

»Hat Jax die Hinrichtung manipuliert?«, frage ich atemlos, wobei ich Ice weiterhin überall berühren muss.

»Nein, das war vorher schon geplant. Ich hatte keine Ahnung, dass ihr kommt.«

»Ich lass dich doch nicht im Stich, mein Großer.«

Lächelnd drückt er mir einen Kuss auf die Stirn. »Ich dachte, du bist schwerkrank?«

»Ich habe nur zu viel Sonne abbekommen. Du hättest also gar nicht gehen müssen. Ich habe mir riesige Vorwürfe gemacht.«

»Baby, ich hatte solche Angst um dich. Nichts hätte mich aufgehalten.« Er zerwühlt mein Haar und küsst meinen Scheitel. Auch er scheint mich überall berühren zu müssen. Ich könnte stundenlang so dastehen, ihn einfach nur ansehen und fühlen.

»Erzähl mir, wie das alles abgelaufen ist, sonst kann ich immer noch nicht glauben, dass du lebst.«

»Lass uns reingehen.« Ice nimmt meine Hand und zieht mich ins Schlafzimmer. Dann öffnet er die Wohnungstür und lauscht in den Gang. »Dein Vater und sein Wachhund sind weiterhin im Arbeitszimmer beschäftigt. Die Tür steht offen, sie packen.«

Plötzlich fällt mir alles wieder ein. »Himmel, Ice, sie haben vor, die Menschen in der Stadt mit einem Gas gefügig zu machen!« Ich erzähle ihm hastig, was ich weiß.

Seufzend setzt er sich neben mich aufs Bett. »Wie lange haben wir Zeit?«

»Heute Abend, wenn die Luftumwälzer anspringen, wird das Zeug verbreitet.«

Er hebt die Brauen. »Und wann sollst du wegfliegen?«

»Vater wird mich bestimmt jeden Moment rufen.«

»Verdammt«, murmelt er und fährt sich durchs Haar. »Dann kann ich nicht eben schnell Jax Bescheid sagen. Er wartet im Keller auf Informationen.«

»Ich werde nicht nach New World City fliegen.«

Ice nickt. »Ich werde dich auch nicht mehr aus den Augen lassen, Baby.«

Ich möchte noch so viel wissen, aber die Zeit wird knapp. »Wieso bist du eigentlich hier? Und wie bist du reingekommen?«

»Dean hat mir erzählt, dass Andrew dich hergeschickt hat, also bin ich durch den Aufzugschacht im Keller bis aufs Dach geklettert und von dort auf die Terrasse gesprungen.«

»Das hört sich so einfach an, das Gebäude ist doch gesichert!«

»Der Alarm im Aufzugschacht war lächerlich und auf dem Dach gibt es ohnehin keine Bewegungsmelder. Es hat wohl nie jemand eingeplant, dass ein Warrior ins Gebäude eindringen könnte.«

Stimmt, der Aufzug führt bis ganz nach oben, da auf allen Dächern Pflanzen oder sogar Nahrungsmittel angebaut werden. Allerdings haben dort die Gärtner nur mit Sicherheitspersonal Zutritt.

»Ich war schon vor dir hier, daher weiß ich auch, dass dein Vater seinen Wachhund Ethan dabei hat. Wenn er dich noch eine Sekunde länger auf den Boden gedrückt hätte, hätte ich ihn umgebracht.«

Überrascht weiche ich zurück. »Du hast uns gesehen?«

»Ich war immer in deiner Nähe, außer, als du im Arbeitszimmer warst, da bin ich beinahe durchgedreht und ich wollte diesem Ethan schon fast an die Gurgel gehen.«

Immer in meiner Nähe … Andrew wusste das! Dean muss ihm gesagt haben, dass ich lebe. Daher auch sein wehmütiger Gesichtsausdruck!

Sie alle haben ein Schauspiel inszeniert, um den Plan nicht zu gefährden. Es muss Andrew verdammt schwergefallen sein, mir nichts zu verraten.

»Dean habe ich mein Leben zu verdanken. Es war Jax' alte Einheit, die mich im Krankenhaus festgenommen hat. Dean hat mich, sobald wir ungestört waren, über alles ausgefragt und ob es der Wahrheit entspricht, was in dem Video gezeigt wurde. Er wollte uns sofort helfen. Außerdem hat er gesagt, er wird garantiert keinen seiner Brüder erschießen und erst recht keinen Freund von Crome.«

Ich reiße die Augen auf. »Ich habe gar nicht gewusst, dass ihr Freunde seid?«

Ice grinst verschmitzt und zwinkert mir zu. »Ich hab ein bisschen geflunkert.«

Es tut so gut, ihn neben mir zu haben, ich könnte schreien vor Glück!

»Ich habe Dean alles erzählt, ich hatte ohnehin nichts zu verlieren. Und da Jax und Crome wohl zwei der besten Krieger in seiner Einheit waren und niemals einfach so die Seiten gewechselt hätten, hat er mir geglaubt und gestanden, wie verarscht sich viele von ihnen fühlen. Erst waren sie enttäuscht, dass ihnen die Shows verwehrt wurden, und nach der Videoeinspielung herrschte riesiger Unmut. Einige hatten schon länger überlegt, sich gegen den Senat aufzulehnen, aber alle wussten, wohin das führen würde. Trotzdem haben sich seit Cromes Verschwinden unter den Soldaten geheime

Untergruppen gebildet, die alles daran setzen, um die Wahrheit herauszufinden. Nachdem ich ihnen erzählt habe, was die neuen Injektionen bewirken, ist die Einheit fast ausgerastet. Wenn es an unsere Männlichkeit geht, sind wir echt empfindlich. Das dürfte sich nun wie ein Lauffeuer verbreiten. Crome und Rock werden wohl keine großen Probleme haben, genug Brüder für unsere Sache zu gewinnen.«

Das sind aufregende Neuigkeiten, die uns tatsächlich weiterhelfen werden.

»Wieso die Inszenierung mit der Hinrichtung?«, frage ich mit erstickter Stimme. Plötzlich kommen die schrecklichen Erinnerungen wieder hoch.

Ice drückt sanft meine Hand. »Das musste sein, um auch noch den unentschlossenen Brüdern einen Ruck zu geben, sich für die andere Seite zu entscheiden.«

»Also war der Arzt auch eingeweiht«, sage ich.

»Na ja, Dean hat ihn gezwungen zu lügen, oder er hätte ihn erschossen.«

Daher wirkte der Mann so erschrocken.

Ich kralle meine Finger in Ice' Hände. »Wir müssen sofort handeln, die andern warnen. Am schnellsten geht das über Vaters Computer.«

Ice nickt. »Dann räume ich am besten zuerst Ethan aus dem Weg.«

💗 💗 💗

»Hast du alles gepackt?«, fragt Vater, nachdem ich an seinem Türsteher vorbei gegangen bin und das Arbeitszimmer betreten habe. Er steht am Fenster und steckt Papiere in eine zweite Aktentasche.

»Alles fertig«, sage ich möglichst fest, obwohl meine Knie gummiweich sind. Ich muss irgendwie an Vaters Computer. Noch ist er angeschaltet.

Langsam schreite ich auf den Schreibtisch zu. Dort ist der Tresor eingebaut, in dem unsere Waffen liegen. Die Tür steht offen!

Ich bin so nervös, dass ich gegen den Bürostuhl laufe und die Finger in die Lehne kralle.

»Ist alles in Ordnung?« Vater sieht zu mir herüber.

»Ich bin nur aufgeregt.« Das ist nicht einmal gelogen.

Er runzelt die Stirn und packt weiter. Seine plötzliche Fürsorge ist ungewohnt. Mein Magen zieht sich zusammen. Auch wenn Vater es nicht zeigt … ich glaube, er ist froh, dass ich wieder hier bin. Doch das wird mich nicht zurückhalten. Ich muss mir nur ins Gedächtnis rufen, dass er es war, der Ice' Hinrichtung befohlen hat, und *er* auf den Knopf gedrückt hat, um ihm die Kugel ins Herz zu schießen.

Als ich vor der Tür einen dumpfen Laut höre – oh Gott, war das ein Schuss? –, greife ich blitzschnell in den Tresor und ziehe meine Pistole hervor. Zu spät registriere ich, dass Vater seine Waffe bereits in der Hand hält und auf mich richtet. Er muss sie in der Aktentasche gehabt haben.

»Ethan!«, ruft er, wobei er weiterhin auf mich zielt. »Was ist los?«

Es kommt keine Antwort.

Vater kneift die Lider zusammen und schüttelt den Kopf. »Verräterin! Ich habe dir vertraut! Ich dachte, wir sind ein Team?!«

»Ein Team?« Ich schnaube, während ich rückwärts auf die Tür zuschleiche. Wo ist Ice? »Du hast den Mann hingerichtet, den ich liebe!« Ich zwinkere die aufsteigenden Tränen weg. »Du hast mich von vorn bis hinten belogen. Du hast mir meine Mutter genommen, du hast mein Leben bestimmt. Ich habe mich wie eine Gefangene gefühlt!«

»Du hattest alles! Und hättest noch viel mehr haben können.« Als er plötzlich weiß im Gesicht wird und mit starrer Miene an mir vorbeisieht, weiß ich, dass Ice hinter mir steht.

»Waffe fallen lassen«, knurrt er.

»Sie sind … tot!« Während mein Vater den Lauf zu Ice schwenkt, höre ich einen Schuss. Oder waren es zwei?

Vaters Pistole fliegt aus der Hand, im selben Moment drehe ich mich zu Ice um, aus Angst, dass er getroffen wurde. Doch da steht er, unbeweglich und mit ausgestrecktem Arm, immer noch fixiert er sein Ziel an.

»Aus dem Zimmer!«, befiehlt er mir.

Ich kann meine Füße kaum bewegen, sie wollen mir nicht gehorchen. Vater liegt am Boden und presst sich die blutende Hand an den Körper.

»Bitte bring ihn nicht um«, wispere ich, während Ice mich am Arm packt und aus dem Raum zerrt. Auch wenn ich Vater für all das hasse, was er mir angetan hat, ist er immer noch mein Erzeuger. Und es ist ja nicht so, als wäre alles schlecht gewesen. Als Mama noch bei uns war, hatten wir sogar schöne Zeiten.

»Geh«, wiederholt Ice drängender. Hätte er Vater umbringen wollen, hätte er das bestimmt längst getan.

Ich torkele aus dem Zimmer, die Pistole weiterhin in der Hand. Sie scheint plötzlich eine Tonne zu wiegen, obwohl es das neuste Modell ist: superleicht und geräuscharm.

Vaters Leibwächter liegt am Ende des Ganges in einer Blutpfütze. Ice hat ihm in die Stirn geschossen. Aus leeren Augen starrt der Mann mich an. Hier hat mein Warrior eiskalt zugeschlagen.

Vaters hektische Stimme dringt an meine Ohren. »Adam, hier ist George. Wir haben eine Verräterin in unseren Reihen. Es ist meine Tochter!«

Ich stürme zurück in den Raum und sehe, wie Ice ihm den Kommunikator aus der gesunden Hand reißt. Dieses kleine Gerät trägt er nur bei sich, wenn die Ratsmitglieder ständig erreichbar sein müssen.

Er hat Freeman kontaktiert!

Verächtlich sieht er vom Boden zu mir auf.

»Ich hätte ihn erschießen sollen«, knurrt Ice, während er meinem Vater mit Kabelbindern die Hände auf den Rücken fesselt.

»So wie Ethan?«, frage ich mit zitternder Stimme.

Ice schaut mich düster an, dann klebt er meinem Vater den Mund mit einem Band zu. Was haben die Warrior bloß alles in ihren Hosentaschen? »Hätte ich nicht zuerst abgedrückt, würde ich nicht hier stehen.«

Ich lege ihm eine Hand auf den Arm und schließe kurz die Augen. Es ist alles furchtbar, den heutigen Tag würde ich am liebsten aus dem Kalender streichen. Im Moment weiß ich nicht einmal, wie alles ausgehen wird. Wir könnten alles verlieren.

Nachdem ich tief durchgeatmet habe, hocke ich mich neben Vater und sehe mir seine Wunde an. Die Kugel ist durch den Handrücken gegangen, glatter Durchschuss.

Ich reiße ein Stück von Vaters Hemd ab und lasse mir von Ice das Klebeband geben. Damit stoppe ich die Blutung provisorisch. Mehr Zeit habe ich nicht, die anderen sind alarmiert.

»Ich muss meine Mutter und Melissa warnen.« Ich gehe zu Vaters Rechner und stelle eine Verbindung nach New World City her. Mutters Nummer ist gespeichert, sie steht sogar an erster Stelle.

Erneut wundere ich mich. Hat mein Vater doch so etwas wie ein Herz?

Der Screener hinter mir flackert auf. »Veronica?« Mamas Augen werden groß, und sie streicht sich eine schwarze Haarsträhne hinters Ohr. »Was ist passiert? Du rufst sonst nie außerhalb unserer Sprechzeiten an.«

»Hier ist die Hölle los«, sage ich und schlucke hart.

Mir schnürt es das Herz ein. Jetzt, wo ich nicht mehr auf der Seite des Senats stehe, werden sie alles daran setzen, um mein Leben zu zerstören.

Hastig erzähle ich meiner Mutter, was sich hier abspielt, und dass sie nun auch in Gefahr sind. Ich weiß, wie das läuft. Sie werden Mama und Melissa als Druckmittel einsetzen. »Packt nur das Nötigste und verlasst sofort die Wohnung.«

Sie schüttelt den Kopf, ihre Augen werden groß. »Veronica, wie stellst du dir das vor? Wo sollen wir hin?«

Ice schiebt sich neben mich, sodass meine Mutter ihn sehen kann.

»Wir holen Sie ab.«

Jetzt bin ich es, die ihn aus großen Augen ansieht. »Wie soll das gehen?«

»Ein Shuttle steht doch abflugbereit auf dem Turm. Da wir beide uns sowieso besser nicht blicken lassen, können wir die Zeit nutzen, um deine Mutter und deine Schwester zu holen.«

Er hat recht. Auch wenn die Senatoren im Bunker sitzen, haben sie genug Möglichkeiten und vor allem Handlanger, die versuchen werden, mich und uns alle aufzuhalten.

»Sollen wir zur Shuttle-Station kommen?«, fragt meine Mutter. Melissas blonder Schopf ist neben ihr aufgetaucht. Meine kleine Schwester schaut erschrocken in die Kamera.

»Auf keinen Fall!« Ice erklärt ihnen, dass sie sich am nördlichsten Ende der Kuppel in der Nähe der Recyclinganlage verstecken sollen. Bei den Wertstofftonnen. »Da werde ich Sie abholen. Es gibt dort einen Notausgang.«

»Wir sollen nach draußen?« Ihre Stimme überschlägt sich. »Aber … die Strahlung!«

»Keine Strahlung, Mama. Das sind alles Lügen!« Ich glaube, ich habe meine Mutter noch nie angeschrien, doch jetzt wird meine Stimme sehr laut, da uns die Zeit davonläuft. Meine Nerven vibrieren, ich zittere unentwegt.

Noch einmal erkläre ich ihr den Ernst der Lage und dass sie sofort losmüssen.

Schließlich stimmt sie zu. Ich hoffe wirklich, dass sie dort sein werden.

Als Nächstes funke ich die Anführer der Warrior-Einheiten an und informiere sie über den Gasangriff. Fragen beantworte ich nicht. Die Zeit drängt.

Dann bittet mich Ice, nur den Kontakt zu Deans Einheit herzustellen, da er nicht weiß, inwiefern die anderen schon gegen den Senat sind.

Ich tue ihm den Gefallen, und er klärt Dean auf, wo genau sich die Senatoren verschanzen.

»Was noch?«, frage ich Ice, weil ich kaum noch klar denken kann.

»Wir brauchen sämtliche Codes.«

»Gib mir drei Minuten«, sage ich mit zitternder Stimme. »Oder besser fünf.« Meine Hände zittern so stark, dass ich kaum die richtigen Felder auf dem Display treffe.

»Kannst du den Bunker von hier öffnen?«

»Nein, aber ich habe den Code, ich schicke ihn eben an Dean.«

Meine Finger fliegen über den Bildschirm, und obwohl ich kaum noch etwas sehen kann, scheinen sie die richtigen Felder zu treffen. Mein kühler Verstand arbeitet wie von allein, und ich wundere mich über mich selbst.

Als ich gerade den letzten Datensatz auf den Stick gespeichert habe, flimmert der Bildschirm hinter mir erneut auf.

Oh Gott, es ist Stephen! Im ersten Moment erinnert er mich an Vater, da sich die beiden ähnlich sehen, aber der liegt immer noch vor uns auf dem Boden und starrt uns hasserfüllt an.

»Veronica, was ist bei euch los?«, ruft Stephen. »Ich bekam ein verschlüsseltes Signal von deinem Vater. Alarmstufe rot. Ich schicke sofort drei Einheiten zu euch.«

»Halt!«, schreie ich. Oh Gott, Vater muss ihn irgendwie gewarnt haben. »Du wirst den Truppentransport sofort stoppen oder wir leiten Gas in den Regierungsbunker.«

Die Idee kam spontan, und ich wundere mich erneut über mich. »Wir haben alle Mitglieder des Senats in unserer Gewalt, und mein Vater wird der Erste sein, der stirbt, solltest du nicht kooperieren.« Ich drehe den Monitor mit der eingebauten Kamera, damit Stephen einen kurzen Blick auf den Boden werfen kann.

»Du Verräterin!«, schreit er.

Ich hoffe so sehr, dass die Soldaten bereits dabei sind, in den Bunker vorzudringen und dass Stephen meine Story glaubt. Vielleicht steht er gerade mit Freeman oder einem andere Senator in

Kontakt. Vom Bunker aus werden die Ratsmitglieder nicht untätig sein.

Stephen beugt sich nah an den Bildschirm. Seine Augen blitzen. »Wer ist *wir*?«

»Die freien Bürger von Resur und White City«, antworte ich mit fester Stimme und erhobenen Hauptes.

»Ihr wollt das Regime stürzen?«

»So ist es.«

Sein Blick wird noch giftiger. »Dann werde ich deine Mutter und deine Schwester töten.«

»Das Risiko gehe ich ein. Wir müssen alle Opfer bringen«, erwidere ich kühl und trenne die Verbindung, in der Hoffnung, dass die beiden schon unterwegs sind.

Ich zittere stark, heftige Übelkeit macht sich in meinem Magen breit. Als ich auf Ice zugehe, wanke ich und er fängt mich auf.

»Tief durchatmen, Kleines.«

Ich bin überglücklich, ihn an meiner Seite zu wissen. Er gibt mir den Halt, den ich brauche. Er ist mein Retter in der Not.

❤ ❤ ❤

Mit dem Aufzug fahren wir bis in die unterste Etage. Ice hat meinen Vater dabei, den er grob mit sich zieht und ihn mit vorgehaltener Waffe zum Laufen zwingt.

Über eine der Sicherheitstüren dringen wir in die Kanalisation ein. Das alles spielt sich wie ein Film vor mir ab und fühlt sich unrealistisch an. Die Finsternis ist beklemmend, aber Ice hat eine kleine Taschenlampe für mich.

Jax ist tatsächlich da und wartet im Dunkeln auf uns. »Na endlich, meine Beine sind schon geschrumpft«, begrüßt er uns mürrisch. Er sieht aus, als hätte er ein paar Kämpfe hinter sich. Seine Kleidung ist ramponiert, und an einer Augenbraue hat er einen Platzwunde.

»Wie ist die Lage bei euch?«, fragt Ice, nachdem er Jax kurz aufgeklärt hat, was sich bei uns getan hat.

»Etwa achtzig Prozent aller Krieger sind auf unserer Seite. Rock wurde angeschossen, ist aber nur ein Kratzer, doch wir haben drei Männer der Stadtwache verloren.«

Tote … Opfer … Wir befinden uns tatsächlich im Krieg. »Und wo ist Andrew … äh … Julius?« Ich hoffe, ihm geht es gut.

»Er hat sich mit ein paar Leuten in die ehemalige Wäscherei zurückgezogen, die er früher geleitet hat. Dort gibt es geheime Hinterzimmer, die mit der nötigen Technik ausgerüstet sind. Da ist unsere Kommandozentrale. Er klopft auf ein kleines Gerät an seinem Handgelenk. Wir sind wieder miteinander verbunden, und haben über unsere neue Zentrale auch Kontakt zu Mark.«

Erleichtert atme ich auf. Andrew und die anderen scheinen alles im Griff zu haben.

Ich sehe Jax' Gesicht im Dunkeln nicht richtig, aber anhand seiner Stimme bemerke ich, wie ernst die Lage ist. »Wir müssen uns nur um das Volk Sorgen machen, die ticken da oben regelrecht aus. Sie plündern und zerstören mutwillig Einrichtungen.«

Ich höre meinen Vater schnauben. Er freut sich wohl. »Wir müssen etwas unternehmen, damit sie in den Häusern bleiben.«

»Jul hat da schon eine Idee«, sagt Jax.

Ob ich mich jemals daran gewöhnen werde, dass sich Andrew nun Julius nennt?

»Was?«, frage ich mit klopfendem Herzen.

»Wir erzählen ihnen einfach die Wahrheit über das Gas. Dass sie in den Häusern bleiben und alle Türen und Fenster geschlossen halten sollen.«

Ich nicke. »Wenn es nicht anders geht, stimme ich Andrews Plan zu. Außerdem brauchen wir eine Art Polizei, die die Leute zurechtweist.« Ich möchte nicht, dass alles so bleibt wie bisher, aber erst einmal müssen wir durchgreifen, um das Chaos zu beseitigen.

»Lass uns nur machen.« Jax übernimmt meinen Vater und stößt

ihn vor sich her durch die Dunkelheit.

Während wir gehen, erläutern wir ihm unsere weiteren Pläne und überreichen ihm die Codes. Damit ist er Herr über die Stadt, sämtliche Gebäude und Computer stehen ihm offen.

Jax weiß, was zu tun ist, wir können hier nichts mehr machen, haben eine andere Mission.

Er verschwindet mit meinem Vater in die entgegengesetzte Richtung, während Ice und ich unterirdisch zum Turm laufen. Dort muss sich auch der Bunker befinden, nur eine Ebene tiefer. Aber der ist nicht unser Ziel, wir müssen nach New World City.

Hand in Hand renne ich mit Ice durch die Dunkelheit zum Fundament des Shuttle-Tower. Ich vertraue ihm blind und bin froh, dass er mich führt. In meinem Kopf rotiert alles.

Auch hier gibt es einen unterirdischen Zugang zum Aufzugschacht, und wir schaffen es bis aufs Dach. Ice räumt die überraschten Wachen aus dem Weg, wieder fließt Blut. Es geht alles so schnell, alles erscheint unwirklich, seltsam verzerrt. Wie in einem Traum.

Schüsse, Tote, Blut … Wir müssen alle Opfer bringen.

❤ ❤ ❤

Erst als wir mit dem Shuttle die Kuppel verlassen und Ice den Sichtschutz von der Frontscheibe reißt, komme ich langsam zu mir. Während er Mark anfunkt, damit er das Schiff vom Satelliten trennen kann, sehe ich zum ersten Mal aus nächster Nähe die Kuppel von außen. Sie erinnert mich an eine riesige Milchblase, die im Sonnenlicht in allen Farben schillert. Eigentlich wunderschön – und doch hasse ich sie. Drumherum liegt die Sicherheitszone, dahinter folgt eine hohe Mauer.

So viele Menschen haben hier bereits ihr Leben verloren. Das muss endlich aufhören.

Wir steigen höher, ich kann einen kurzen Blick auf das entfernte Resur werfen, dann schweben wir über die unendlich erscheinende

Wüste.

»Danke, Mark!«, sagt Ice in das Mikrofon. »Wir sind offline.«

Ich war so in Trance, das ich das Gespräch kaum mitbekommen habe. Doch ich muss endlich aufwachen. »Mark«, rufe ich schnell, bevor die Verbindung abbricht. »Wie geht es Storm?«

»Viel besser«, antwortet er. »Ich denke, er wird es schaffen.«

Das sind gute Neuigkeiten.

Ice deutet auf meinen Gurt. »Schnall dich lieber an. Wenn es über den Pazifischen Ozean geht, fliegen wir mit Extraschub.«

Ich weiß das, zumindest das mit dem Extraschub, da ich oft genug nach New World City geflogen bin, um meine Mutter zu besuchen. Jetzt werden wir sie dort abholen. Ich will noch gar nicht darüber nachdenken, ob wir es schaffen.

Kaum habe ich den Gurt geschlossen, werde ich in den Sitz gedrückt. Die Landschaft unter uns verschwimmt für einen Moment, ist nur noch eine grün-braune Fläche, aber plötzlich liegt tiefes Blau unter uns. Das Meer!

Wir steigen höher, und ich beuge mich weit vor, um möglichst viel zu sehen, obwohl es nicht wirklich viel zu entdecken gibt, außer einem dunkelblauen Glitzerteppich. Weit und breit existiert nur Blau. Unter uns, über uns.

Alles, was hinter uns liegt, erscheint mit einem Mal unwichtig. Das hier ist Freiheit. Dafür lohnt es sich zu kämpfen.

Kapitel 12 – Buschmänner und Helden

Knappe drei Stunden später kehrt das Shuttle in den normalen Flug-modus zurück.

»Wir sind gleich da.« Ice deutet auf eine Inselkette. Die fünf grünen und braunen Hügel erheben sich in der Ferne aus dem Meer.

Während des Fluges haben wir kaum gesprochen, sondern uns fast nur an den Händen gehalten. Das hat uns gereicht. Mir geht zu viel im Kopf herum und doch ist er leer. Daher habe ich beschlossen, alles auf mich zukommen zu lassen. Verrücktmachen bringt ohnehin nichts. Allein, wenn ich an Andrew und die anderen denke, bekomme ich Herzrasen und Magenschmerzen. Ich kann nur hoffen, dass sie das Chaos in den Griff bekommen und die Mehrheit auf die richtige Seite ziehen.

Ice steuert das Shuttle am Rande der Inseln entlang und zeigt auf die am weiten entfernteste. »Dort liegt New World City.«

Ich bestaune die üppige Vegetation, glaube sogar einen Vulkan auf einer der Inseln zu erkennen und … »Plantagen!«

Er bemerkt die Menschen ebenfalls, die auf riesigen Feldern Zuckerrohr ernten. »Da sind auch Pfeilmenschen darunter!«

»Fast wie bei uns«, murmele ich, und mein Herz verkrampft sich.

Trotz allem Elend kann ich den Blick nicht von der üppigen Vegetation abwenden. So viel Grün sehe ich zum ersten Mal. Was für eine atemberaubende Landschaft.

Wir überfliegen Wasserfälle, Berge und tauchen in eine Regenfront. Die dicken Tropfen klatschen auf die Scheibe, und ich verfolge fasziniert, wie sie daran herablaufen.

Die plötzlich wieder auftauchende Sonne bringt das Wasser zum Glitzern – die letzte Insel zeigt sich: aus dem Ozean ragende Berge, bestimmt über tausend Meter hoch, gezackte Klippen und Dschungel. Und mittendrin, in einem riesigen Tal, liegt eine längliche Kuppel, gleich einer dicken fetten Made.

»Das ist also New World City von außen«, sage ich mehr zu mir selbst als zu Ice. »Wenn die Menschen bloß wüssten, wie schön es hier ist ...«

Er tippt auf dem Display herum und schnaubt. »Keine messbare Strahlung, nicht das geringste Bisschen. Wenn du mich fragst, hat der Krieg diese Inseln niemals erreicht.«

»Vielleicht haben sie nicht viel radioaktive Strahlung abbekommen, denn die muss sich auf der ganzen Welt verteilt haben.«

Er landet das Schiff sicher am Rande der Klippen auf einem Felsplateau, etwa einen halben Kilometer von der Kuppel entfernt. Dazwischen befindet sich nur Dschungel, daher kann ich die Stadt nicht mehr erkennen. Dann tippt er wieder auf dem Display herum. »Okay, niemand in der Nähe, zumindest kein Mensch.«

»Das kannst du über den Bordcomputer alles sehen?«

Er nickt. »Die Kiste hat eine Menge versteckter Features. Mark hat sie ausgegraben. Es erstaunt mich, was der Arzt auf dem Kasten hat.« Hektisch kramt er in seinen Hosentaschen herum und befördert schließlich Ohrstöpsel und anderen technischen Kleinkram zutage.

»Du bleibst im Shuttle, während ich unterwegs bin, wir werden aber Kontakt halten.«

Am liebsten möchte ich Einspruch einlegen, doch er hat Recht. Ohne mich kommt er schneller voran und er muss nicht auch noch auf eine dritte Person aufpassen.

Er übergibt mir einen Ohrstöpsel, den anderen drückt er sich in den Gehörgang. Anschließend klippt er ein kleines Mikrophon an meinen Kragen. »Jetzt bist du live dabei.«

Als er die Tür öffnen möchte, kralle ich die Finger in sein Hemd. »Ice ...« Tief sehe ich ihm in die Augen, mein Puls rast. »Pass auf dich auf.« Himmel, was würde ich nur tun, wenn ich ihn noch einmal verliere.

Er beugt sich zu mir und streicht mit dem Daumen über meine Wange. »Ich habe meine Hinrichtung überlebt. Schlimmer kann's wohl nicht mehr kommen.« Sein Lächeln erreicht nicht seine Augen.

Ich liebe diesen harten Kerl mit allem, was ich bin. Er riskiert erneut sein Leben. Für mich und meine Familie. Einen größeren Liebesdienst kann er mir nicht erweisen, und trotzdem bin ich hin und her gerissen. Ich will, dass er dort reingeht und doch wieder nicht. Diesmal könnte ich ihn für immer verlieren und Mama und Melissa dazu. Es steht alles auf dem Spiel.

Ich fordere einen Kuss von ihm, indem ich meine Arme um seinen Nacken schlinge und meine Lippen verzweifelt auf seinen Mund drücke. Er zieht mich an sich und hebt mich hoch. Sein Kuss ist ungewohnt sanft und viel zu zurückhaltend.

Leise sagt er: »Du bekommst mich so schnell nicht los, Baby.«

Nachdem er mit seinen Fingern durch mein Haar gefahren ist, setzt er mich ab und öffnet die Tür.

Schnell stecke ich den Stöpsel in mein Ohr, während mir feuchtwarme Luft entgegenschlägt. Das Atmen fällt mir nicht mehr so leicht, tausend neue Gerüche strömen mir entgegen, schwer und süßlich.

Eine grüne Wand aus Sträuchern und Bäumen baut sich vor uns auf; es gibt nur einen schmalen Trampelpfad, der umgeben vom Dickicht wie ein Tunnel durch den Dschungel führt. Tausende Vögel scheinen sich darin zu verbergen, denn ich höre ein fast ohrenbetäubendes Schnattern und Zwitschern.

»Was ist das für ein Weg?«, möchte ich wissen. »Sieht nicht aus, als würde er oft benutzt werden.«

Ice steigt die Stufen hinunter. »Der Pfad wird bloß einmal im Jahr betreten, deshalb habe ich auch diesen Ausgang gewählt.«

Ich folge ihm bis vor das Shuttle und er zieht mich an der Hand zum Rand der Klippen. Hunderte Meter geht es abwärts, Wellen donnern an den Felsen. Ich höre die Brandung und atme salzige Luft ein.

Ice deutet auf einen sehr schmalen Weg, der sich an den Klippen hinabschlängelt. »Dort müssen die Jungs entlanggehen, bis zu einer Höhle, vor der sich die Pfähle befinden.«

»Das Aufnahmeritual«, wispere ich.

Er nickt. »Und jetzt schließe dich im Shuttle ein. Ich hoffe, dass ich in zwanzig Minuten zurück bin. Falls etwas schief läuft, musst du allein zurückfliegen.«

Ich schlucke. »Es wird nichts schiefgehen. Außerdem hab ich doch keine Ahnung, wie man ein Shuttle bedient!«

»Die Route zurück nach White City ist immer noch einprogrammiert, du musst nur wieder auf Autopilot umstellen.« Er erklärt mir, wie ich das machen soll, aber ich höre ihm nicht zu. Zu laut rauscht das Blut durch meinen Kopf.

»Du wirst zurückkommen. Mit meiner Mutter und meiner Schwester.« Hoffentlich sind sie am Treffpunkt. Hoffentlich hat alles geklappt. Zu viel Zeit ist bereits vergangen, man könnte sie längst geschnappt haben. »Du musst los …«

Ice überprüft, ob unsere Verbindung funktioniert, und ich höre seine Stimme in meinem Ohr. »Ich bin immer bei dir, Baby, hab keine Angst«, raunt er mir zu, gibt mir noch einen letzten Kuss und verschwindet mit gezogener Waffe im Urwald.

Abrupt verstummt das Vogelgezwitscher und eine unheimliche Stille breitet sich aus. Diese Ruhe zerrt an meinen Nerven.

Ich soll mich einschließen, hat er gesagt, doch ich hasse dieses Gefühl der Enge. Ich brauche Luft, muss direkt sehen können, wenn er zurückkehrt, daher bleibe ich draußen an den Stufen stehen.

»Alles okay bei dir?«, frage ich ins Mikro.

»Alles okay«, erwidert er leise. »Bin gleich bei der Tür.«

Ich stelle mir vor, wie er die Mauer erreicht, das Fundament der Kuppel, in der eine Stahltür eingelassen ist. Sie ist umwuchert von Ranken und Gestrüpp, denn die Natur hat sich nach all den Jahrzehnten ihren Platz zurückerobert.

Ich vernehme Ice' Atem, sonst nichts. Er bewegt sich lautlos durch den Dschungel, dennoch haben die Vögel ihn bemerkt. Nach und nach setzt das Zwitschern wieder ein, bis es erneut zu einem ohrenbetäubenden Geräuschpegel anschwillt. Irgendwie unheimlich. So viel Natur um mich herum …

Ich begebe mich noch einmal zum Rand der Klippen und versuche, die Höhle zu erspähen, aber sie muss unter einem Vorsprung verborgen sein. Und will ich wirklich sehen, wo sie ihn als Jungen angebunden haben?

Obwohl es warm ist, erschaudere ich und reibe mir über die Arme. Die Sonne brennt heiß auf mein Gesicht, und ich gehe zurück ins Schiff. Die Tür lasse ich jedoch offen.

Wie wird es mit uns weitergehen, wenn wir all das überstanden haben? *Falls* wir es überstehen.

Wir hatten nie Gelegenheit, über unseren Beziehungsstatus zu sprechen. Für mich ist klar, dass ich ihn für immer will. Ich könnte mir keinen perfekteren Partner wünschen. Er geht auf meine Bedürfnisse ein, ist ein fantastischer Liebhaber und kann mich beschützen. Außerdem tut er alles für mich.

Du bekommst mich so schnell nicht los, hat er gesagt, als er mich eben verlassen hat, und mein Herz beginnt zu glühen.

Himmel, ich liebe ihn so sehr und ich danke Gott, dass er ihn mir zurückgebracht hat. Bring ihn auch diesmal wieder zurück.

Unruhig tigere ich an der Tür auf und ab, wobei ich seinem Atem lausche. Dann höre ich leise Töne. Er tippt die Zahlenkombination ein.

»Bin drin, war noch der alte Sicherheitscode«, flüstert er. »Sehe keine Wachen, aber es könnte ein stiller Alarm ausgelöst worden sein. Muss mich beeilen.«

Meine Daumen sind bereits grün und blau gedrückt. Hoffentlich findet er Mama und Melissa schnell.

Ich vernehme ein Stampfen, das wohl von der Recyclinganlage ausgeht. In diesem Teil der Stadt, in dem es keine Geschäfte oder Wohnhäuser gibt, war ich nie, weil er grau und laut ist. Dort stehen nur Fabriken.

»Siehst du sie?«, frage ich, versucht, an den Nägeln zu kauen. Was, wenn sie gefasst wurden?

»Noch nicht, bin gleich bei den Wertstofftonnen.«

Am Treffpunkt.

Plötzlich höre ich verschiedene Stimmen. Die junge muss zu Melissa gehören. »Mama, ist er das?«

Ich atme tief durch. Er hat sie!

»Ich hab sie«, erklärt er mir prompt, dann redet er mit meiner Mutter. »Kommen Sie, wir müssen los. Ihre Tochter wartet am ...«

Das Blut rauscht vor Aufregung so heftig durch meine Ohren, noch dazu scheinen die Vögel besonders laut zu zwitschern, dass ich kaum etwas verstehe.

Mich hält nichts mehr im Schiff. Ich laufe die Stufen nach unten und richte meinen Blick starr auf den Pfad, der im Dschungel verschwindet.

Wo bleibt ihr denn?

Ice hat gesagt, dieser Ausgang wird nur ein Mal im Jahr benutzt, wenn die Jungs zur Ritualstätte marschieren. Daher wird hoffentlich niemand vermuten, dass sich dort jemand nach drinnen schleicht.

Die Minuten dehnen sich ins Endlose, aber als die Vögel verstummen, weiß ich, dass sie gleich bei mir sind.

Bitte, bitte, bitte ... Mein Herzmuskel macht gleich schlapp vor Aufregung, Schweiß läuft über meinen Rücken. Ich will nur noch weg von hier, denn plötzlich fühle ich mich beobachtet, als ob mich tausende Augen aus dem Grün des Dschungels anstarren.

Schon sehe ich ein schlankes Mädchen mit einem blonden Pferdeschwanz – Melissa läuft auf mich zu. »Veronica!«, ruft sie und grinst.

»Melli!« Freudentränen brechen hervor. Lachend renne ich meiner Schwester entgegen.

Sie trägt zwei große Taschen in jeder Hand – wahrscheinlich hat sie ihre ganzen Lieblingsklamotten dabei, die ihr heilig sind – und einen Rucksack auf dem Rücken. Ihre silberfarbene Hose funkelt in der Sonne, ihr weißes Top ist schmutzig.

»Ice, wo bleibt ihr denn?«, frage ich ins Mikro, während ich Melissa umarme.

»Gleich da«, antwortet er. »Deine Mutter hat sich den Fuß verknackst. Geht ins Schiff, wir sind nicht mehr allein!«

Ich schnappe nach Luft. »Warrior?«, frage ich und nehme Melissa die schweren Taschen ab, bevor ich mit ihr ins Shuttle laufe.

»Nein, Pfeilmenschen.«

Oh Gott, die Wilden!

Ich hole meine Pistole, die noch im Cockpit liegt, und stelle mich an die Tür. Melissa befehle ich, in Deckung zu gehen. Dann kommen Ice und Mama aus dem Dschungel. Er hat einen Arm um ihre Hüften gelegt, in der anderen trägt er eine Tasche. Mama humpelt, ihr schwarzer Hosenanzug ist ebenfalls staubig.

Aus dem grünen Dickicht saust ein Pfeil auf mich zu, der knapp an meinem Kopf vorbeisaust und irgendwo hinter mir im Schiff stecken bleibt.

Ich gehe neben dem Türrahmen in Deckung und luge daran vorbei, um in den Dschungel zu zielen, sehe aber niemanden.

Ice und Mama sind endlich am Eingang angekommen. Er wirft die Tasche an mir vorbei ins Shuttle, ich reiche meiner Mutter die Hand und ziehe sie ins Innere.

Als Ice einsteigen möchte, nehme ich hinter ihm eine Bewegung wahr.

»Da!« Ich deute über seine Schulter auf den Dschungel. Ein dunkelhäutiger Mann im Lendenschurz tritt auf das Felsplateau. Grüne Streifen zieren sein Gesicht; er hat auch seinen Körper mit Mustern bemalt. Um seinen Hals hängen lange Ketten, in der Hand hält er einen Speer.

Gerade als Ice sich umdreht, wirft der Buschmann die Waffe auf ihn. Ice reagiert so schnell, dass ich seiner Bewegung kaum folgen kann. Seine linke Hand – in der rechten hält er die Pistole – schießt nach oben und fängt den Speer in der Luft, bevor ihn die metallene Spitze trifft.

Ich keuche auf; die Augen des Einheimischen werden groß, doch er flieht nicht.

Ice nimmt die Hand herunter und steigt rückwärts ins Shuttle. Ich bin sicher, er könnte den Mann sofort erschießen oder den Speer treffsicher zurückwerfen, aber er senkt beide Arme.

Der Buschmann zieht sich in den Dschungel zurück und verschmilzt mit seiner Umgebung. Wir haben es geschafft.

Die Tür des Shuttles schließt sich; ich falle Ice in die Arme. Ich möchte ihm so viel sagen und bringe kein Wort hervor. Er hat meine Familie gerettet. Er ist mein Held.

Er macht sich von mir los und nickt meiner Mutter und meiner Schwester zu. »Setzt euch und schnallt euch an. Nur weg von hier.« Bevor er ins Cockpit geht, reißt er an einem Seitenfenster die Verkleidung herunter, sodass der Blick auf das Meer frei wird. Dabei grinst er mich an. »Falls die Ladys die Aussicht genießen möchten ...«

Melissas blaue Augen glänzen. Sie hat sie weit geöffnet und lächelt Ice an, als wäre er ein Gott.

Dann lässt er uns allein.

Ich hocke mich zwischen Mama und Melissa in die vorderste Reihe, und wir schnallen uns an. Danach umarme ich meine Mutter. »Ich bin so froh, dass ihr es geschafft habt. Wie geht's deinem Bein?«

Sie atmet zitternd ein. »Hab es mir nur verstaucht. Was ist denn genau passiert? Du musst mir jetzt alles in Ruhe erzählen.«

Als das Shuttle abhebt, beugt sich Melissa über meinen Schoß und schaut aus dem Fenster. »Seht euch das mal an! Ist das das Meer?«

Während wir von der Insel wegfliegen und die beiden fasziniert aus dem Fenster starren, erzähle ich ihnen, was sich in White City abgespielt hat. Als ich von der Hinrichtung berichte und welchen Gefahren wir alle ausgesetzt waren, blickt Mama mich an und Sorgenfalten zeichnen sich in ihrem makellosen Gesicht ab. Sie hat einige Schönheitsoperationen hinter sich und könnte glatt als unsere Schwester durchgehen.

»Was wird denn nun mit uns?«, fragt sie.

»Wir setzen euch in Resur ab. Das ist die Stadt der Outsider.«

Sie reißt die Augen auf.

»Keine Angst, dort seid ihr sicher, zumindest sicherer als in White City.«

Skeptisch runzelt sie die Stirn und kneift die Lider zusammen. »Und die Strahlung?«

»Alles im grünen Bereich.«

»Wirst du nicht mit uns kommen?«

Seufzend schüttle ich den Kopf. »Ich habe noch so viel zu erledigen. In White City geht alles drunter und drüber.«

»Ich weiß nicht, ob ich in dieser Outsiderstadt leben möchte.«

Ich liebe meine Mutter über alles, aber manchmal ist sie wirklich eigensinnig. »Das musst du nicht, es ist wirklich nur vorübergehend.« Ich glaube, Mama hat nie überwunden, dass Vater ihren Liebhaber hinrichten ließ. Seitdem wirkt sie manchmal abwesend und traut niemandem mehr.

Als sich das Schiff im Extraschubmodus befindet, schnalle ich mich ab. Ich muss mich unbedingt bei Ice bedanken.

»Gehst du zu ihm?« Melissa lächelt mich wissend an. »Er ist echt heiß.«

Während meine Mutter schmunzelnd die Augen verdreht und wieder nach draußen blickt, antworte ich selbstbewusst: »Ja, das ist er.«

»Seid ihr zusammen?«, will Melli prompt wissen.

Ich zwinkere ihr zu. »Na, was denkst du?«

Als sie mädchenhaft kichert, begebe ich mich ins Cockpit.

»Hallo, mein Held.« Ich beuge mich von hinten über den Sessel und umarme Ice. »Danke, dass du meine Familie gerettet hast. Und mich.« Ich lasse meine Hände an seiner Brust hinabgleiten und befühle seine Muskeln. »Ich weiß gar nicht, wie ich mich jemals revanchieren kann.«

»Mir fällt da genug ein.« Grinsend zieht er mich zu sich vor auf den Schoß.

Nachdem ich auf ihm Platz genommen habe, schlinge ich die

Arme um ihn. »Nein, wirklich. Du tust alles für mich.« Ich streiche über seine stoppelbärtige Wange und schaue ihm tief in die Augen. An diesem Grau werde ich mich nie sattsehen können. Ice sieht müde aus. Ich wünschte, wir hätten schon alles überstanden.

»Wenn ich könnte, würde ich dir sogar einen Stern vom Himmel holen.« Er klingt todernst, doch seine grauen Iriden funkeln amüsiert.

»Der Spruch ist aber nicht von dir«, sage ich und küsse seine Nasenspitze.

Seine Brauen heben sich. »Traust du mir solch eine Poetik nicht zu?«

»Hmm ...« Schmunzelnd tippe ich mir ans Kinn.

»Okay.« Er seufzt übertrieben. »Ich hab das aus einem Buch.«

»Du liest?« Mir wird klar, dass ich noch vieles nicht von ihm weiß.

Seine Hand schiebt sich unter meinen Po, um mich noch näher an ihn zu holen, wenn das überhaupt möglich ist. Ich verschmelze fast mit ihm.

»Mit irgendwas musste ich mich doch all die langen einsamen Stunden ablenken.«

Er meint es lustig, dennoch ballt sich mein Herz zusammen.

Seufzend schmiege ich mein Gesicht an seine Halsbeuge. »Du musst nie wieder einsam sein, mein Großer.« Ich fühle eine innere Ruhe wie schon lange nicht mehr, eine Art Seelenfrieden, dennoch scheint jeder Nerv zu vibrieren.

»Schade, dass wir noch einiges vor uns haben und jetzt Gesellschaft haben, sonst würde ich ...« Als er mir die verruchtesten Dinge ins Ohr flüstert, kichere ich wie Melissa zuvor. Oh, wie ich mir wünsche, endlich mit ihm allein zu sein, an einem friedlichen Ort, wo uns niemand überwacht und keiner über unser Leben bestimmt.

❤ ❤ ❤

Wir haben meine Mutter und meine Schwester hinter der Pyramide abgesetzt, zuvor jedoch einen Funkspruch an den Bürgermeister geschickt. Er wird sich persönlich um die beiden kümmern.

Nun steuern wir den östlichen Notausgang an und landen außerhalb der Kuppel im inneren Mauerkreis, der sogenannten Todeszone. Ich glaube, ursprünglich wurde diese Mauer errichtet, damit im Falle einer Evakuierung die Bürger nicht bemerken, dass da draußen wieder Leben möglich ist. Zudem hält sie die Outsider von der Kuppel fern. Schutt vom Bau der Stadt liegt hier verteilt, außerdem Patronenhülsen und verwesende Tierkadaver. Zum Glück sehe ich kaum etwas, denn es ist später Abend und die Sonne hinter der Mauer verschwunden. Die Luft steht, es stinkt nach Aas.

Die erste Amtshandlung nach Sturz des Regimes sollte sein, alle Kuppelausgänge zu öffnen, diese Mauer einzureißen und die Schießanlagen zu demontieren.

Ice und ich hatten vor wenigen Minuten Kontakt zu Andrew und Jax, immerhin mussten sie die automatischen Schießanlagen deaktivieren, die am Fundament der Kuppel angebracht sind. Unzählige Waffenläufe ragen uns wie Speere entgegen. Dank der Codes haben wir die Kommunikation unter unserer Herrschaft. Während Ice und ich weg waren, hat sich viel getan.

Jax, Crome und Andrew lassen uns in die Stadt. Durch zwei Stahltüren gelangen wir ins Innere. Die Warrior sehen lädiert aus. Ihre Kleidung ist schmutzig und eingerissen, Jax hat einen Kratzer an der Nase und Crome ein blaues Auge. Sie haben einige Schlachten hinter sich. Nicht alle Soldaten standen auf unserer Seite. Es gab Tote, noch mehr Opfer.

»Andrew!« Er sieht weniger zerrupft aus. Erleichtert falle ich ihm um den Hals. Dabei nickt er Ice zu. »Danke, dass du Nicas Familie gerettet hast.«

Ice nickt zurück, fährt sich durchs Haar und murmelt etwas, dann bespricht er sich leise mit Jax und Crome.

Mein Held ist so bescheiden. Dafür liebe ich ihn noch mehr.

Ich stehe mit Andrew etwas abseits, und die unheimliche Stille der Stadt wird mir erst jetzt bewusst. Die Menschen haben sich aus Angst vor dem Gas in ihren Wohnungen verschanzt, die Straßen sind wie leergefegt. Wir befinden uns in einer Art Hinterhof außerhalb des Gefängniskomplexes. Hier war ich noch nie. Mülltonnen und Fahrzeuge sind hier abgestellt, hinter den vergitterten Fenstern brennt Licht. Auch die Straßenlaternen werfen einen matten Schein in den Hof.

»Wir konnten die Gaskartuschen entfernen. Die Menschen sind sicher«, erklärt mir Andrew.

Gott sei Dank. »Und was ist mit den Senatoren?«

Er deutet auf das Gefängnis. »Sitzen alle da drin. Auch dein Vater.«

»Wie habt ihr das alles so schnell geschafft?«

»Die Senatoren aus dem Bunker zu holen war kein Problem, und Crome hat einen guten Kontakt zu einem Angestellten im Gefängnis. Sein ehemaliger Ausbilder arbeitet in der Verwaltung. Wir hatten rasch ein paar hübsche Einzelzimmer gefunden.« Er grinst verschmitzt, aber unter seinen Augen liegen Schatten. Er ist erschöpft, wie wir alle. »Dank deiner Codes hatten wir Zugang zu geheimen Akten und konnten sehen, wer alles für Bagatellvergehen einsitzt. Über dreihundert Menschen sind unschuldig!«

Vater und seine Kumpanen wussten, wie sie der Überbevölkerung Herr werden konnten, Sklaven für die Show beschafften oder Arbeiter für die Plantagen. »Sind schon alle frei?«

»Noch nicht. Rock und Cromes Bekannter kümmern sich darum, damit auch alles seine Ordnung hat. Natürlich sitzen auch echte Kriminelle ein, die sollen tunlichst hinter Gittern bleiben.«

Ich atme auf. Das Wichtigste ist geregelt. Kein Gasangriff, die Ratsmitglieder sind weggesperrt, die Regierungscomputer unter unserer Kontrolle. »Was passiert als Nächstes?«

Andrew hebt die Brauen, seine Mundwinkel zucken. »Du solltest das Volk aufklären, oder?«

»Ich?« Hilfe, ich bin keine Rednerin. Bisher habe ich meinen Text nur abzulesen brauchen.

Er greift nach meiner Hand. »Wer sonst? Das Volk hat dich immer gemocht. Und wenn sie sehen, dass sich die Tochter eines Senators auflehnt und sich für die Rechte der Bürger einsetzt, dürfte das ein dicker Pluspunkt sein.«

»Ich würde das gerne mit dir gemeinsam machen. Schließlich bist du doch der Herr Oberrebell«, sage ich lächelnd und lasse seine Hand los, da mich Ice' Blick wie eine Feuerwand trifft.

»Da hat sie recht, Jul.« Jax und die anderen treten zu uns. »Mit deiner Hilfe konnten Sam und ich entkommen. Hättest du dich nicht als einer der Ersten gegen das Regime aufgelehnt, wären wir heute nicht so weit.«

Stimmt, ohne Andr… Julius und seine Untergrundbewegung stünden wir noch am Anfang. Ohne ihn wäre Ice nicht mehr am Leben.

Entschlossen atme ich durch. »Wo soll ich sprechen?«

»Am besten vom Regierungsgebäude aus«, sagt Andrew. »Von dort erreichen wir alle Haushalte und können gleich zeigen, dass wir nun an der Herrschaft sind.«

Herrschaft … Das klingt, als würde sich nichts ändern. Aber ich weiß, wie Andrew es meint.

❤ ❤ ❤

Seit zehn Minuten gehen wir durch die wie ausgestorben wirkende Stadt. Die Krieger haben uns in die Mitte genommen, doch auch Andrew und ich halten unsere Pistolen in der Hand. Greer und andere Handlanger der Senatoren laufen frei herum. Sie waren nicht im Bunker, als die Warrior dort ankamen. Jax vermutet, dass sie den Auftrag haben, uns zu töten. Primär haben sie es wohl auf mich abgesehen, daher trage ich eine kugelsichere Weste, die Andrew mir besorgt hat.

»Weiß Greer schon, dass Freeman einsitzt?« Tony Greer war

Adams engster Mitarbeiter.

Jax schüttelt den Kopf. »Offiziell weiß das noch niemand, und sie scheinen auch keinen Funkkontakt zu haben. Ich wünsche mir, dieser Schweinehund Greer gibt mir einen Grund, ihn zu erschießen.«

Ich weiß, dass er Rache am Tod seines Bruders Cedric möchte. Jax hätte Tony längst töten können. Vermutlich hat er es Samantha zuliebe nicht getan.

Als vor uns der Regierungspalast auftaucht, rennen wir an den Hausmauern der Nebengebäude entlang. Hinter den riesigen weißen Säulen könnte sich jemand verstecken und auf uns zielen. Die Pfeiler sind mit irgendwelchen ekligen Dingen verschmiert und mit Farbe besprüht worden.

Jax und Crome laufen vor und sichern das Gebäude, während ich mit Andrew und Ice zurückbleibe. Als sie uns ein Zeichen geben, treten wir durch eine zersplitterte Glastür in die Halle. Auch hier ist es totenstill.

Die Rezeption wurde verwüstet, der Computer liegt zerstört auf dem Boden, überall sind Papiere verstreut. Die Bürger müssen in ihrer Wut hier eingedrungen sein. Nach der Gaswarnung haben sie sich allerdings zurückgezogen.

»Wo müssen wir hin?«, fragt Jax.

Ich deute auf weiße Marmortreppen, die zu beiden Seiten der Halle nach oben führen. »In den ersten Stock.«

Jax geht vor, Crome bildet die Nachhut, Andrew und Ice bleiben an meiner Seite. Die Warrior schauen sich ständig um, ihre Nasenflügel blähen sich, als würden sie eine Fährte aufnehmen.

Als Jax oben angekommen ist und wir hinter ihm stehen, fragt er Crome: »Riechst du das auch?«

Er nickt. »Penetrantes Parfüm. Wir sind nicht allein.«

Mein Puls klopft hart, meine Finger ziehen sich fester um den Griff der Waffe. Ich schwitze und habe Angst, die Pistole könnte mir entgleiten.

»Wo?«, flüstert Andrew. Auf beiden Seiten liegt ein langer Flur.

Hinter jeder der zahlreichen Türen könnte jemand lauern.

Jax schüttelt den Kopf. »Der Gestank ist überall, als ob jemand absichtlich an mehreren Stellen das Parfüm versprüht hat.«

Würde mich nicht wundern. Schließlich konnten sie sich denken, dass wir kommen würden.

»Wo können wir die Rede übertragen?«, möchte Ice wissen.

»Dritte Tür im linken Gang«, antworte ich leise. »Der Raum ist fensterlos und schallisoliert.«

Die Warrior sehen sich an. »Ein perfekter Ort für einen Hinterhalt.«

Ich schlucke hart. Theoretisch könnten mich Vaters Handlanger überall finden, schließlich trage ich noch den Sender. Doch dann hätten sie uns gleich nach der Ankunft überraschen können. Ich habe das Gefühl, dass nur Vater mich überwachen ließ und niemand sonst.

»Wir sollten schleunigst Deckung suchen. Im Flur bieten wir ein leichtes Ziel.« Kaum hat Ice den Satz ausgesprochen, werden mehrere Türen aufgerissen. Männer springen in den Gang und eröffnen das Feuer auf uns.

Ice zieht mich hinter sich und presst mich mit dem Rücken gegen die Wand, während ich nur noch Schüsse wahrnehme.

Jetzt haben wir es so weit geschafft und werden alle sterben!

Wenige Sekunden später herrscht jedoch wieder Ruhe. Allein an meinem schweren Atem merke ich, dass ich noch lebe.

»Alles okay bei dir?« Ice dreht sich um und tastet mich ab.

Ich nicke wie betäubt. »Und du?«

»Nicht einen Kratzer.«

Gott sei Dank! Aufatmend lasse ich mich gegen ihn sinken.

Wie durch ein Wunder sind wir alle unversehrt geblieben, während etwa zehn Männer reglos auf dem Boden liegen. Blutlachen breiten sich unter ihnen aus.

»Wir müssen weiter.« Ice nimmt meine Hand.

Im selben Moment nehme ich aus den Augenwinkeln wahr, wie

einer der Toten den Kopf hebt und die Waffe auf mich richtet. Es ist Tony Greer! Ich erkenne ihn sofort an seinem Kinnbärtchen.

Ein weißer Blitz verlässt die Mündung seiner Pistole, ich höre Schüsse links von mir, Ice reißt mich zur Seite – zeitgleich spüre ich einen scharfen Schmerz an meinem rechten Arm.

»Der gehört mir!«, brüllt Jax, trotzdem schießen alle auf Tony.

Während die anderen längst das Feuer eingestellt haben, entleert Jax sein ganzes Magazin.

Die Wucht der Projektile lässt Greers Kopf zucken, bis der Schädel aufplatzt und Hirnmasse auf den Boden spritzt.

»Hey, er ist tot!« Crome legt ihm von hinten eine Hand auf die Schulter.

Jax stellt das Feuer ein, seine Augen sind feucht, sein Atem rast. Tony hatte seinen Bruder Cedric getötet. Jetzt hatte Jax seine Rache.

Geräuschvoll zieht er die Luft ein. »Der Drecksack steht nicht mehr auf.«

»Scheiße!«, schreit Ice neben mir, sodass ich zusammenzucke. »Sie wurde angeschossen!« Er reißt meinen rechten Ärmel herunter, und ich sehe auf meinen Oberarm. Blut läuft aus einer Rinne, die sich in meine Haut gegraben hat.

Andrew taucht neben Ice auf. »Nur ein Streifschuss.«

Sie ziehen mich in den schallisolierten Raum ohne Fenster und verriegeln die Tür. Am Rande nehme ich wahr, wie Crome und Jax das Zimmer checken, während sich Ice und Andrew um mich kümmern. Ein Medi-Pack taucht vor meinem Gesicht auf, Andrew drückt eine Kompresse auf die Wunde.

Ich beiße die Zähne zusammen, denn es schmerzt höllisch.

Nachdem Ice alles mit Klebeband fixiert hat, lässt das Pochen langsam nach und ich kann durchatmen.

Eindringlich sieht er mich an. »Das muss später genäht werden.«

»Ja, später.« Ich räuspere mich und gehe auf das Rednerpult zu, das mitten im Raum steht. Darauf befinden sich ein Display, eine Kamera und ein Mikrofon. »Jetzt müssen wir dringend zum Volk sprechen.«

Während Andrew den passenden Code vom Stick herunterlädt, der die Übertragung aktiviert, positionieren sich Jax und Crome vor der Tür, falls noch jemand »stören möchte«, wie sie es nennen.

Ich trete zu Ice und nehme seine Hand. »Wirst du in meiner Nähe stehen? Ich würde mich einfach sicherer fühlen.«

Er küsst mich auf den Mundwinkel. »Ich werde immer in deiner Nähe sein.« Dann nickt er mir aufmunternd zu, und ich begebe mich neben Andrew ans Rednerpult.

»Bereit?«, fragt er mich.

»Bereit«, sage ich.

Ein grünes Licht blinkt auf und ich weiß, dass uns nun jeder hören und sehen kann. Zum ersten Mal kann ich frei sprechen und sagen, was ich möchte. Ich muss keinen Text ablesen. Vor Aufregung bringe ich kein Wort hervor.

Unter dem Pult nimmt Andrew meine Hand und drückt sie. Ich bin froh, dass ich dies nicht allein durchstehen muss. Zwei Menschen, die mir am wichtigsten sind, befinden sich bei mir.

Nachdem ich mich geräuspert habe, versuche ich mit möglichst fester Stimme zu reden. »Liebe Bürger von White City. Hier sind Andrew Pearson und Veronica Murano live aus dem Regierungspalast.«

Ich drücke seine Hand, damit er weitermacht. Noch bin ich zu aufgeregt. Die Wunde an meinem Arm pocht, jeder Bürger wird sehen können, dass ich verletzt bin, denn der Fetzen ist blutig.

»Habt keine Angst«, ruft Andrew ins Mikrofon. »Das Regime ist gestürzt, die Senatoren sitzen alle hinter Gittern.«

»Alle Unschuldigen werden in diesem Moment freigelassen«, füge ich in seiner Sprechpause hinzu. Andrew nickt mir zu und ich rede weiter. »Diejenigen, die ihr Rebellen und Outsider nennt, haben den Gasangriff auf euch mit Hilfe einiger Warrior vereitelt. Ihr seid sicher und könnt eure Häuser wieder verlassen. Die Rebellen haben nie gegen euch gearbeitet, sondern nur gegen das Regime, das euch dumm halten wollte. Andrew Pearson hat sein Leben riskiert und sich gegen seinen Vater und den Senat gestellt, schon vor langer Zeit. Ohne ihn wärt ihr nun alle dem Gas ausgesetzt und würdet fortan wie Marionetten funktionieren.«

»Und Veronica Murano hat ebenfalls alles getan was in ihrer Macht stand.« Andrew lächelt mich an. »Diese wunderbare Frau wurde zum Spielball des Regimes, doch sie hat wegen ihrer inneren Stärke den Sieg davontragen können. Fortan werden wir keinen Krieg mehr gegen die Outsider führen. Das sind nicht unsere Feinde. Die Frischwasservorräte unter der Stadt sind gigantisch und reichen für uns alle. Der Senat hat euch belogen, um euch besser kontrollieren und unterdrücken zu können. Die Strahlung außerhalb der Kuppel ist minimal und nicht mehr schädlich. Wir werden die Tore öffnen, damit ihr endlich frei seid.«

Er übergibt das Wort an mich. »Außerdem wird es keine Spiele mehr geben, bei denen Unschuldige ihr Leben lassen müssen. Die Warrior haben Injektionen bekommen, die sie hemmungslos gemacht haben. Davon wussten sie nichts. Setzen sie die Injektionen ab, werden sie mit Entzugserscheinungen kämpfen müssen. Aber wir werden allen durch diese schwere Zeit helfen, wir lassen niemanden im Stich. Die Wächter dieser Stadt mögen zwar Privilege gehabt haben, aber sie wurden genauso für dumm verkauft wie ihr. Einige mussten für den Senat unliebsame Drecksarbeiten erledigen und wurden anschließend umgebracht oder verbannt.« Ich atme tief durch. »Das alles hat jetzt ein Ende. Keine Lügen mehr. Daher will ich den Anfang machen und ehrlich zu euch sein.« Ich deute auf Ice, damit er kurz ins Bild kommt. »Wie ihr seht, lebt mein Bodyguard noch. Mein Vater hat ihn hinrichten lassen, weil er nicht getan hat, was man ihm aufgetragen hatte. Und weil er mich liebt.«

Ice reißt die Augen auf, woraufhin ich ihn schief anlächle. Wir werden das später klären.

»Der Senat wurde erfolgreich getäuscht, und ich wusste selbst nichts von dieser List und habe geglaubt, der Mann, den ich über alles liebe, wäre vor meinen Augen gestorben. Dieses Schauspiel wurde von den wenigen Soldaten eingefädelt, die bereits vor dem Sturz die Seiten gewechselt hatten, um mehr ihrer Brüder für ihre Sache zu gewinnen. Für die richtige Sache.« Während Andrew und ich abwechselnd sprechen, hoffe ich, dass unsere Botschaft in den Herzen der Menschen ankommt. »Sein vorgetäuschter Tod hat auch mir noch einmal die Augen geöffnet. Die Kraft der Liebe, meine Wut und Trauer haben mich meine Angst überwinden lassen und ich habe es geschafft, mich gegen meinen Vater zu stellen.« Erneut atme ich tief durch und starre in die Kamera. »Nur, wenn wir alle an einem Strang ziehen, kann ein Zusammenleben in Zukunft funktionieren. Lasst uns gemeinsam daran arbeiten, es besser zu machen als der Senat.«

Als unsere Rede beendet ist, schalte ich die Übertragung ab und umarme kurz Andrew. »Wie waren wir?«

»Die Rede war nicht perfekt, aber dafür, dass wir improvisiert haben, ziemlich gut, oder?«

Ice stellt sich zu uns, wobei er Andrew scharf ansieht. »Ihr wart spitze.«

Erleichtert falle ich ihm um den Hals und schmiege mich an ihn. »Wie wird das Volk reagieren?«

»Das wird sich zeigen«, sagt Andrew neben mir und fährt sich durchs Haar. »Ich hoffe, sie werden uns akzeptieren.«

»Wie geht's deinem Arm?«, will Ice wissen.

Den Streifschuss hatte ich fast vergessen! »Ich werde es überleben.«

Ice schmunzelt. »Du hörst dich fast wie ein Warrior an. Trotzdem bringe ich dich zu einem Arzt.«

Plötzlich stürmen Jax und Crome herein. »Das müsst ihr euch ansehen! Draußen ist ganz schön was los!«

Mein Magen zieht sich zusammen. Neue Aufstände?

Schnell verlassen wir den Raum, und ich ignoriere die Toten im Flur. Wir gehen in ein anderes Zimmer – es ist ein Büro – im ersten

Stock, von wo aus wir einen Blick nach draußen haben. Die Menschen laufen aus ihren Häusern, umarmen sich und ziehen jubelnd durch die Straßen.

Eine kleine Gruppe kommt singend auf unser Gebäude zu.

Ice legt einen Arm um mich. »Jetzt muss ich dich wohl nicht nur vor Andrew, sondern auch vor der begeisternden Meute in Sicherheit bringen.«

»Keine Sorge, Warrior.« Andrew klopft ihm auf die Schulter. »Veronica bedeutet mir sehr viel, doch sie ist für mich lediglich eine gute Freundin. Ich bin keine Konkurrenz.«

»Das sowieso nicht«, murmelt Ice und versucht, böse zu schauen, was ihm aber nicht gelingt. Im Moment überwiegen die Glücksgefühle.

Lachend wendet sich Andrew ab und gesellt sich zu Jax und Crome an ein anderes Fenster. Über Funk kontaktieren sie unsere Leute. In der ganzen Stadt wird gefeiert, und der Lärm dringt zu uns herauf.

Ice zieht mich ein Stück zur Seite. Sein Blick ist durchdringend und ununterbrochen auf mich fixiert. »Ich bin sehr stolz auf dich.«

Mein Herz hämmert wie verrückt. Ist das seine Art mir mitzuteilen, dass er mich liebt? »Du hast vorhin gesagt, du wirst immer in meiner Nähe sein. Zählt das noch?«

Er nickt, wobei er verrucht grinst und mich am Po eng an sich zieht. »Als dein Bodyguard, dein Berater und dein Liebhaber.« Amüsiert flüstert er an meiner Schläfe: »Apropos … Du denkst also, ich liebe dich? Wer hat dir denn diesen Floh ins Ohr gesetzt? Deine neuen Freundinnen?«

»Sie scheinen mehr zu wissen als ich.« Himmel, Ice, sag es mir doch endlich!

Er zwinkert mir zu. »Das glaube ich nicht. Sie wissen nicht, was ich mit dir noch alles vorhabe.«

»Verrätst du es mir?«

»Ich werde es dir zeigen«, raunt er. »Lass dich überraschen.«

Der Kerl hat mal wieder nur das Eine im Kopf. Na ja, fast. Und nach allem, was wir hinter uns haben, hat er auch eine extragroße Portion Kuscheleinheiten verdient. »Und, haben sie recht?«, möchte ich unbedingt noch wissen.

Er hebt eine Braue und schaut aus, als hätte er keine Ahnung, wovon ich spreche. »Wer? Womit?«

Lachend boxe ich gegen seine Schulter. »Ice!«

Sein Blick wird weich, seine Hand wandert in mein Haar und seine Stimme nimmt ein dunkles Timbre an. »Ja, ausnahmsweise haben sie recht.«

Ich umarme ihn fest und küsse ihn auf seine wunderschönen Lippen. Er liebt mich! Wir dürfen zusammen sein, kein Regime kann uns mehr trennen. Das Leben ist herrlich!

Kapitel 13 – Ein paar Tage später

Das Volk hat Andrew und mich als vorübergehende Regierungsoberhäupter akzeptiert, bis wir eine endgültige Lösung gefunden haben.
Alle begrüßen, dass Vater und die anderen Senatoren für immer
hinter Gittern sitzen. Was wohl auch besser für die Ratsmitglieder
ist, bevor das Volk sie lyncht.

Die Ausgänge zu allen Seiten der Kuppel wurden geöffnet und
die Warrior haben begonnen, die Mauern hinter der Todeszone einzureißen. Wenige Freiwillige helfen, meistens junge Leute, die neugierig auf die Welt da draußen sind.

Mittlerweile konnten alle Unschuldigen aus dem Gefängnis ent-
lassen werden. Andrew und ich basteln an neuen Gesetzen, die sich
für mehr Menschlichkeit einsetzen. Außerdem soll niemandem Wissen verwehrt werden. Zum Glück gibt es in Resur eine Bibliothek,
die unsere Zeitgeschichte dokumentiert hat. Mark möchte dafür sorgen, dass die Daten ins Citynetz eingespeist werden.

Die grausamen Spiele gehören ebenfalls der Vergangenheit an.
Wir müssen sehen, was wir für die ehemaligen Sklaven tun können.
Viele sind traumatisiert.

Auch die Sklaven, die auf diversen Plantagen gearbeitet haben,
haben wir zurückgeholt. Wir werden dort nur noch freiwillige Arbeiter zu menschenwürdigen Bedingungen beschäftigen und ihnen ein
anständiges Gehalt zahlen.

Das hört sich alles so einfach an, aber das wird es nicht. Wir werden viele Probleme lösen müssen. Außerdem gibt es noch einige re-
gimetreue Bürger, die sich jetzt als Verlierer fühlen und deshalb
gegen uns arbeiten.

Der Handel mit Resur hat schon begonnen. White City gibt Wasser, Medikamente und andere Dinge ab und bekommt dafür bestes
Büffelfleisch. Viele kranke Resurer liegen nun im White City Hospi-

tal, denn dort können wir sie am besten versorgen. Ich habe mir dort auch meinen Sender herausoperieren lassen.

Die Ärzte in der Pyramide sind vorerst entlastet, und Mark kann sich in Ruhe um Storm kümmern. Es geht ihm viel besser, doch er leidet sehr darunter, Mark verraten zu haben. Ich drücke den beiden die Daumen, dass sie wieder zusammenfinden.

Der Kontakt zu den Partnerstädten New World City und Royal City ist abgebrochen. Wir sind auf uns allein gestellt, was uns recht ist.

Stephen hat geschworen, seinen Bruder zu rächen. Ich weiß nicht, ob er bloß blufft, auf jeden Fall müssen wir auf alles vorbereitet sein. Er wird vermutlich auch dafür sorgen, dass keine andere Stadt vom Sturz des Regimes erfährt, zumindest nicht die Öffentlichkeit.

Wir werden dafür kämpfen, dass die ganze Welt erfährt, was sich hier abgespielt hat, und wollen versuchen, auch die anderen Städte vom Regime zu erlösen.

Aber alles der Reihe nach. Zuerst müssen wir hier für Ordnung sorgen.

Kapitel 14 – Ein Jahr später

»Ich warte beim Shuttle auf dich!« Ice nimmt den großen Rucksack und verlässt unser Häuschen über die Verandatür. »Quatsch dich nicht fest, ich hab noch viel mit dir vor!«

»Ich beeile mich!«, rufe ich ihm grinsend hinterher, während ich beobachte, wie er unseren Garten durch eine Tür im Zaun verlässt.

Hinter der Pyramide parkt ein Shuttle, das übers Wochenende nur uns gehört. Ice hat einen Kurzurlaub geplant, mir jedoch nicht verraten, wo es hingeht. Ich freue mich riesig auf ein paar Tage mit ihm allein. Wir kommen ohnehin zu wenig aus White City heraus, die neue Regierung und all ihre Aufgaben fordern mich ungemein. Ich hoffe, dass ich mein Amt als Präsidentin bald abgeben kann, um mich in Resur neuen Herausforderungen zu stellen. Die Stadt ist im Aufschwung, aus dem ganzen Land reisen Leute ein, um hier zu leben. Es gibt so viel zu tun und ich möchte Bürgermeister Forster gerne unterstützen. Wir haben schon eine Menge erreicht in einem Jahr.

Ich wünschte, ich könnte für immer in Resur leben, aber ich muss meiner Pflicht noch so lange nachkommen, bis Andrew und ich eine neue Regierung aufgebaut haben.

Noch sind wir die neuen Regierungsoberhäupter der freien Stadt White City, doch bei den nächsten Wahlen soll ein Parlament gegründet werden. Die Bürger dürfen mitbestimmen, unsere Demokratie wächst und gedeiht. Andrew macht das prima, er hat unzählige Ideen und das Volk schätzt ihn, auch wenn nicht alles reibungslos läuft. Der Wechsel vom streng behüteten Schaf zum freien Bürger stellt viele vor Probleme. Schließlich haben die Leute nie etwas anderes gekannt.

Wir haben an neuen Menschenrechten gearbeitet und die Zwangssterilisation abgeschafft. Jeder darf Kinder haben, es gibt keine Wartelisten mehr.

Mein Körper kribbelt aus reiner Vorfreude. Ich schlüpfe in meine Slipper und streiche über mein kurzes Sommerkleid. Ice hat mir quasi befohlen, keine Unterwäsche zu tragen, und ich kann es kaum erwarten, mit ihm verruchte Dinge zu tun. Aber zuerst will ich mich von Miraja verabschieden. Da mich die Arbeit stark fordert, sehe ich sie nicht so oft, wie ich gerne möchte.

Ich verlasse das Haus an der Straßenseite und atme tief die warme Morgenluft ein. Für einen Moment schließe ich in unserem Vorgarten die Augen, um die Sonnenstrahlen auf meinem Gesicht zu genießen. Dieses Gefühl absoluter Freiheit fehlt mir unter der Kuppel am meisten, doch wir können sie nicht einfach abreißen. Darunter hat sich ein eigenes Klima gebildet, das die Pflanzen brauchen, um zu wachsen.

Ich lausche den Kindern, die auf dem Fußweg spielen, höre Autos vorbeifahren und Menschen lachen. Mittlerweile ist jedes Haus in diesem Viertel bezogen, die Straßen wurden neu geteert und sogar die Monorail wurde instandgesetzt, damit die Menschen nicht zu Fuß durch die Wüste marschieren müssen. Die Bahn verkehrt mehrmals täglich zischen Resur und White City, beide Städte sind für alle Besucher offen, die Mauer ist weg. Die ehemalige Todeszone ist einer Gedenkstätte gewichen.

Einige Bürger aus White City trauen sich noch nicht, die Sicherheit der Kuppel zu verlassen. Zu tief sitzt die Angst einer möglichen Verstrahlung oder doch Mutanten zu begegnen, aber das wird sich mit der Zeit bestimmt legen. Kein Regime wird jemals wieder die Gedanken dieser Menschen vergiften, nicht, solange ich es verhindern kann.

Mama bevorzugt es ebenfalls, in White City zu leben. Gemeinsam mit Melissa bewohnt sie Vaters alte Räumlichkeiten. Während Melli gerne nach Resur kommt, gehört meine Mutter auch zu den Skeptikern. Ohnehin tun sich die jüngeren Menschen viel leichter mit der Situation.

Jax bildet weiterhin Soldaten aus, eine Armee ist unabdingbar. Es hat sich herumgesprochen, dass man in Resur und White City gut leben kann, es werden noch mehr Menschen kommen. Und je größer ein Volk wird, desto mehr schwarze Schafe wird es geben. Außerdem traue ich Vaters Bruder Stephen zu, dass er uns eines Tages tatsächlich angreifen wird.

Viele Warrior haben sich Jax angeschlossen und genießen das harte Training und das Wissen, nützlich zu sein. Die eine Hälfte bewacht unter Rocks Vorherrschaft White City, alle anderen sind hier.

Nach und nach wurden alle Warrior, die es wollten, von den Injektionen entwöhnt. Die meisten haben sich für einen Entzug entschieden, vor allem diejenigen, denen der neue Stoff verabreicht wurde, der jegliche Lust an Sex im Keim erstickt.

An Frauen mangelt es den Alphamännchen zumindest nicht. Wie Groupies hängen sie an den ehemaligen Kriegern, und die genießen ihre neuen Freiheiten in vollen Zügen. Manchmal befürchte ich, White City und Resur werden das zweite Sodom und Gomorrha.

Das bringt mich zum Schmunzeln und ich muss an Ice denken. Ich sollte mich beeilen.

Zügig marschiere ich die Straße entlang, an den zahlreichen Vorgärten vorbei, auf Mirajas Haus zu. Es ist hellblau, besitzt unterschiedlich große Fenster und eine knallrote Haustür, die einem schon von Weitem entgegenleuchtet. Kurz bevor ich ihr Heim erreiche, laufen mir Sonja – eine gute Freundin von Andrew – und ihr Gefährte Nitro über den Weg. Der blonde Warrior und die schwarzhaarige Frau sind in meinem Alter und offensichtlich immer noch frisch verliebt, wie sie so händchenhaltend entlanggehen. Sie sind vor zehn Monaten mit Sonjas Sohn Noel in diese Straße gezogen. Der siebenjährige Junge ist aber oft bei seiner Oma, die in der Pyramide lebt. Dort geht er auch zur Schule. Miraja findet großes Vergnügen daran, die Kinder zu unterrichten und ihnen Lesen und Schreiben beizubringen. Außerdem baut sie mit Sonja gerade ein Waisenhaus auf.

»Hi, schön, dich mal wieder hier zu sehen!« Sonja begrüßt mich mit einer Umarmung, während Nitro mir lediglich zunickt. Der große, schlanke Krieger sieht wild aus mit seinem silbernen Ring im Ohr und den kurz geschorenen Haaren, aber ich weiß von Sonja, dass er anderen Menschen gegenüber eher verschlossen ist. Die beiden hatten einen schweren Start, umso mehr freut es mich, dass sie glücklich miteinander sind.

Sonjas Augen strahlen. »Habt ihr Lust, heute Abend mit uns zum Jahrmarkt zu kommen?«

Zur Ein-Jahr-Feier und um die Menschen beider Städte einander näher zu bringen, wurden vor der Pyramide Buden und Fahrgeschäfte aufgebaut. In der Nähe von Resur hat es früher einen Vergnügungspark gegeben, und einige dieser Attraktionen waren noch so gut erhalten, dass sie repariert und aufgemöbelt werden konnten.

»Da muss ich leider passen, wir sind erst in zwei Tagen wieder da. Ice und ich machen einen längeren Ausflug. Aber am Sonntag wollen wir hin.« Da muss ich eine Rede halten.

»Dann sieht man sich vielleicht.« Sonja und Nitro verabschieden sich und gehen weiter.

In dem Moment tritt Kia aus der knallroten Haustür und hockt sich auf die Stufe davor. Wie immer hat sie ihre Sportarmbrust dabei. Mit einem Werkzeug schraubt sie daran herum.

»Hi, Veronica!«, ruft sie durch den Vorgarten und winkt mir.

»Hi, Süße!«

Das Mädchen hat sich in diesem einen Jahr, seit ich sie kenne, enorm verändert. Mittlerweile ist sie so groß wie ich und eine richtige junge Lady. Sie wird den Jungs bald die Köpfe verdrehen – wenn sie sich etwas damenhafter benehmen würde. Sie trägt zerschlissene Jeans und ein eng anliegendes lila Shirt, ihre langen schwarzen Haare hat sie zu vielen Zöpfchen geflochten. Sie sieht eher aus wie eine Kriegerin. Crome hat ihr sogar erlaubt, am Training teilzunehmen.

»Ist Miraja da?«, frage ich, als ich vor dem Haus ankomme.

»Hinten im Garten«, antwortet sie, ohne aufzublicken. Ihre Armbrust ist ihr Ein und Alles, Kia hatte sie von ihrem verstorbenen Dad geschenkt bekommen. Jetzt sind Miraja und Crome ihre neuen Eltern, und die drei sind eine richtig hübsche Familie.

Ich gehe an ihr vorbei ins Haus und durch die Küche. Der hintere Teil des Gebäudes, der auf die Veranda und den Garten zeigt, besteht fast nur aus Glas, die große Flügeltür ist geöffnet. Ich bleibe am Esstisch stehen und beobachte Miraja und Crome, die auf der Wiese miteinander rangeln. Zumindest sieht es so aus.

Plötzlich liegt Crome auf dem Rücken, alle viere von sich gestreckt, und Miraja setzt sich in Siegerpose auf seinen Schoß. »Ja, ich hab's geschafft!«

»Fast, Kätzchen, ich kann zumindest noch sprechen. Daher sage ich dir: Du sollst dich nicht so anstrengen.«

Lachend verdreht sie die Augen. »Ich bin nicht krank. Tatsächlich fühle ich mich großartig.« Sie legt die Hände auf ihr winziges Bäuchlein, das man unter der Bluse bereits erahnen kann. Miraja ist im vierten Monat schwanger. Mit der Technik aus White City war es für Samantha kein Problem, den beiden den Wunsch nach einem eigenen Kind zu erfüllen. Crome versucht seitdem, ihr jede Arbeit abzunehmen. Er sorgt sich ungemein um seine Partnerin.

Miraja schiebt beide Hände unter sein Shirt, sodass sein flacher Bauch zum Vorschein kommt. »Also, was habe ich diesmal falsch gemacht? Du kannst dich nicht bewegen, aber noch sprechen.«

Crome grinst verschmitzt und lässt sich ihre Streicheleinheiten sichtlich gefallen. »Ich zeige dir die richtige Druckpunkttechnik lieber, wenn das Kind auf der Welt ist. Vielleicht brauchst du mal meine Hilfe und dann liege ich hier blöd rum.«

»Ausrede«, säuselt sie und küsst ihn.

Ich komme mir plötzlich fehl am Platz vor und möchte mich abwenden, als Crome sagt: »Und jetzt sollten wir aufhören, Kätzchen, bevor es zu peinlichen Szenen kommt. Veronica ist schon seit einer Weile da.«

»Oh, du …!« Grinsend steigt sie von ihm herunter und blickt in die Wohnung. Da die Sonne draußen so grell ist, hält sie sich die Hand über die Augen. »Hi, tut mir leid, ich hab dich nicht bemerkt.«

»Hi, ihr beiden.« Ich trete auf die Veranda und umarme Miraja. »Ich wollte mich nur von euch verabschieden. Ich fliege mit Ice für zwei Tage weg. Kannst du meine Pflanzen gießen, Mira?«

»Das mache ich!«, meldet Crome von unten. Er liegt weiterhin bewegungsunfähig auf dem Boden. Die Jeans sitzen ihm tief auf den Hüften und sein Bauch ist immer noch nackt. Er ist ein leckerer Kerl. Miraja hat genauso ein Glück wie ich.

»Klar, mach ich doch gerne«, sagt sie betont laut und führt mich zurück in die Küche.

»Veronica, kannst du meiner Frau bitte sagen, dass sie sich nicht so anstrengen soll?«, ruft Crome aus dem Garten.

»Ich misch mich da nicht ein!«, rufe ich schmunzelnd zurück, woraufhin ich ein gemurmeltes »Weiber« vernehme.

Miraja und ich lachen. Wir umarmen uns noch einmal, dann trete ich in den Garten, stelle mich vor Crome und verabschiede mich mit einem Militärgruß von ihm. »Bis Sonntag, ihr zwei, macht es gut!«

»Wir machen es besser!«, ruft Crome mir nach, während ich durch die Tür im Zaun schreite.

Ich höre Miraja kichern. »Du bist unmöglich.«

»Was denkst du, was Ice mit deiner Freundin vorhat? Sie hatte keine Unterwäsche … «

Oh mein Gott! Zum Glück höre ich nicht mehr, was er noch alles sagt. Mein Gesicht brennt feuerheiß. Grinsend halte ich mir die Hand vor den Mund. Mein Kleid ist so kurz, dass Crome alles gesehen hat, als ich vor ihm stand. Ich hatte vergessen, dass ich unter dem Stoff nackt bin.

Ich tröste mich damit, dass Miraja schließlich auch nicht anders aussieht als ich, und gehe mit großen Schritten über das Feld auf das Shuttle zu, das hinter der Pyramide parkt. Mein Herz pocht wild, als ich beobachte, wie Ice am Transporter die letzten Sicherheitschecks durchführt. Ich bin immer wieder fasziniert von seiner Ausstrahlung und überglücklich, dass er weiterhin als Bodyguard für mich arbeitet.

Die schwarze Hose spannt über seinem Po, während er sich bückt und eine Düse überprüft. Dann stützt er sich mit beiden Händen am Boden auf, als würde er Liegestütze machen, um einen Blick unter den Transporter zu werfen, ohne dass sein weißes Shirt schmutzig wird. Sein Bizeps wölbt sich beachtlich.

Er springt auf und klopft sich die staubigen Hände ab. »Alles bestens, wir können starten.« Dabei zeigt mir sein verruchtes Grinsen genau, was mir auf unserem Trip blüht. Zwei Grübchen haben sich in seine Wangen gegraben, und als ich vor ihm in das Schiff steige, drehe ich mich auf der Treppe um und umarme ihn.

»Weißt du noch … Unsere erste Begegnung war in einem solchen Shuttle. Du hast dich damals aufgeführt wie ein Urmensch.«

Er wirft einen kurzen Blick über seine Schulter, ob wir allein sind, und schiebt seine Hände unter mein Kleid, genau auf meine nackten Pobacken. »Gib zu, das hat dir gefallen.«

»Selbstbewusstsein habt ihr Kerle, das muss man euch lassen.« Rasch drehe ich mich um und laufe die letzten Stufen nach oben, aber Ice ist schneller, legt mich im Shuttle übers Knie – und schon saust seine Hand auf meinen Hintern. »Hey, klopf deine staubigen Finger woanders ab!«, protestiere ich lachend.

»Freche Göre, wir müssen an deiner Erziehung arbeiten«, raunt er.

Meine Scham pocht verräterisch. Auch wenn mir viele sagen, ich sei eine starke Frau, liebe ich es, mich fallenzulassen und in seine Obhut zu begeben. Ich mag es, wenn er mir im Bett Befehle erteilt, und stehe total darauf, wenn er mich seine Dominanz spüren lässt.

Allein bei diesen Gedanken sammelt sich Feuchtigkeit zwischen meinen Schamlippen.

»Ich kann deine gierige Pussy schon wieder riechen.« Abrupt lässt er mich los, und ich richte mich ein wenig enttäuscht auf. Gut, wir müssen auch weiter, unser Liebesgeplänkel muss warten.

Er zwängt sich in die kleine Toilettenkabine und ich höre Wasser rauschen. Als er herauskommt, hat er tropfnasse Hände. Seine Augen funkeln vergnügt. »Jetzt hast du keine Ausrede mehr.«

»Nein«, hauche ich. Mein Körper steht unter Strom, aber Ice lässt mich zappeln. Das liebt er.

Er legt seine nassen Hände auf meine Brüste, sodass der Stoff feucht wird und sich an meine harten Nippel schmiegt. »Du hast keinen BH an«, sagt er dunkel.

Keuchend schließe ich die Augen. »Wie du es gewünscht hast.« Ich will mehr, jetzt! Aber er dreht sich mit einem gemurmelten »Braves Mädchen« um und setzt sich ins Cockpit.

Schmollend folge ich ihm und hocke mich auf den freien Platz daneben. Ice startet die Motoren. Die Tür schließt, die Instrumente blinken in allen Farben. Ich habe keine Ahnung, wie man ein Shuttle bedient und vertraue Ice' Fähigkeiten, wie ich ihm auch sonst blind vertraue. Ob es gesund ist, sich voll und ganz auf einen anderen zu verlassen? Das Volk von White City hat dem Senat vertraut und wurde arg getäuscht. Aber Ice täuscht mich nicht. Ich kann seine warmen Blicke mittlerweile deuten. Außerdem spricht die Beule in seiner Hose eine klare Sprache. Auch sonst zeigt er mir täglich mit vielen kleinen Gesten, wie wichtig ich ihm bin. Er hat sogar Mary irgendwie bestochen, mir jeden Morgen mein Lieblingsfrühstück zu machen – Rührei mit Speck –, das er mir eigenhändig ans Bett bringt. Dafür verwöhne ich ihn, wenn wir in Resur sind. Von Miraja hole ich mir immer die neusten Rezepte, da ich vom Kochen und Backen nicht wirklich Ahnung hatte. Mary hat mich ja versorgt.

Schmunzelnd lehne ich mich zurück, während wir abheben und Kurs auf ein Ziel nehmen, das nur er kennt.

»Wie lange werden wir brauchen?«, möchte ich wissen.

»Zwei Stunden, da wir ohne Extraschub auskommen müssen. Ist zu gefährlich über Land, sonst knallen wir noch gegen einen Berg.«

Wir werden einige Meilen zurücklegen. Ich bin gespannt auf diesen Ort.

♥ ♥ ♥

Eine halbe Stunde später, als wir eine Prärie überfliegen, beuge ich mich über die Armaturen, um ihm absichtlich den Po entgegenzustrecken. »Schau mal, da unten sind Büffel!« Ich reize ihn gerne, um seine Beherrschung zu Fall zu bringen, nur leider scheint Ice der Meister der Selbstdisziplin zu sein. Es gelingt mir selten, ihn aus der Ruhe zu bringen.

Auch diesmal scheint er nicht zu reagieren, bis ich mich auf das Spiegelbild auf der Panoramascheibe konzentriere. Ich sehe, wie Ice vorsichtig mein Kleid anhebt, um meine nackten Pobacken zu betrachten. Außerdem spüre ich die Bewegung des Stoffes.

Rasch drehe ich den Kopf und grinse triumphierend.

»Was?« Seine Augen funkeln herausfordernd. »Ich wollte nur prüfen, ob du auch überall ordentlich rasiert bist.«

»Von vorne bis hinten blitzeblank.«

Er atmet tief durch und rückt seine Erektion durch die Hose zurecht.

»Und du?«, frage ich möglichst unschuldig.

»Sieh nach«, raunt er.

Das muss er mir nicht zwei Mal sagen. Ich knie mich neben ihn, öffne die Hose und hole seinen Penis heraus. Obwohl wir schon oft miteinander geschlafen haben, staune ich immer noch über seine Größe. Sofort ziehe ich mit der Zunge die Spuren der prall gefüllten Adern nach und kitzle die empfindliche Kuppe. Mit den Fingern spiele ich an seinem schweren Hodensack, der sich samtigglatt anfühlt.

»Und?«

Als ich zu ihm aufsehe, hebt er die Brauen.

»Alles so, wie es sein soll?«

»Perfekt«, hauche ich und kneife die Beine zusammen, um den angenehmen Druck auf meine Klitoris zu erhöhen.

»Okay, dann setz dich wieder auf deinen Platz.«

Beinahe widerwillig gehorche ich. »Ich würde viel lieber auf deinem Schoß sitzen.«

»Das geht leider nicht, ich muss mich auf den Flug konzentrieren«, sagt er mit einem Schmunzeln in der Stimme.

Oh, und wie das gehen würde, ich wette, er könnte das ohne Probleme meistern, das Ding fliegt doch ohnehin fast von allein. Aber er will mich hinhalten, wie immer. Dabei kann ich es kaum noch ertragen. Ich will ihn spüren!

Frustriert kneife ich die Schenkel zusammen und möchte gerade mit einer Hand unter mein Kleid schlüpfen, als seine Stimme durch das Cockpit donnert.

»Finger weg und Beine auseinander!«

Mein Herz rast. Ich erschrecke über seinen Tonfall. Zugleich pocht meine Scham noch mehr.

Ich gehorche und öffne die Schenkel ein Stück.

»Du bist schon wieder klitschnass, stimmt's?«, sagt er sanfter, mit einer solch dunklen, verlockenden Stimme, dass ich mich am liebsten auf ihn stürzen möchte.

»Ja, und ich werde gleich den Sitz vollschleimen. Es ist besser, ich hocke auf deinem …«

»Setz dich hier drauf.« Als er sich sein weißes Shirt auszieht und mir überreicht, muss ich auf seinen nackten Oberkörper starren. Das macht er mit Absicht!

»Du wirst es dieses Wochenende nicht mehr tragen können«, murmele ich und setze mich demonstrativ auf den Stoff.

»Ich habe mir genügend Shirts eingepackt, doch da, wo wir hinfliegen, werden wir beide gar keine Kleidung brauchen. Daher kannst du dein Kleid gleich ausziehen.

Ich schlucke. Himmel, das klingt verlockend. Das hört sich nach zwei Tagen Sex am Stück an. Oh Gott, ein neuer Schwall meiner

Lust ergießt sich auf sein Shirt. Meine Vagina ist geschwollen und nass und ich kann mich bereits riechen.

Ich schlüpfe so schnell aus meinem Kleid, dass Ice lacht. »Baby, du bist perfekt.«

»Du auch, mein … Großer«, antworte ich grinsend und starre demonstrativ auf seine Erektion, die in seinem Schoß zuckt. »Kann ich dir irgendwie helfen? Auch mal das Steuer übernehmen?« Ich möchte seinen Schaft umfassen, aber er schlägt meine Hand weg.

»Bleib einfach neben mir sitzen und spreiz die Beine.«

Ich stoße die Luft aus und tu, wie mir befohlen. Meine Brustspitzen prickeln und sind hart wie Kieselsteinchen.

Da schießt sein Arm zu mir herüber, packt meinen Oberschenkel und zieht ihn weiter zu sich, bis sich meine Spalte öffnet.

»Du quälst mich!«

Er lacht dunkel. Seine Hand wandert meinen Innenschenkel entlang, während er konzentriert nach draußen sieht. Oder beobachtet er mich wieder über die Spiegelung an der Scheibe?

Ich nehme schon gar nichts mehr wahr, weil ich nur auf seine Finger starren kann, die sich meiner Körpermitte langsam nähern. Mein Kitzler pocht stürmischer, meine Schamlippen prickeln. Sachte streicht er daran auf und ab, fährt mit dem Zeigefinger höher und legt seine Hand auf meine Brust. Er betatscht mich von oben bis unten und erhöht meine Erregung mit jeder Berührung. Und ich darf nur zusehen, weder ihn noch mich selbst anfassen.

Mittlerweile atme ich schwer. Ich lege den Kopf in den Nacken und beginne, meinen Po im Sitz hin und her zu wetzen. »Ice, bitte, wenn du nicht endlich ordentlich zupackst, zerspringe ich!«

»So?« Er drückt seine Hand auf mein geöffnetes Geschlecht, krallt die Finger in meine Schamlippen und … ja, mehr passiert nicht!

Oh Gott, ich könnte fast kommen, wenn er mich ein wenig reiben würde! Stattdessen treibt mich der süße Schmerz nur bis kurz vor den Höhepunkt.

»Du bist grausam.«

»Oh ja, Kleines, das bin ich. Und ich liebe es, dich leiden zu sehen.« Er beugt sich zu mir herüber, um mir einen Kuss zu geben. Keinen gewöhnlichen, seine Zunge vergewaltigt mich fast. Sie dringt hart in mich ein und penetriert mich mit schnellen Stößen.

Ich bekomme kaum Luft. Zusätzlich schiebt er einen Finger in mich. Dazu muss er sich ein bisschen verrenken, aber er tut wirklich alles, um meine Erregung auf einem hohen Level zu halten.

»Ich will, dass du nass und weich bist, wenn ich dich später nehme. Und ich werde dich nicht verschonen. Du kannst schreien und flehen, Baby, ich werde dich so hart ficken, dass du nicht mehr laufen kannst.«

»Hör auf, das macht mich geil.«

Lachend zieht er seine Hand zurück. »Ich weiß. Und jetzt leck meine Finger sauber.«

❤ ❤ ❤

Knappe zwei Stunden später durfte ich immer noch nicht kommen. Mein Körper ist schweißüberströmt und ich hechle wie ein Hund, dem zu heiß ist. Meine Finger fühlen sich taub an, weil ich sie ununterbrochen in die Armlehnen kralle. Ich sitze weiterhin mit gespreizten Beinen neben ihm, und sein Shirt unter meinem Hintern ist klitschnass. Seine große raue Hand ruht seit einer gefühlten Ewigkeit unbeweglich auf meiner empfindlichsten Stelle, doch sobald ich mich seinen Fingern entgegendrücke, ernte ich einen leichten Klaps auf ebendiesen Fleck. Der stechende Schmerz ist göttlich. Immer öfter zucke ich mit den Hüften nach vorne, bis ununterbrochen Schläge auf mein Geschlecht prasseln. Sie werden härter, je ungehorsamer ich bin. Meine Schamlippen glühen und sind dick geschwollen, es schmatzt bei jedem Klatscher.

Zur größten Gemeinheit ragt seine Erektion weiterhin aus der Hose. Er hat mir verboten, sie auch nur anzusehen, doch er darf ständig Hand an sich legen und spielt zwischendurch an sich herum.

Ich halte es nicht mehr aus und fasse an meine Brüste, um sie zusätzlich zu stimulieren. »Ice, darf ich kommen? Bitte?«

Er hat es mir untersagt und ich muss fragen. Das ist unser Spiel. Ich liebe und hasse es, aber er möchte, dass ich lerne, mich zu beherrschen. Ich soll die Lust länger auskosten.

»Noch nicht, Baby.«

»Zwei Stunden halte ich bereits durch«, bringe ich keuchend hervor. »Das muss doch reichen!«

»Wir sind da.« Als er plötzlich aufhört, auf meine Scham zu klopfen, stehe ich kurz davor, über ihn herzufallen. So extrem erregt wie heute war ich noch nie.

Um mich abzulenken, schaue ich aus dem Fenster und atme tief durch. Mir ist so heiß, ich will nur ihn. Jetzt!

Wir fliegen über ein Bergmassiv, hinter dem sich ein grünes Tal erstreckt. Ein breiter Fluss schlängelt sich durch Wälder und Wiesen, Seen liegen wie tiefblaue Kleckse auf sattem Grün verteilt, dahinter schließt sich ein weiterer Höhenzug an und ein Wasserfall rauscht in die Tiefe.

»Wow …« Meine Erregung ist plötzlich nebensächlich, denn ich habe noch nie so etwas Schönes gesehen. Unberührte Natur. Riesige Grünflächen – dagegen ist der Park in White City ein Witz. »Woher weißt du von dem Ort?«

»Crome und ich haben ihn auf einem Erkundungsflug entdeckt. Muss sich um einen ehemaligen Nationalpark handeln. Die Berge auf beiden Seiten scheinen das Tal vor der Verstrahlung geschützt zu haben, wir haben auf jeden Fall keine Schadstoffe gemessen. Das hier ist das Paradies, Baby. Unser Paradies.« Das Grau seiner Iriden leuchtet.

Unser Paradies … Wie er die Worte ausgesprochen hat, so ehrlich und mit einer Wärme in der Stimme … Ich schlucke hart, weil mich meine Gefühle für diesen besonderen Mann zu überwältigen drohen. Ich liebe ihn so sehr. »Und die Strahlung?«

»Im Rahmen, und für uns nicht mehr schädlich, doch das Tal

blieb vom Fallout nicht verschont.«

»Wie meinst du das?«

Er lächelt geheimnisvoll. »Wirst du gleich sehen.«

Wir sinken rasch tiefer und Ice peilt eine größere Lichtung an.

Elegant parkt er das Shuttle auf der Wiese, drumherum liegt dichter Wald.

Während er seinen noch halb steifen Penis verstaut und seine Sonnenbrille aufsetzt, befiehlt er mir, nackt zu bleiben. Immerhin packt er mein Kleid und die Slipper in den Rucksack. Er schultert ihn und verlässt das Schiff.

Als ich die Stufen hinunterkomme, schmeißt er mich ebenfalls über seine Schulter.

»Hey!«

Seine große Hand legt sich auf meinen Po. »Meine Prinzessin soll sich keine Tannennadeln eintreten.«

»Sind das denn Tannen?«, frage ich neunmalklug, während ich angestrengt den Kopf hebe und die hohen Bäume mustere. In den letzten Monaten habe ich viel über die alte Welt gelesen, über die Flora und Fauna, Erfindungen, politische Ereignisse. Die Bäume hier sind riesig. »Könnten auch Kiefern sein. Und da hinten steht eine Eiche … au!«

Er hat mir einen Klaps auf den Po gegeben.

»Wofür war der?« Ich kralle die Finger in den Rucksack, weil der Boden unter mir gefährlich schwankt. Ice hat ein gutes Tempo drauf, aber plötzlich bleibt er stehen.

»Halte doch mal dein süßes Mundwerk und lausche.«

Perfekte Stille umgibt uns. Es ist umwerfend. Dabei ist es nicht wirklich ruhig, denn je länger ich lausche, desto mehr Geräusche vernehme ich: ein Rascheln im dichten Gras, Vogelgezwitscher, ein Knacken in der Nähe und ein Kreischen über uns. Ich hebe den Kopf. Ein großer Vogel zieht in der Luft Kreise. Hat er vier Schwingen?

Ich zwinkere. Scheint so!

206

Ice dreht sich zur Seite und deutet wortlos auf eine Lichtung. Eine Gruppe Hirschkühe mit zwei Köpfen nähert sich neugierig dem Shuttle. Die Strahlung hat einiges verändert, doch die Natur hat einen Weg gefunden, zu überleben.

Ice bückt sich und pflückt eine Blume, dessen Blütenblätter verschiedene Rot-, Orange- und Violetttöne haben, und reicht sie mir über seine Schulter. »Ich nenne sie Regenbogenblume.«

Staunend drehe ich die Pflanze zwischen den Fingern. Einige Mutationen sehen skurril aus, andere sind wunderschön.

Überhaupt ist es hier traumhaft. Friedlich.

»Sehen wir zu, dass wir dich in den Schatten bringen, bevor du noch knusprig wirst.« Während Ice mit mir auf den Wald zumarschiert, prickelt die Sonne auf meinem nackten Hintern. Ich glaube, er hat noch nie natürliches Tageslicht gesehen.

Ich schmunzle. Leider habe ich nicht so robuste Gene wie Ice. Er muss zwar seine empfindlichen Augen schützen, ansonsten macht ihm die Sonne nicht so sehr zu schaffen. Die Strahlung ist auch hier enorm, aber unter den Kronen der Bäume, die nur noch wenig Licht hindurchlassen, sehr gut auszuhalten. Außerdem ist es angenehm warm, nicht zu heiß.

Unter Ice' Stiefeln knacken feine Zweige, es duftet nach Erde, Laub und allerlei Dingen, die ich nicht bestimmen kann. So viele neue, interessante Gerüche.

Ich bin neugierig, wo Ice mich hinbringt, aber lange geht er nicht durch den Wald. Er setzt mich ab, zieht an einer Schnur und eine Strickleiter purzelt aus der Baumkrone.

»Nach Ihnen, Mylady«, sagt er grinsend und hält die Leiter aus Schnüren und Ästen am unteren Ende fest.

Ich rümpfe gespielt die Nase und stecke die Blume in mein Haar, damit ich die Hände frei habe. Dann beginne ich mit dem Aufstieg, wobei ich provozierend den Po in die Luft recke. Ice kann von unten alles sehen, und ich höre ihn etwas murmeln, das sich wie »freche Göre« anhört.

Bald erreiche ich eine hölzerne Klapptür. Ich stoße sie auf, krabble hindurch und befinde mich auf einer großzügigen Plattform, die um den dicken Stamm des Baumes errichtet wurde. Darauf liegt nur eine große Matratze. Die Plattform hat sogar ein Dach aus durchsichtigen Kunststoffscheiben, statt Wänden sind drumherum Moskitonetze befestigt. Zu nah an den Rand sollte ich mich nicht wagen.

»Hier oben bist du vor wilden Tieren geschützt«, sagt er hinter mir.

Bis auf eines, denke ich, während ich ihn angrinse. »Was für eine schöne Überraschung, ein Haus in der Baumkrone. Ein Vogelnest für Menschen.«

»Ich bin eben gut zu Vögeln«, raunt er, woraufhin ich ihm einen Klaps auf den Arm gebe.

»Nein, du bist unmöglich ordinär.« Ich drehe mich im Kreis und schäme mich nicht, vor Ice nackt zu sein. Er kennt ohnehin jeden Zentimeter meines Körpers. »Hast du das gebaut?«

»Ja, zusammen mit Crome. Erst dachten wir daran, einen Unterschlupf zu haben, wenn wir Männerausflüge machen, auf die Jagd gehen oder so, aber es eignet sich auch prima, um unsere Frauen zu überraschen. Jax hat ebenfalls schon Interesse angemeldet. In Zukunft müssen wir wohl eine Liste führen.«

Er stellt den Rucksack am Baumstamm ab und zieht ein weinrotes Bettlaken heraus, das er mir zuwirft.

»Ich hab gedacht, du hast Proviant dabei?« Hastig spanne ich das Laken über die Matratze, da ich es kaum erwarten kann, Ice in mir zu spüren. Ein Liebesnest … Ich kann es noch gar nicht glauben. Mein Warrior kann richtig romantisch sein.

»Ich hab nur das dabei, was wir über das Wochenende wirklich brauchen, Essen kann ich uns jagen.«

»Ist recht, Tarzan.« Er hatte mir ja erzählt, dass er es liebt, auf die Jagd zu gehen und sogar Vögel zubereiten kann. Zur Not hole ich mir einen Snack aus dem Shuttle, dort gibt es Getränke und Knabbersachen. Hauptsache, ich habe Ice ganz für mich, so viel mehr brauche ich die nächsten Tage auch nicht.

Grinsend klopft er sich auf die Brust und lässt einen – ich kann es bloß vermuten – Tarzanschrei los, ein furchtbares Geheul. Es klingt wie das Jaulen des Hundes, der manchmal in Resur vor unserer Tür sitzt und nach Essen bettelt. Dann reißt er sich die Hose vom Leib.

Ich halte mir den Bauch vor Lachen. »Du Tarzan, ich Jane?«

Wir lesen uns gerade gegenseitig aus dem Buch vor. Ich hab es in der Resurer Stadtbibliothek gefunden. Da es in White City wegen der Zensur kaum Material aus den früheren Jahrhunderten gibt, sauge ich alles auf, was mich interessiert. In diesem Fall erregte das Cover meine Neugier. Ice schien ein wenig beleidigt, warum ich ein Buch lese, das einen nackten Mann im Lendenschurz zeigt, aber dann fand er die Geschichte amüsant. Er liest ebenso gerne wie ich.

»Lach du nur. Keiner wird deine Schreie hören, Baby«, sagt er rau. »Ich werde deine kleine Pussy ficken, bis du um Gnade winselst.«

»Niemals«, erwidere ich atemlos und wische mir Lachtränen aus dem Gesicht, wobei ich ständig auf seine gewaltige Erektion starren muss.

Wie ein Raubtier stürzt er sich knurrend auf mich, und ich schreie tatsächlich überrascht auf. So wild war er noch nie. Seine Iriden scheinen zu glühen, seine Nasenflügel blähen sich. Vielleicht kommt er hier, wo wir wirklich ganz allein sind, erst ganz aus sich heraus?

Er packt meine Handgelenke und drückt sie in die Matratze. Stöhnend werfe ich den Kopf zurück und stoße ihm meinen Unterleib entgegen. Mit einem schnellen Ruck dringt er tief in mich ein.

Endlich … Endlich ist er in mir.

Ich pulsiere um ihn herum, genieße die extreme Dehnung und spreize meine Beine weit, um ihn noch tiefer aufzunehmen. Dabei wühle ich mit den Fingern in seinen kurzen weichen Haaren oder streiche über den kraftvollen Rücken. Der Kerl ist eine Wucht und er gehört mir allein.

Immer, wenn er in mir ist, kann ich den Höhepunkt kaum zurückhalten, das Gefühl ist übermächtig. Ice besitzt mich, er benutzt mich, er liebt mich.

Mein Inneres kontrahiert hart, mein Kitzler schreit danach, die angestaute Lust zu entladen. Ich stehe kurz davor.

»Wenn du dich jetzt zurückziehst, bringe ich dich um!«, presse ich heraus. Ich brauche diesen Orgasmus, oder ich laufe Amok! Zu lange hat er mich heute hingehalten.

Grinsend hebt er eine Braue. »Dann sieh mich an, wenn du kommst, Baby.« Er hält meinen Kopf mit beiden Händen fest, den Blick starr auf mich gerichtet, und stößt ordentlich zu. »Komm, meine Kleine, lass dich fallen.«

Keine drei Sekunden später schießen Blitze durch mich. Das Blut rauscht in meinen Ohren und ich höre mich schreien. Der Höhepunkt ist gewaltig und will nicht enden. Meine Scheidenwände pressen sich an seinen dicken Schaft, drücken zu und wollen den Eindringling nicht mehr hergeben. Ich schwebe, meine Seele scheint sich für einen Moment aus dem Körper zu lösen. Ich bestehe aus einem berauschenden Gefühl, aus Geilheit, Hemmungslosigkeit und meinen ureigensten Trieben. In diesem Moment möchte ich nur von dem Mann meiner Träume in Besitz genommen werden.

»Ich staune immer wieder, wie dein kleiner Körper mich aufnehmen kann«, raunt er und küsst mich zärtlich, während alles da unten nachpocht. Danach steht er auf.

»Bist du … auch schon?«, frage ich atemlos. Ich war dermaßen in meiner Ekstase gefangen, dass ich nichts anderes wahrgenommen habe.

Amüsiert hebt er eine Braue. Seine Erektion steht nach wie vor wie eine Eins und glänzt von meinem Saft.

»Okay, hätte mich auch gewundert«, sage ich grinsend. »Verrate mir bitte mal, wie du dich so beherrschen kannst.«

Er zuckt mit den Schultern, während er zum Rucksack geht und darin herumwühlt. »Je länger ich mich zurückhalte, desto länger der

Spaß.«

»Ich kann öfter Spaß haben«, necke ich ihn, weil ich ihn hin und wieder damit aufziehe, dass wir Frauen in dieser Hinsicht einen Vorteil haben, obwohl Ice' Standfestigkeit auch nicht von schlechten Eltern ist.

»Oh ja, und das war erst das Vorspiel.« Mit allerhand buntem Plastikspielzeug kommt er zurück. Das meiste davon erkenne ich, denn Ice liebt Toys. Wir beide können nicht genug davon bekommen, ständig neue Dinge auszuprobieren.

Neben mir landet ein gläsernes, konisch geformtes Etwas auf der Matratze, zwei silberfarbene Nippelklemmen und mein schwarzer Vibrator.

Neugierig stütze ich mich auf die Ellbogen. »Tarzan und Jane hatten diese Auswahl aber nicht.«

Er seufzt übertrieben. »Jane könnte einem direkt leidtun.«

»Ach, die hat sich auch mit Tarzans Liane zufriedengegeben. Damals waren die Frauen noch nicht so verwöhnt.«

»So?« Er hebt herausfordernd die Brauen und streicht sich über seine Erektion. »Und du bist verwöhnt?«

»Total.« Obwohl ich gerade erst einen heftigen Höhepunkt erlebt habe, überkommt mich neue Lust. Hier gibt es nichts, das mich ablenkt, hier sind nur Ice und ich. Das will ich voll auskosten.

Interessiert nehme ich den seltsamen Glasdildo in die Hand. »Was ist das?«

Ice nimmt ihn mir sofort ab und schließt ihn in seiner Faust ein, offenbar, um ihn anzuwärmen. »Ein Analplug.«

Anal… Was? Ich räuspere mich. »Ähm, du hast aber nicht das vor, was ich denke?«

Sein Blick brennt sich in mich. Mit seiner supersexy Düsterstimme raunt er: »Dir wird das Denken gleich vergehen.« Er packt mich an den Hüften und dreht mich auf den Bauch. »Streck mir deinen Po her.«

Ich schlucke. »Ice, ich weiß nicht, ob ich …«

Er greift einfach unter meinen Bauch und zieht mich in den Vier-füßlerstand.

Ich weiß, dass er niemals etwas tut, das mir schadet. Er beobach-tet mich, studiert meine Reaktionen, und falls mir eine Praktik wirk-lich nicht gefällt, lässt er von ihr ab. Für seine Rücksichtnahme liebe ich ihn. Er hat seine Begierden immer unter Kontrolle, ich muss nicht befürchten, dass er einmal austickt und in einem Lustrausch über mich herfällt.

Er hält mich weiterhin mit einem Arm im Klammergriff, wobei ich ihm den Po fast ins Gesicht strecke, während ich etwas Kühles an meiner Spalte fühle. Ice lässt das Glas zwischen meinen Scham-lippen hindurchgleiten, um es anzufeuchten. Kurz schiebt er es in mich, dann drückt er die abgerundete Spitze gegen meinen anderen Eingang.

Unruhig zapple ich in seinem Griff. Der Druck auf den Ringmus-kel fühlt sich seltsam an. Ich mag es zwar, wenn Ice mich dort leckt oder streichelt, aber er hat mir noch nie etwas hineingeschoben.

Er drückt den gläsernen Plug fester an meine Öffnung, bis der Muskel sich lockert und den Eindringling ein Stück hineinlässt. »Es wird langsam Zeit, deinen Horizont zu erweitern.«

»Meinen?«, frage ich eine Oktave höher. »Hast du das schon mal gemacht?« Der Druck nimmt zu, das Gefühl ist so … neu. Aber auch erregend.

Ice antwortet nicht. Will ich wirklich wissen, ob er mit Sklavin-nen herumexperimentiert hat? Immerhin konnte er mit den meisten von ihnen nicht schlafen, vielleicht hat er sich dann andere Dinge einfallen lassen. Er liebt es schließlich, mit meinem Körper zu spie-len.

»Wie ist das für dich, Baby?«, raunt er.

Als ich einen Blick über meine Schulter werfe, sieht Ice verträumt zu mir.

»Fühlt sich komisch an.«

Er drückt den Glasdildo immer tiefer, und ich habe das Gefühl, gleich einzureißen, obwohl der Umfang des Toys im Gegensatz zu Ice' Schwanz lächerlich ist.

»Du wirst dich daran gewöhnen, Kleine.« Er presst den letzten Rest in mich, bis die Stelle kommt, an der sich der Dildo verjüngt. Dann sitzt das Ding in mir. Wie ein Stöpsel.

Meine Wangen brennen vor Scham, doch meine Klitoris pocht erneut hart.

Ice tätschelt mich zwischen den Beinen. »Es gefällt dir.«

Da bin ich mir noch nicht sicher. Wobei … Das unangenehme Druckgefühl ist vorbei. Jetzt ist es gut auszuhalten.

Als er mich loslässt, bleibe ich auf allen vieren stehen und warte, was er nun vorhat. Wie ich es mir gedacht habe, bringt er die Nippelklemmen an meinen Brustwarzen an. Als sie zuzwicken, rast der süße Schmerz bis zwischen meine Schenkel und verstärkt dort das Pochen.

»Du bist schon wieder geil.« Er schiebt einen Finger in mich und verteilt den Saft in meiner Spalte, bevor er meinen Kitzler zwischen Daumen und Zeigefinger nimmt. Sanft zwickt er zu und steigert den Druck.

Ich knie schwer atmend da und konzentriere mich auf meine Atmung, während er meinen Kitzler malträtiert, ihn zwirbelt und reibt. Mein Körper glüht, Wogen heißer Lava schwappen durch meinen Unterleib, meine Brüste spannen, und die lustvolle Pein scheint überall zu sein.

Ice küsst meine Pobacken und streichelt meine heiße Scham noch eine Weile, bevor er sich hinter mich kniet und seine Eichel in meine Nässe drückt.

Das ist nicht sein Ernst? Er will in mich, obwohl ich da unten schon an anderer Stelle ausgefüllt bin?

»Das wird nicht gehen«, sage ich mit wimmernder Stimme, als er seine gewaltige Spitze weiter in mich drückt.

»Ich will nur sehen, wie viel du noch vertragen kannst.« Ich höre ihn stöhnen, als er sich in meine Enge quetscht. Sofort zieht er sich zurück.

Frech wackle ich mit dem Po. »Was ist, mein Großer? Gibst du auf?«

Da packt er mich erneut und dreht mich auf den Rücken. »Immer noch vorlaut?« Er kriecht über mich und drückt mir seine Eichel in den Mund.

Mit gierigen Zungenschlägen lecke ich ihn sauber, während ich den Kiefer weit aufmache, um ihn so tief wie möglich einzulassen. Ich liebe die moschusartige Mischung in meinem Mund und sauge gierig an ihm, um in den Genuss seiner salzigen Tropfen zu kommen.

Seine Bauchmuskeln spannen sich an. »Shit, Baby, du machst mich heute echt fertig.« Auch hier hält er es nicht lange aus und lässt von mir ab.

Schweiß steht auf seiner Stirn, sein Atem geht schwer.

Ich grinse triumphierend und lecke mir über die Lippen.

Seine Lider verengen sich. »Du willst mich wirklich herausfordern?«

Oh, ich mag es, wenn er so gespielt böse schaut, das macht mich ganz wuschig.

»Okay«, raunt er und zieht eine Nippelklemme ab.

Ich schnappe nach Luft. »Du bist so fies!« Der kurzzeitige Schmerz rast durch meine Nervenbahnen wie glühender Stahl.

»Das war noch gar nichts«, sagt er zuckersüß, pustet auf meine beleidigte Brustspitze und leckt sanft darüber.

Ich kralle die Finger in sein Haar und kraule seinen Nacken. Eigentlich darf ich ihm nichts Gutes tun, außer, er befiehlt es mir, denn er möchte heute allein mich verwöhnen. Doch ich muss ihn streicheln und berühren, weil ich ihn so lieb habe.

Ich kichere. Wie kann ich jemanden lieben, der mir Schmerzen zufügt?

Weil es Lustschmerzen sind, und nach diesen giere ich.

Ice reißt die zweite Klemme herunter, erneut schreie ich auf, aber er hält mir den Mund zu.

Seine Augen funkeln. »Du erschreckst die Tiere.«

Hart schnaufe ich durch die Nase, ich bekomme kaum Luft. Oh Gott, selbst das macht mich an.

Langsam nimmt er die Hand weg und hockt sich zwischen meine Beine, die er weit spreizt. Zusätzlich drückt er mit zwei Fingern meine Schamlippen auseinander und setzt die Klemme auf meinen Kitzler.

Ich bäume mich auf, schaffe es jedoch, nicht zu schreien. Lediglich ein Wimmern entschlüpft mir. Der intensive Schmerz ist neu und geil. Ice beugt sich über mich, um die Hand wieder auf meinen Mund zu legen, während er mit seinen Knien dafür sorgt, dass ich die Schenkel nicht schließen kann.

Tränen laufen über meine Wangen, durch meinen Körper rauscht Adrenalin.

»Baby, du bist so schön.« Er küsst meine Tränen weg, wobei er mir immer noch den Mund zuhält.

Erst als ich den Schmerz aushalte, nimmt er die Hand weg und schnappt sich den schwarzen Vibrator. Damit malträtiert er meinen Kitzler, der durch die Klammer zusätzlich gepeinigt ist.

Ich schreie vor Lust. Derart intensiv habe ich unser Spiel noch nie erlebt.

»Jeden Tag bist du bereit für ein bisschen mehr.« Liebevoll streichelt er über meinen Bauch. »Und eines Tages werden all deine Löcher für meinen Schwanz passen. Training ist alles.« Er schiebt den Vibrator tief in mich, und ich bäume mich ein weiteres Mal auf. Die Schwingungen durchdringen meinen Unterleib und bringen alles in mir zum Zittern. Jetzt spüre ich sogar den Analplug deutlich, da er vom Vibrator nur durch ein bisschen Gewebe getrennt ist.

»Es wäre mal interessant zu wissen, wie viele Höhepunkte du hintereinander haben kannst«, sagt er rau und hält die Spitze des summenden Gerätes erneut auf meinen empfindsamen Lustnerv.

Ich wimmere und stöhne unter ihm, die heftigen Impulse auf meinem geschwollenen Gewebe sind eine Tortur. Es tut weh, doch es tut auch gut. Ich frage mich manchmal, wie das sein kann, was Ice mit meinem Körper anstellt. Er weiß immer, was ich brauche. »Dann darf ich noch einmal kommen?«, frage ich.

»Ja, Kleine, heute darfst du mir zeigen, was du kannst.«

Während er ein weiteres Mal die Spitze des Vibrators auf meine Klitoris drückt und seinen Finger in mich schiebt, mit dem er zusätzlich meinen inneren Lustpunkt reizt, kann ich es nicht mehr zurückhalten. Das Blut rauscht laut durch meine Ohren, sodass ich nichts mehr höre. Ich kann nicht atmen, nicht mehr denken, nur noch fühlen. Mein Inneres krampft sich um seinen Finger zusammen, ekstatische Wellen entladen sich über mir. Als würde Strom durch mich peitschen, zuckt mein Körper. Rhythmisch zieht sich mein Schließmuskel um den Plug zusammen, und auch meine Vagina kontrahiert unaufhörlich.

Ich schwebe … schwebe auf absoluter Glückseligkeit.

♥ ♥ ♥

Fünf Höhepunkte später liege ich schwer atmend unter ihm und kann mich kaum noch bewegen, während sich Ice an mir bedient. Er hält meine Hüften gepackt und stößt in mich. Bisher ist er nicht gekommen. Er hat eine unglaubliche Ausdauer.

»Hab ich dich endlich geschafft, Baby?« Sein Körper ist klitschnass und auch mir läuft der Schweiß in Strömen hinunter.

Ich kann nur matt nicken.

Er nimmt mich härter, rammt sich in mich. Mittlerweile bin ich so nass und weich für ihn, dass ich es gut aushalte. Ja, ich genieße ihn in mir, ohne mich zu rühren. Ich spüre ihn, bin mit ihm verbunden, fühle mich begehrt und gebraucht. Über Stunden hat er mit meinem Körper gespielt und mich mehrmals befriedigt, ohne einmal selbst den Gipfel der Lust erlebt zu haben.

Seine Stöße werden langsamer, und er sagt halb stöhnend: »Mach's mir, Baby.«

Ich weiß, was er liebt, daher richte ich mich ein Stück auf und fasse an seinen Schaft. Er ist glitschig und heiß. Mit zwei Fingern forme ich einen engen Ring und massiere ihn.

Ice wirft den Kopf zurück. »Fester.«

Ich bearbeite ihn so gut ich kann – was bei der Stellung nicht einfach ist –, bis er sich aus mir zurückzieht und auf meine geschwollenen Schamlippen spritzt. Dick und weiß klatscht sein Saft auf mich, drei Mal, fünf Mal ... acht Mal. Mit brennendem Blick lässt sich Ice die Show nicht entgehen, reibt sein Sperma sogar noch in meine Spalte und auf meinen Unterleib.

Mit dem letzten Schuss durchlaufen Spasmen seinen Körper, und er wirft sich schwer atmend neben mich. »Oh Mann, war das geil.«

»Ja, das war es«, wispere ich. »Und anstrengend.«

Die Sonne steht tief, es ist düster geworden in unserem Baumhaus. Am liebsten möchte ich die Augen schließen und schlafen, aber ich klebe von oben bis unten. Das Gefühl ist nicht unbedingt angenehm. »Was würde ich jetzt für mein luxuriöses Badezimmer geben.«

»Ich kann dir etwas Ähnliches bieten.« Er setzt sich auf und streckt mir die Hand hin, doch ich kann mich nicht rühren.

»Ich bin zu erschöpft.«

Da hebt er mich einfach auf seine Arme. »Nichts da, Tarzan will baden. Jane kommen mit.«

»Aber du musst mich den ganzen Weg tra ... Ice!« Plötzlich bin ich hellwach. Was macht der Kerl? Er reißt an einer Stelle das Moskitonetz zur Seite und springt mit mir in die Tiefe.

»Oh, mein Gott!« Ich schreie während des ganzen Falls. Mein Herz, das sich gerade erst von den lustvollen Strapazen erholt hat, klopft erneut wild.

Doch wir landen sicher auf dem Boden, auch wenn mein Gehirn ordentlich durchgeschüttelt wurde. »Spinnst du!?« Das waren bestimmt vier Meter! »Du bist wirklich ein Affenmensch!«

Mein Held grinst siegessicher und läuft mit mir durch den düsteren Wald, bis sich ein Felsenbecken vor uns auftut. Das klare Wasser sieht erfrischend aus, doch mein Körper ist so erhitzt, dass ich garantiert einen Schock bekomme, wenn ich darin eintauche.

Ice steigt in das natürliche Becken und setzt sich hin. Ich halte die Luft an, um mich auf die Kälte vorzubereiten, aber das Wasser umschmeichelt mich angenehm warm. Eine Thermalquelle!

»Ist das herrlich«, murmele ich, während ich mich ausstrecke, um zu entspannen. Ice legt mich an einer flachen Stelle ins Becken, sodass nur noch mein Kopf aus dem Wasser ragt. »Dann werden wir die kleine Prinzessin mal saubermachen.« Seine Hände wandern über meinen Körper, massieren meine müden Muskeln und fahren zwischen meine Beine. Ich genieße seine Streicheleinheiten und werde wieder schläfrig.

Müde blinzele ich in den orangefarbenen Himmel. Die Sonne ist hinter den Bergen verschwunden, die Felsspitzen glühen rötlich, die Nadelbäume sehen wie schwarze Zacken aus. Die Geräusche des Tages werden von anderen abgelöst, ich höre ein »Schuhuu« und den melodiösen Gesang eines Nachtvogels. Und wie es duftet … sauber und natürlich. Es ist so schön hier, dass ich am liebsten niemals weg möchte.

Meine Verpflichtungen rücken in weite Ferne, White City scheint bloß noch eine blasse Erinnerung zu sein. Doch eines weiß ich: Alle Menschen sollten die Schönheiten dieses Planeten genießen dürfen. Wir müssen nur dafür sorgen, dass sie niemals wieder zerstört werden.

Zufrieden schließe ich die Augen und lasse mich von Ice waschen. Ein Jahr ist vergangen – in dieser Zeit hat sich so viel verändert. Ich habe den perfekten Mann gefunden, die Unterdrückung hat ein Ende, eine neue Regierung entsteht, die Menschen in Resur haben genügend Trinkwasser und medizinische Versorgung, die Bevölkerung wächst täglich, wir haben viele Zuwanderer … Es läuft zwar immer noch nicht alles wie gewünscht und das wird es wohl nie, aber wir arbeiten daran.

❤ ❤ ❤

Kapitel 15 – Nachwort

Liebe Leserinnen und Leser,

meine Helden haben ihre Abenteuer erlebt, die große Liebe gefunden und das Regime gestürzt. Doch das ist nicht das Ende. Die Bonusstory von Mark und Storm ist geschrieben, außerdem könnt ihr bereits erfahren, wie Nitro und Sonja zusammengekommen sind, falls ihr mögt.

Mittlerweile (Stand 2023) sind 19 Warrior Lover Romane und 4 Warrior Lover Snacks erschienen.

Danke, dass ihr meine Krieger so gern habt!

Besonders bedanken möchte ich mich bei meiner hervorragenden Lektorin Alexandra Balzer, die mir hilft, meine Babys auf die Welt zu bringen.

Außerdem muss ich an dieser Stelle auch mal meinen Mann erwähnen, der immer an mich glaubt und mich unterstützt, wo er kann.

Doch der größte Dank gehört meinen Lesern, ohne die wir Autoren nichts wären und ohne die ich nicht meinen Traumberuf ausüben könnte. Schön, dass es euch gibt!

Falls ihr Lust habt, erzählt mir doch, wie euch das Buch gefallen hat. Ich freue mich immer riesig über Feedback, egal wo. Ihr findet mich auf meiner Homepage **inka-loreen-minden.de,**
Twitter (inkaloreen), Instagram (inkaloreenminden) und
Facebook (Books by Inka Loreen Minden).

Und falls ihr das Buch weiterempfehlen möchtet oder Zeit findet, zwei kurze Sätze in einer Rezension / Bewertung zu schreiben oder irgendwo ein paar Sternchen zu hinterlassen, ist das für uns Autoren wie der Applaus für einen Schauspieler. Darüber freuen wir uns am allermeisten.

In diesem Sinne – haltet die Öhrchen steif und
Make Love Not War
Eure Inka

Vorschau ≫ Storm – Warrior Lover 4 ≪

Erst war Storm sein Patient, dann sein Liebhaber …
Mark arbeitet nach wie vor für die Rebellen und erledigt gefährliche Aufgaben. Er weiß selbst nicht, was in ihn gefahren ist, dass er sich regelmäßig mit dem Warrior Storm trifft. Doch der junge Mann zieht ihn magisch an. Obwohl Mark mit dem Feuer spielt, lässt er sich auf eine Beziehung ein. Eine Entscheidung mit schwerwiegenden Folgen.

Kapitel 1 – Lebensmüde

Ich bin lebensmüde. Anders kann ich mir nicht erklären, warum ich vor Storms Wohnungstür stehe. Wenn er herausfindet, dass ich für die Rebellen arbeite, dann Gnade mir Gott.

»Okay«, murmele ich, kralle die Finger um die Henkel meiner Arzttasche und hole tief Luft, bevor ich auf den Klingelknopf drücke. Ich fühle mich äußerst unwohl, weil ich mich im Wohnblock der Soldaten befinde. Wieso begebe ich mich auch in die Höhle des Löwen? Ich hätte absagen können.

Verdammt, der Kerl hat mir den Kopf verdreht. So etwas ist mir noch nie passiert, nicht einmal bei Samantha hatte ich solche Schmetterlinge im Bauch. Vielleicht einen winzig kleinen, aber die hier sind groß wie feuerspuckende Drachen, die meinen Magen in Brand setzen.

Als die Wohnungstür aufgeht, schlucke ich schwer. Storm scheint gerade aus der Dusche gekommen zu sein. Er trägt lediglich ein Handtuch um die schmalen Hüften.

»Hi, Mark, endlich!«, begrüßt er mich mit einem strahlenden Lächeln. Er stützt sich am Türrahmen ab und beugt sich vor, sodass sein Gesicht genau auf derselben Höhe wie meines ist.

»Hi«, krächze ich und kann mich an dem athletischen Körper

kaum sattsehen. Das macht der Kerl mit Absicht! Damit ich ja seine makellose Gestalt und reichlich nackte Haut bewundern kann. Sie ist ein wenig dunkler als meine und schimmert wie Seide, genau wie sein pechschwarzes Haar, das er zu unzähligen Zöpfchen geflochten hat. Es reicht ihm bis zu den Schultern, und ich würde gerne die Hände darin vergraben.

Am auffälligsten an diesem perfekten Körper sind seine Augen. Ich könnte mich in ihnen verlieren. Das helle Braun mit den dunklen Sprenkeln fasziniert mich. »Wie geht's deinem Bein heute?«

»So la la«, antwortet er grinsend und leckt sich kurz über die Lippen. Sie wirken unglaublich anziehend auf mich. Dieser perfekte Schwung ... Nicht hinsehen! Aber wo soll ich hinsehen? An diesem Kerl ist alles verlockend wie eine verbotene Süßigkeit. Er weiß genau, dass er mich durcheinanderbringt, denn sein Grinsen wird breiter. Seit Wochen baggert er mich an, und lange kann ich seinem jugendlichen Charme nicht mehr widerstehen. Ich sollte am besten gehen. Gleich! Doch ich kann nicht. Wie festgewurzelt stehe ich vor der Tür und starre ihn an.

Storm hat sich während der Warrior-Ausbildung den Oberschenkel gebrochen. Beim genaueren Hinsehen erkennt man, dass der Muskel im linken Bein ein wenig schmaler ist. Ich hatte ihn operiert, er lag drei Wochen auf der Krankenstation und ist vor Langeweile fast gestorben. Da habe ich ihm auf meinem Tablet-PC das Computerspiel gezeigt, das ich programmiert habe. Programmieren ist neben meinem Beruf als Chirurg mein großes Hobby. Storm war sofort begeistert von dem Denkspiel, bei dem man Kisten verschieben muss, um zum Ausgang zu finden. Mit jedem Level wird es schwerer. So viel Intelligenz hatte ich ihm erst gar nicht zugetraut, doch die Warrior scheinen auf allen Ebenen die besten Gene mitbekommen zu haben.

Ich habe nach meiner Schicht mit ihm gespielt, und später haben wir uns bei mir daheim verabredet. Seitdem sind wir Freunde. Wir treffen uns möglichst heimlich, da das Regime Freundschaften zwischen Warrior und Leuten aus dem Volk nicht gutheißt, daher bin ich als sein Arzt hier. Ich musste dem Pförtner sogar meinen Ausweis zeigen.

Vor Kurzem hat Storm die Ausbildung abgeschlossen und darf sich nun Warrior nennen. Na ja, eigentlich hat er sie frühzeitig beendet, genau wie ein anderer Krieger in seiner Einheit: Nitro. Der Senat brauchte Nachschub. So oder so gefällt mir das nicht, ich sollte unsere Freundschaft abhaken, mich nicht mehr mit dem Mann treffen. Aber das schaffe ich nicht.

»Fühl dich wie zu Hause«, sagt er, stößt sich vom Rahmen ab und winkt mich herein.

Ich folge ihm in die chaotische Bude, wobei ich den Blick nicht von dem Knackpo abwenden kann, über den sich das Handtuch spannt. Storm humpelt nicht, rein gar nichts deutet darauf hin, dass er Schmerzen hat. Trotzdem hockt er sich aufs Bett und deutet auf seinen Oberschenkel. »Kannst du mal nachsehen, ob alles okay ist? Fühlt sich irgendwie komisch an. So hart.«

Ich schlucke. Hart ... Als ich sein Bein während der Nachbehandlung massiert habe, wurde etwas ganz anderes hart. Storm hatte einen Steifen, und ich dazu! Da habe ich mich zum ersten Mal gefragt, ob ich auf Männer stehe. Das wird in White City akzeptiert und ist nicht das Problem, aber ... Wieso finde ich ausgerechnet Storm anziehend? Erstens ist er neunzehn, also acht Jahre jünger als ich, und ein Warrior. Zweitens verabscheue ich alles, was mit dem Regime zusammenhängt. Am meisten hasse ich die Shows, in denen die Krieger einen Sklaven wählen dürfen, mit dem sie sich die ganze Nacht vergnügen können. Zum Glück wurden die Übertragungen auf unbestimmte Zeit ausgesetzt. Ich würde es nicht aushalten, Storm mit einem anderen Mann zu sehen, und dass er auf Männer steht, hat er mir schon im Krankenhaus erklärt. So nebenbei, als wäre es das Normalste auf der Welt, seinem Arzt derart intime Geheimnisse anzuvertrauen. Erst dachte ich, Storm vertraut sich mir an, weil ich als Doktor zur Diskretion angehalten bin, aber schon bald wurde mir klar, dass andere Absichten dahintersteckten.

»Okay, dann lass mich mal sehen.« Ich stelle die Arzttasche, ohne die ich nie das Haus verlasse, zu ihm auf die Matratze. Mein Sakko werfe ich daneben.

Das Bett ist der einzige Platz im Zimmer, der aufgeräumt erscheint, sonst liegen in der kleinen Bude im vierten Stock überall Anziehsachen oder andere Dinge herum. Storm ist in jeder Beziehung das Gegenteil von mir, vor allem ist er chaotisch. Mein blondes Haar ist nie durcheinander, und ich trage Designeranzüge. Auch sonst ist in meinem Leben alles aufgeräumt, alles an seinem Platz. Dennoch fasziniert mich dieser Mann. Vielleicht, weil ich tief in meinem Inneren ein Rebell bin, ein Querdenker und meine Ordnung nur eine Fassade ist, die ich in diesem Regime aufrechterhalten muss, um zu überleben.

Er mustert mich, während ich eine Salbe aus der Tasche hole.

Räuspernd schlage ich die Ärmel meines Hemdes hoch. »Ihr habt also Ausgehverbot?«

»Ja, und das alles wegen Crome und dieser Sklavin. Nachdem nun der zweite Warrior durchgebrannt ist, geht alles drunter und drüber.« Seufzend legt er sich zurück und verschränkt die Arme im Nacken, wobei sich sein Bizeps beachtlich wölbt. »Jetzt drehen sie alle durch.«

Ich verreibe die Creme in meinen Handflächen, um sie aufzuwärmen, und lege sie an sein Knie. Ich möchte Storm so gerne alles sagen, ihn aufklären. Hätte ich dieses verdammte Video einspielen können, wäre er vielleicht anderer Meinung, was den Senat betrifft. Der Rebellenführer Julius hat in Resur, der Stadt der Outsider, einen Film aufgenommen, um den Menschen in White City zu zeigen, was draußen wirklich passiert und wie das Regime sie alle verarscht. Daher mache ich nur: »Hm.« Doch dann sage ich möglichst unverfänglich: »Schade, dass du diesen Sender-Chip trägst und überwacht wirst. Sonst hätten wir in einer Bar was trinken gehen können.« Weil ich auch so oft ausgehe ... Aber ich erzähle das, um Storm aufzurütteln, damit er bemerkt, wie sehr die Staatsoberen sein Leben bestimmen. Im Moment ist er in seiner Wohnung gefangen. Doch es wird schwer werden, gerade die jungen Warrior davon zu überzeugen, dass das Regime sie alle verarscht. Denn junge Menschen sind wegen mangelnder Lebenserfahrung eher regimetreu.

Storm grinst so breit, dass es in meinem Magen wieder prickelt.

»Hey, wir können auch bei mir einen draufmachen. Ich habe Alkohol da.«

Ich grinse zurück. »Später, zuerst muss ich einen klaren Kopf haben. Schließlich bin ich hier, um dich zu behandeln.« Ich gleite höher, unter das Tuch, und massiere seinen Oberschenkel. Er steckt voller Kraft und ist vollkommen in Ordnung.

Leise stöhnend schließt Storm die Augen. »Das tut richtig gut.«

Unter seinem Handtuch ist eine deutliche Beule zu erkennen. Ich schlucke trocken, mein Herz rast. »Hast du denn jetzt schon mal Aufbauinjektionen genommen?«

»Nee«, brummt er. »Hab ich noch nie bekommen. Warum?«

»Nur so.« Die Soldaten erhalten das Mittel erst, wenn sie mit der Ausbildung fertig sind und zum ersten Mal bei der Show mitmachen dürfen. Ich bin froh, dass er es nicht bekommen hat, dann muss er nicht durch einen grausamen Entzug. Was mich auch hoffen lässt, dass die Shows noch lange ausfallen. Aber da Storm das Mittel nicht nimmt, bedeutet das, er ist meinetwegen geil.

»Soll ich dir ein Geheimnis verraten?«, fragt er frech.

Räuspernd erwidere ich: »Ja.«

»Ich stelle mir schon die ganze Zeit vor, wie sich deine Hände auf meinem Schwanz anfühlen würden.«

Mein Penis zuckt und ich unterdrücke ein Stöhnen. Wie oft ich mir bereits vorgestellt habe, seine Hände auf mir zu spüren, kann ich nicht sagen.

Meine Finger verharren an seinem Oberschenkel, ich schließe die Augen. Soll ich es wagen? Storm will es und ich … Theoretisch ist er mein Feind.

Als ich die Lider öffne, hat er das Handtuch weggezogen. Nackt liegt er vor mir. Seine Erektion ragt schräg nach oben, und er reibt daran, während er mich mit glühendem Blick mustert.

Ich glaube, heute kann ich ihm nicht mehr widerstehen. Vielleicht sollte ich es tun. Ein Mal. Und ihn danach nie wieder treffen.

»Gefällt dir, was du siehst?«, fragt er rau.

Ich kann bloß nicken. Alles an ihm gefällt mir. Jeder perfekte Zentimeter.

Wie hypnotisiert schaue ich auf den Streifen schmaler Haare, der von seinem Bauchnabel abwärts führt. Storm hat sein Schamhaar gestutzt. An den Hoden hat er es ganz entfernt. Alles wirkt sauber und gepflegt.

Speichel sammelt sich in meinem Mund.

Als könnte er meine Gedanken lesen, fragt er: »Willst du mir einen blasen?«

»Was?«, krächze ich.

»Oder soll ich deinen Schwanz in den Mund nehmen?« Er setzt sich auf und zieht mich neben sich auf die Matratze. »Ich hab ihn noch nie gesehen. Finde ich total unfair.« Schmunzelnd beginnt er, die Knöpfe an meinem Hemd zu öffnen.

Ich kann nichts tun außer dazusitzen und schwer zu atmen. Mein Penis ist längst steinhart und drückt gegen die Hose. Als Storm ihn durch den Stoff streift, keuche ich auf.

Nachdem er den letzten Knopf geöffnet hat, zieht er mir das Hemd herunter und drückt mich aufs Bett. Nur meine Beine hängen raus.

Jetzt fummelt er an meiner Hose herum. »Du bist immer so steif. Mach dich mal locker.«

»Ich bin locker«, erwidere ich heiser und schaue hilflos zu, wie er erst meine Schuhe, dann die Hose auszieht, bis ich genauso nackt bin wie er.

»Du siehst gut aus für einen alten Mann.«

Mein Gesicht glüht, ich grinse unsicher. »Hey, sei mal nicht frech, ich bin nur ein paar Jahre älter, keine Jahrzehnte.«

»Na, du kannst ja noch lächeln.«

Sofort werde ich wieder ernst und räuspere mich. »Storm, ich … hab noch nie was mit einem Mann gehabt.«

Seine Mundwinkel heben sich. »Merke ich überhaupt nicht.«

Er bekommt so süße Grübchen, wenn er grinst. In meinem Magen überschlägt sich ein kleines Männchen und ich fühle mich wie sechzehn, nicht wie ein Erwachsener.

Wir rutschen zurück aufs Bett und schlüpfen unter die Decke. Mein Kopf sinkt in sein Kissen, das nach ihm duftet.

Passiert das gerade wirklich? Ich, nackt mit ihm in seinem Bett?

Wir liegen da und sehen uns einfach nur an. Ich nehme jedes Detail seines männlichen Gesichtes auf: lange braune Wimpern, Iriden, die wie dunkles Gold schimmern, die gerade Nase, die leicht geöffneten Lippen ...

Storm streckt den Arm aus und streichelt über meine Wange. Meine Haut prickelt an den Stellen, die er berührt. Solche Zärtlichkeit hätte ich einem Warrior nicht zugetraut.

Darf ich ihn auch berühren? Warum stelle ich mich so an? Ich tu es einfach und fahre über sein Kinn. Es ist weich, er hat sich frisch rasiert. Sonst trägt er meistens einen Dreitagesbart, der ihn älter aussehen lässt. Im Moment wirkt er verletzlich, fast wie ein Junge. Aber ich darf ihn nicht unterschätzen. Er wurde zum Killer ausgebildet.

Weiter geht es in dem Buch:

Storm – Warrior Lover

Über die Autorin:

Inka Loreen Minden, die auch unter den Pseudonymen Ariana Adaire, Lucy Palmer, Ariana Rossi (Later in Life), Mo Davis (Mystery) und Monica Davis (Jugendbuch) schreibt, ist eine bekannte deutsche Autorin. Von ihr sind bereits über 90 Bücher, 26 Hörbücher und zahlreiche E-Books erschienen, die regelmäßig unter den Online-Jahresbestsellern zu finden sind. Sie schreibt u.a. für Bastei Lübbe, Blanvalet und Rowohlt.

Ihre Titel wurden in mehrere Sprachen übersetzt, zB Holländisch, Polnisch, Tschechisch, Spanisch. Auf Englisch sind erhältlich: Nate – Beast Lovers, Hearts of Stone, Daniel Taylor – Demon Heart und Caprice.

Neben einer spannenden Rahmenhandlung legt sie Wert auf eine niveauvolle Sprache und lebendige Figuren. Romantische Erotik, gepaart mit Liebe und Leidenschaft, ist in all ihren Storys zu finden, die an den unterschiedlichsten Schauplätzen spielen.

Mit ihrem Mann und ihrem Sohn lebt sie in der Nähe von München. Schokolade und Schreiben sind ihre Lebenselixiere, außerdem spielt sie Geige, singt und schaut gerne mit ihrer Familie Filme an.

Mehr über die Autorin auf ihrer Homepage:
www.inka-loreen-minden.de

Eine Auswahl ihrer Titel:

Pension Meerblick
Ein Lord wie kein anderer
Ein Duke auf Abwegen
Outcasts / Secrets of Lost Island (Monica Davis)

und falls es mit Fantasy sein darf:
Engelslust
Verteufelte Lust
Beast Lovers Serie
Wächterschwingen-Trilogie
Nick aus der Flasche (Monica Davis)

Ihr findet die Autorin auch auf Twitter (InkaLoreen),
Instagram (inkaloreenminden)
oder Facebook (Books by Inka Loreen Minden)

Die Warrior-Lover-Serie umfasst die Teile:

Warrior Lover Romane und Snacks:
Jax, Crome, Ice, Storm, Nitro, Andrew,
Steel, Fury, Tay, Shadow, Flame, Verox,
Anka & Chaz, Maia & Onyx,
Slayer, Xadist, Tyr & Nuka,
Titain, Zayn & Sila, Dex,
Vega, Kjar, Falkon

WARRIOR LOVER
SERIE
von Inka Loreen Minden
Jetzt auch als Hörbuch!

Genmanipulierte Super-
krieger, taffe Gefährtinnen,
zerrissene Helden, eine
grausame Zukunft und die
Hoffnung auf Liebe

Dez 19   Mai 20   August 20

JAX   CROME   ICE
WARRIOR LOVER   WARRIOR LOVER   WARRIOR LOVER

Bereits mehrere Teile als Hörbuch erschienen!

Made in the USA
Las Vegas, NV
28 January 2025